황제

다큐멘터리 장편소설

황제

광무황제가 꿈꾼 대한민국

이감비 지음

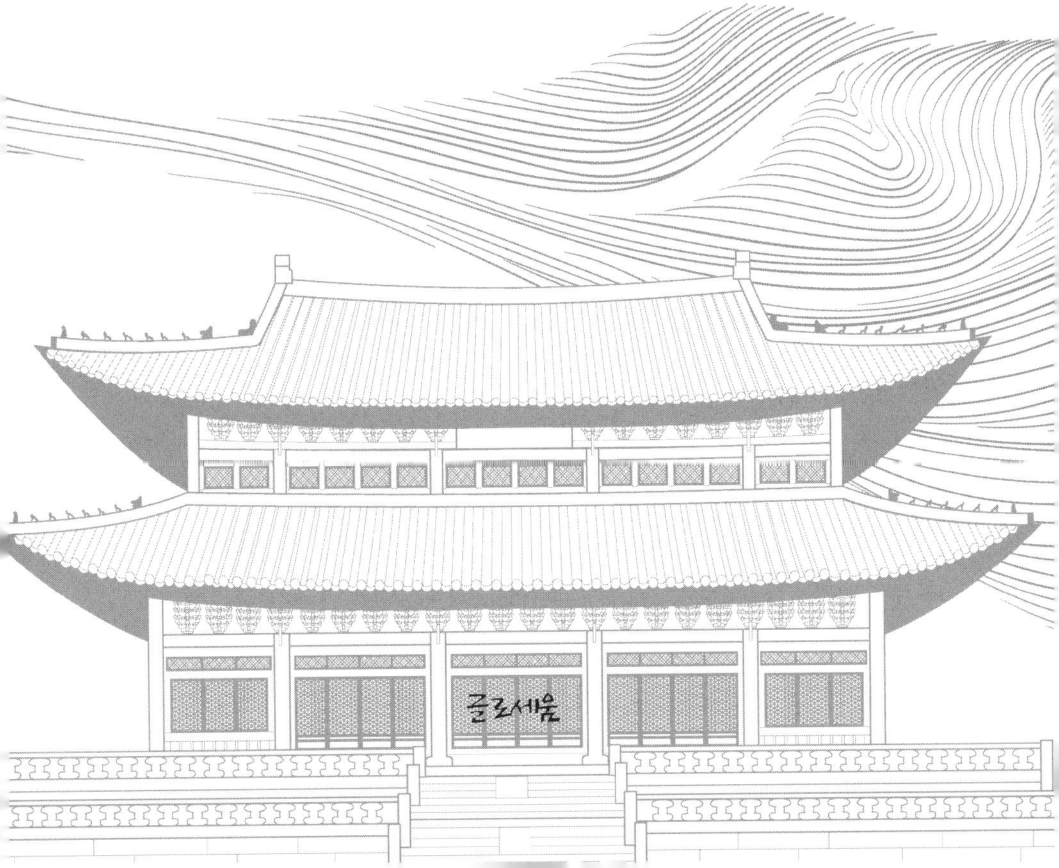

글로세움

차례

작가의 말 • 6

단발령 • 13

거사 • 24

왕의 이어 • 33

거병 • 55

조선 근대화 • 74

충주성 전투 • 78

民을 깨우라 • 84

독립신문 • 99

이회영 • 105

패전 • 111

고무라·웨베르 각서 • 115

국모보수 • 124

환궁 • 129

대한제국의 탄생 • 136

자주독립 • 142

명성황후의 장례 • 148

독립협회 그리고 부일배 • 151

신문물 • 163

전운 • 169

러·일전쟁 • 187

성립되지 않은 을사늑약 • 195

황제의 애통한 밀지 • 237

독도 • 255

해외 독립군기지 • 261

암살 • 266

만국평화회의 특사 • 270

황제의 내탕금 • 275

독립운동 • 279

강제퇴위 • 288

남대문 전투 • 304

대한제국을 구하라 • 318

때가 영웅을 짓는다 • 349

황제의 망명 • 393

/작/가/의/말/

내가 이 어려운 역사와의 대화를 시작한 것은 어쩌면 무모한 일일지도 모른다. 그렇지만 나는 내가 생각한 부분에 대해서 매 순간 확인받으며 전율 그 이상을 느꼈기에 그것을 글로 풀어내서 알리고 싶었다.

도대체 100년 전의 이분들은 어떤 분들인 걸까.

글을 쓰기 위해 자료를 찾으면 찾을수록 나는 힘들어지고 있었다. 그분들이 고민하고 아파했을 그것들이 내 안에 오롯이 살아나기 때문이었다.

50~60년 전 우리 대한민국은 세계에서 가장 가난한 나라였던 시절이 있었다. 그로부터 몇 십여 년 만에 작지만 힘있는 나라로 지금은 세계열강과 어깨를 나란히 하고 있다.

우리 한국 사람들이 갖고 있는 이 특별한 DNA가 어디에서 왔을까 라는 고민을 하던 나는 그 고리이자 원천을 찾았다.

우리나라는 잔인하고 무서운 제국 일본에게 나라를 빼앗겼다. 빼앗긴 나라를 다시 찾기까지 수많은 애국지사들의 독립투쟁이 있었다. 나는 역사와의 대화 속에서 나라를 되찾을 수 있는 근원적이고도 원천적인 힘을 주신 분을 만났다. 그분은 다름 아닌 고종, 광무황제였다. 우리는 광무황제를 무능한 왕, 망국의 책임에서 자유로울 수 없는 왕으로 배워왔다.

당시 일본은 세계만방에 무능한 우리 황실을 대신해 보호국으로서 조치를 취하고 있다면서 사실은 불법과 강제로 우리나라의 주권을 빼앗고, 그 중심에 서 있던 황제의 팔과 다리를 철저하게 잘랐다. 그러고는 다시 일어설 수 없도록 만들었다.

그렇게 고립무원에 처해 있던 황제를 친일 각료들은 외면했고, 황제는 홀로 외로운 싸움을 계속했다. 우리는 광무황제에 대해서 얼마나 알고 있는 것일까. 명성황후가 살해되고 고종은 총·칼의 무력으로 유폐되어 있었다. 그런 황제는 일본에 목숨을 구걸하는 것이 아니라 현실을 타개하기 위해 러시아공관으로 몸을 피한다. 몸을 피한 황제는 그날 조선에 와 있던 외국 공사관들의 알현과 일본 고무라 공사의 알현을 허락한다.

황제가 진정 죽음이 두려워서 몸을 피했다면 가능하지 않은 일이라고 생각한다. 그리고 황제는 친일 인사들로 구성되어 있는 내각을 즉시 폐하고 새로운 내각을 구성한다. 황제는 아관파천 시기 자신이 구상하고 있던 근대화된 조선에 대한 계획을 하나하나 실행에 옮긴다. 무지한 백성들을 계몽하기 위해 수백여 개의 학교를 세우고, 교사들을 길러내고, 국문으로 된 신문을 만들어 보급하고, 군사와 경찰권을 확립했고,

토지에 대한 양전지계 사업을 펼치며 상공업을 진흥시키고, 도시를 개조하고, 국토를 개발하는 등 개혁사업에 숨가쁜 행보를 보인다.

우리는 일본으로 인해 우리나라가 근대화되었다고 배웠지만 그건 사실과 다르다. 우리는 일본보다 2년이나 먼저 전기를 들여왔고, 전차 또한 동경보다 3년이나 앞질러 들여왔다. 그리고 우리의 황제는 마지막으로 세계열강이 조선을 보호국으로 만들려는 것에 일침을 가하듯 당당하게 황제국을 선포하기에 이른다. 우리의 자력으로 근대국가를 건설했다.

그렇지만 러·일전쟁을 코앞에 둔 국제정세 속에서 우리는 힘겨운 싸움을 할 수밖에 없었다. 일본은 한국을 식민지화하는데 가장 두려운 존재인 광무황제를 무력화시키기 위해 반황제 친일 각료들로 구성한 정부를 만들어 대한제국의 일을 방해하고 정부와 황제 사이를 벌려 놓으며 황제를 허수아비로 만드는 데에 힘을 기울였다.

나는 감히 말한다. 우리가 모두 우러르는 세종대왕이 설혹 광무황제의 자리에 있었더라도 이보다 더 잘할 수는 없었으리라고…. 우리는 철저하게 일본이 그려 놓은 고종의 상을 배워 왔다. 아버지 흥선대원군과 명성황후 사이에서 어쩌지 못한 무능한 왕.

하지만 그것은 사실무근임을 밝혀 두고 싶다. 광무황제는 불행하게도 세종대왕이 가진 이방원 같은 아버지를 갖지 못했고, 정치노선이 극과 극으로 다른 아버지를 만났다. 정치적 야망이 큰 이하응은 10살 아들을 왕으로 세움으로써 실질적 왕이 되었고 뒷날의 광무황제와는 다른 노선인 쇄국정책을 고집하며 정사를 펼쳐 나갔다.

두뇌 회전이 빠른 광무황제는 일찍부터 서양 문물과 국제정세에 눈을 떠 무지한 조선을 다른 열강과 같은 나라로 만들겠다는 고민을 하며 성장했다. 그런 광무황제가 성인이 되었으니 당연히 왕좌에 올라야 했지만, 왕의 권력을 맛본 이하응은 권력을 내놓지 않으려 왕을 견제하는 방법으로 며느리인 명성황후에게 그 화살을 돌렸다.

권력은 그런 것이다. 슬프지만 아들과도 나눌 수 없는 것이 바로 권력이다. 조선을 개혁하려는 큰 뜻을 품고 왕좌에 오르려는 광무황제와 아버지 이하응의 대립은 어쩌면 불가피한 것이었다. 왕후인 명성황후는 명석했고, 지아비이자 군주인 광무황제의 고민을 같이 나눈 동지 같은 관계였다고 전해진다.

그런 권력 구도 속의 부자 관계를 일본이 비집고 들어왔던 것이지 광무황제가 무능하고 명성황후가 치맛바람을 일으킨 것이 아니다. 이 사실은 명성황후가 시해되고 난 뒤에 혼자 남은 광무황제의 행보를 보면 잘 드러난다.

이런 사실들을 우리는 외면했고, 일본이 자신들의 행위를 정당화하기 위해 만들어 던져 놓은 허상을 아직도 붙잡고 있는 것이다. 우리가 언제까지 이렇게 무지몽매하게 역사의 심판 아래 이미 다 드러난 상황마저도 인정하지 않는 일본의 죽은 그림자를 따라야 하는 것인지 가슴 아프다. 이제는 일본이 만들어 놓은 날조된 역사의 그늘에서 우리 스스로 벗어나야 할 때라고 생각한다. 나는 내가 알게 된 이런 것들을 나의 뒤를 따라오는 아이들에게만큼은 제대로 알게 해 주고 싶은 마음에 이 글을 썼다.

　내가 쓴 책의 원제목은 고종의 아들이었다. 이 제목에 대해 많은 사람이 물었다. 순종을 얘기하는 거냐고? 혹은 의친왕이나 영친왕을 말하는 거냐고? 아니다. 내가 말하고 있는 고종의 아들은 바로 우리 모두를 말한다. 광무황제가 길러낸 아들과 딸인 우리를…. 나라를 빼앗긴 우리에게 나라를 되찾을 그 힘을 그 원초적인 DNA를 심어 주신 분이 바로 광무황제인 것처럼 그 DNA로 나라를 되찾은 우리다.

　광무황제가 꿈꾸었던 독립된 국가, 근대국가이면서 세계열강과 어깨를 나란히 했던 대한제국. 19세기 광무황제는 바로 지금 우리가 살아가는 21세기의 대한민국을 설계했다.

　나라를 되찾기 위해 애쓰신 모든 분께 이 책을 바칩니다.

　　　　　　　　　　　　　　　　　　　　　　2025년 봄
　　　　　　　　　　　　　　　　　　　　　　이감비 올림

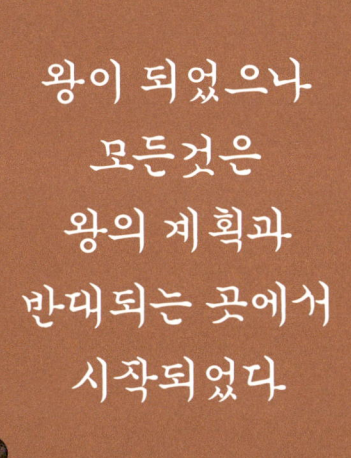

왕이 되었으나
모든것은
왕의 계획과
반대되는 곳에서
시작되었다

단발령

동이 트기 전 이른 새벽, 경복궁 강녕전에서 가늘게 들려오는 신음소리가 있었다.

"으으으음. 으음."

왕은 무언가 잡히지 않는 것을 잡으려는 듯, 누군가를 잡으려는 듯 허공에 팔을 휘저으며 괴로운 신음을 토해 냈다.

"으으음, 음."

점점 더 신음소리가 높아지며 넓은 침전 안을 가득 채웠다.

그러다가 고조된 신음소리와 함께 무언가 짓누르던 것을 깨고 나오듯 왕은 잠에서 깨어났다. 또 악몽을 꾼 모양이었다.

몸을 일으킨 왕은 이마의 땀을 닦으며 비어 있는 옆자리를 보았다.

왕후가 살해되고부터 줄곧 왕은 그날의 끔찍한 악몽을 반복해서 꿈으로 꾸었다. 왕후가 살해된 것이 10월 8일이었으니 벌써 한 달 하고도 이레나 지났다.

"중전….."

왕은 중전의 빈 잠자리를 손으로 쓸어 보았지만 온기가 없는 싸늘함만이 손바닥에 느껴졌다. 억울하게 죽은 왕후는 시신이 훼손된 것만도 원통한 일인데 거기다 폐서인되어 장례조차 치르지 못하니 이는 조선이 말로 표현할 수 없이 참담한 지경에 이르렀음이었다.

왕은 손을 뻗어 자리끼를 벌컥벌컥 마셨지만 갈증은 가시질 않았다.

아직 날이 밝으려면 한참 더 있어야 하지만 왕은 더 자려는 생각을 버리고 자리에서 일어났다.

"전하, 기침하셨나이까?"

문밖에 있던 내관의 목소리가 새벽 공기를 안고 문안으로 들어왔다.

"그러하다."

이른 시각이지만 내관과 상궁들이 침전 안으로 들어 왕과 왕세자의 아침을 준비했다.

"일본군은 아직 있느냐?"

"망극하옵나이다."

왕의 하문에 읍하고 섰던 내관이 허리를 더욱 굽혔다.

중전이 살해된 날부터 왕과 왕세자를 호위한답시고 무장한 일본군이 왕의 침전을 둘러싸고 있었다. 사실상 왕과 왕세자는 유폐되어 있었다.

왕은 그날의 일을 곰곰이 되짚어 보았다.

군부대신 안경수를 시켜 조선에 주둔하고 있는 일본의 군대를 해산하도록 일본 공사 미우라 고로에게 전하게 한 일이 이토록 참담한 결말을 몰고 올 줄은 상상도 하지 못했다.

"일국의 국모를 처참히 살해하고 왕과 왕세자를 감금하는 이런 일이 세상천지에 감히 일어날 수 있는 일이더냐? 과인이 오늘은 편전에서 정무를 볼 것이다."

왕이 분연히 일어나 문을 나서자 내관과 상궁들이 왕을 모시고 앞으로 나섰다. 그러자 무장한 일본 헌병들이 위협적으로 왕의 앞을 막아섰다.

"비키시오."

내관이 큰 소리를 냈다.

"아니되무니다."

일본 헌병들은 물러서지 않았다.

"네 이놈들, 지금 뉘 앞을 막아서는 게냐? 썩 비켜라!"

내관도 지지 않고 맞섰다.

"고무라 각하의 명이 없이는 저희는 물러갈 수 없으무니다."

왕이 앞으로 나서며 호통을 쳤다.

"그렇다면 고무라 공사를 데리고 오라! 여기는 짐의 궁이다. 짐의 나라에서 너희들이 지금 뭘 한다는 말이냐? 어서 비켜서라!"

왕의 호통에 잠시 움찔하면서도 일본군은 상부의 명이라며 끝까지 물러서지 않았다.

"아바마마."

왕세자가 왕을 부축해 테이블에 마주 앉았다.

"어찌 이런 참담한 일이 있단 말이냐?"

"아바마마, 이런 때일수록 심기를 굳건히 하오소서!"

"여기서 어떻게든 나가야 한다. 나가서 저들의 끔찍한 만행을 알리고 일본에 아첨해 우리나라를 위태롭게 하는 자들을 처단해야 한다. 그리하지 않고는 500년 종묘사직을 보존할 수 없을 것이야!"

그때 왕과 왕세자가 편전으로 가려는 걸음을 막은 일본군들 사이로 군부대신 유길준과 내장원경 정병하가 들었다.

"전하, 군부대신과 내장원경 들었나이다."

문밖에 읍하고 선 내관의 목소리가 들려왔다.

"들라."

밖으로 나갈 수 없던 왕과 왕세자는 대신들이 들자 반가운 마음이 되었지만 짧게 자른 머리칼을 한 정병하와 유길준의 모습이 낯설었다.

"전하, 편히 주무셨나이까?"

"그러하다."

"어디 불편해 보이시나이다. 불편함이 있으시나이까?"

정병하가 여쭈었다.

"짐이 짐의 궁에서 어째서 편전에 들 수 없는가? 그리고 언제까지 일본군의 감시를 받아야 하는가?"

왕의 노기 띤 하문이 이어졌지만 정병하와 유길준은 아랑곳하지 않고 말했다.

"아직 궁 안에 위험이 도사리고 있어 일본군이 전하를 보호하고 있는 것이오니 역정을 거두옵소서."

"전하, 그보다 오늘은 대일본 천황 폐하의 명을 따르셔야 할 줄로 아옵나이다."

"그 일이라면 짐이 이미 하교하였다."

"그렇다면 전하께옵서는 감히 천황 폐하의 명을 거역하시겠다는 것이옵나이까?"

유길준의 음성이 허공에 날카롭게 원을 그렸다.

"짐의 백성들에게 머리칼을 자르고 의복을 고쳐 입게 하는 것은 짐이 할 일이지 일본 천황이 간섭할 일이 아니다."

"전하, 천황 폐하의 명이옵나이다. 전하께옵서 이렇게 나오시니 백성들이 단발령을 따르지 않는 것이옵나이다!"

유길준의 목소리가 높아지자 이번엔 정병하가 말했다.

"전하, 전하께서 모범을 보여 주시지요!"

"뭐라? 지금 경이 짐에게 단발을 하라는 말이더냐?"

"그러하옵나이다."

내장원경 정병하가 왕의 용안을 똑바로 보는 불충을 저지르며 말했다.

"물러가랏!"

왕의 진노한 옥음이 복도를 울렸다.

"물러가라 하오시오!"

옆에 읍하고 있던 내관이 대신들과 왕의 목소리 사이를 살폈시만 정병하는 물러서지 않았다.

"전하, 이는 저희 대신들의 뜻이 아니옵니다. 대일본 천황 폐하의 명이니 거절하셔서는 아니 되옵나이다."

 정병하는 왕과 내관이 물러가라는 데도 아랑곳없이 문을 열어 자신이 데리고 온 무장한 일본 헌병을 침전 안으로 들였다. 그중에는 고무라 주타로도 있었다.

 척척척척 척척.

 많은 무리의 일본 헌병이 발소리를 내며 안으로 들었고, 고무라가 가위를 든 쟁반을 안고 웃음을 흘렸다.

 "무엄하오!"

 내관과 상궁들이 이들을 막아서려 했지만 일본 헌병들은 이들을 제압해 바닥에 무릎 꿇리고 왕과 왕세자 곁으로 다가갔다.

 "이게 대관절 무슨 짓이냐?"

 왕은 자신과 왕세자를 둘러싸는 일본 헌병들을 보며 고무라 주타로와 정병하를 향해 옥음을 높였다.

 "전하, 무탈하시무니까?"

 고무라가 일본 헌병들 속에서 왕께 무례하게 목례를 했다.

 유길준이 이제는 왕세자가 앉은 의자 곁으로 가 빙글거리는 웃음을 흘리며 말했다.

 "전하, 전하께옵서 천황 폐하의 명을 따르지 않으신다면 이 궁에서 또다시 그 어떤 참담한 일이 벌어질지 알 수 없나이다."

 "지금 짐을 겁박하는 것이냐?"

 "감히 제가 전하를 어찌 겁박하겠나이까? 다만 저는 참담한 일이 벌어질 수 있으니 그것이 염려되어 드리는 말씀이옵나이다. 전하께오서 백성들에게 먼저 모범을 보이신다면 아무 일도 일어나지 않을 것 아니옵나이까?"

"아바마마."

무장한 일본 헌병에 둘러싸인 왕세자가 겁에 질려 왕을 보았다. 아직 왕후의 죽음을 목격한 충격에서 벗어나지 못하고 있는 왕세자였다. 그런데 지금 유길준이 다시 궁에서 참담한 일이 벌어질 수 있다고 하는 것은 곧 왕인 자신이 아니면 왕세자를 위협하는 것이었다.

"모범을 보이시지요."

"지금 편전으로 가실 수도 없는 상황에 천황 폐하의 명을 거역하신다면 뒷일을 장담할 수 없지만, 단발령에 대한 모범을 보이신다면 뒷일을 도모해 보실 수도 있지 않겠나이까?"

정병하와 유길준이 의기양양하게 왕에게 말했다.

"이보시오. 내부대신, 내장원경이나 되는 사람이 어찌 전하께 이리 무례할 수 있단 말이오? 예로부터 신체발부수지부모라 하여 머리칼만큼은 목숨처럼 손대지 않는 것이 조선의 예법인데 어찌 이럴 수 있단 말이오!"

내관 하나가 일본 헌병에 의해 제압당해 무릎 꿇려진 채 반항했다.

"예법, 예법 운운하다 이 나라가 이 모양이 된 걸 모르시니 하는 말씀이지요. 내 머리칼을 자르고 보니까 이리 시원한 걸 왜 진즉 하지 않았나 후회를 한단 말이오. 모르면 잠자코 있으시오!"

정병하가 자신의 머리칼을 만지며 말했고, 유길준이 내관을 곱지 않은 시선으로 노려보았다.

"큰일을 치르려는데 감히 내시가 끼어들 자리가 아니니 그 입 다무시게…."

도저히 있을 수 없는 참혹한 광경에 내관이 몸을 부르르 떨었다.

"선택의 여지가 없나이다. 빨리 자르시옵소서! 만백성의 어버이께서 이토록 꿈지럭대면 백성들이 어찌 따르겠나이까? 이건 엄연한 천황 폐하의 명이옵나이다!"

유길준과 정병하가 고무라에게 잘 보이기라도 하려는 듯 앞다투어 자신들의 왕을 윽박지르듯 말했다.

왕의 머릿속은 복잡했다. 지금 이 상황을 감내하기가 어려웠다. 신하가 감히 왕의 옥체에 손을 대고, 그것도 모자라 머리칼을 자를 수 있단 말인가.

왕이 무겁게 입을 열었다.

"자르라…."

"….."

"내장원경 그대가 자르라."

왕의 한마디에 왕을 윽박지르던 정병하와 유길준이 서로를 마주 보았고 모두는 일순 잘못 들은 듯, 찬물을 끼얹은 듯, 쥐 죽은 듯 조용해졌다.

다만 이제는 드러내 놓고 비열한 미소를 짓고 있는 고무라 주타로가 가위를 받쳐 든 쟁반을 내밀며 한 걸음 앞으로 나섰다.

"잘 생각하셨으무니다."

"아바마마."

왕세자가 눈물이 그렁한 눈을 들어 왕을 바라보았지만 어디에도 시선을 둘 수 없는 왕은 눈을 감고 말았다. 왕은 설마 자신의 신하가 감히 왕의 옥체에 손을 댈까 하는 마음 한 가닥을 잡고 있었는데, 일본에 빌붙어 권력을 쥐려 하는 정병하인지라 교활한 웃음을 지으며 가위를 집어 들었다.

"전하! 통촉하여 주시옵소서!"

내관과 상궁·나인이 모두 한목소리가 되어 통곡하며 바닥에 엎드렸다.

"전하! 통촉하여 주시옵소서!"

정병하가 내관·상궁들의 울음소리에도 아랑곳없이 웃음을 흘리며 감히 왕의 머리칼에 손을 대려 할 때였다.

"아니 되옵니다!"

내관이 달려들어 가위를 빼앗으려 하자 정병하가 발로 걷어차 내관의 몸이 나가떨어졌다.

"이런 내시 따위가 막중대사에 일을 그르치려 하다니!"

"아니 되오! 아니 되오!"

내관이 일본 헌병에 의해 몸을 제압당하면서도 악을 쓰며 막아 보려 했지만 역부족이었다.

"아아, 전하."

정병하는 더욱 빠르게 손을 놀렸고, 두 눈을 감은 왕의 머리칼이 '투

둑' 바닥으로 떨어져 내렸다.

"전하! 전하!"

내관의 악을 쓰는 소리와 상궁·나인들이 토해 내는 울음소리는 흡사 통곡에 가까웠다. 이미 국운이 기운 마당, 왕의 가슴속은 울분으로 가득했지만 아무 말 없이 고통을 감내하고 있었다.

결국 왕과 왕세자의 머리칼이 잘려 나갔고 왕은 이 고통을 안으로 삭일 수밖에 없었다.

"전하, 전하⋯."

내관·상궁·나인들의 울음소리가 오래도록 침전을 뒤덮었다.

아아 슬프다.

내가 죄가 크고 악이 커서

천제가 돕지 않아

나라의 운세가 기울어지고

백성들은 도탄에 빠져 있다.

이로 인해 강성한 이웃 나라는 틈을 엿보고

역신은 정권을 농락하고 있다.

하물며⋯ 나는 머리를 깎고⋯

면류관을 훼손했으니 4000년 예의의 나라가

나에 이르러 하루아침에

犬羊의 땅으로 변해 버렸다.

불쌍한 우리 억조창생이

함께 그 화를 당하게 되었으니

내가 무슨 낯으로

하늘에 계신 열성조의 영혼을 뵙겠는가.

형세가 이미 이 지경에 이르렀으니

죄인인 나 한 사람의 실낱같은 목숨은

천만번 죽더라도 아까울 것이 없다.

허나! 종묘사직과 백성을 생각하매

혹시 만에 하나라도 보전될 수 있을까 하여

충의의 의사들을 격려하기 위해

이 애통한 조서를 내리노라.

경복궁 안에 유폐되고, 신하에게 머리칼까지 잘린 왕은 한 글자 한 글자 피를 토하듯 조서를 써 내려갔다.

왕은 이제 어떻게든 경복궁을 빠져나가야 한다고 결심했다. 대신들이 모두 일본의 앞잡이 부일배* 노릇을 자청하고 있으니 이제 조정에는 믿을 수 있는 신하가 남아 있지 않았다.

---

*부일(附日)은 '일본에 부역하다'라는 뜻으로 당시 사회 기득권 세력이었던 당사자들은 부드럽게 친일파라는 말로 바꿔 사용.

거사

"눈물을 거두라."

왕은 엎드려 우는 시종원 시종 임최수의 등을 어루만졌고, 임최수는 어렵게 몸을 일으키며 긴 소매로 눈물을 훔쳤다.

"전하, 망극하옵나이다…."

"어서 군을 모아 과인을 구하러 오라."

왕의 눈가 또한 젖어 왔다.

"전하."

"이 일은 목숨을 걸어야 할 것이다."

"전하, 신은 전하께옵서 무사히 이곳을 빠져나가실 수만 있다면 죽는 것은 차라리 기쁨이옵나이다. 전하께는 신이 있사옵고, 또 대신들이 있사옵고, 만백성이 있나이다. 그러니 옥체를 보전하시옵시고, 심지를 굳건히 하시옵소서."

임최수는 왕의 짧아진 머리칼을 감히 볼 수 없어 다시 한번 바닥에 깊숙이 고개를 숙이고 눈물을 흘렸다.

"고맙구나. 이는 누구에게도 발각되어선 아니 된다. 각별히 조심하거라."

"전하, 신에게 한 가지만 약조하여 주시옵소서."

임최수가 비장한 눈빛으로 말했다.

"말해 보라."

"혹여 이 거사가 실패할 경우 이 일은 모두 신이 혼자 꾸민 것이오니 전하께옵서는 절대 모르는 일로 하시옵소서!"

"…그대의 충심을 잊지 않겠다."

임최수는 왕의 밀지를 가슴 깊숙이 넣었다. 밀지는 근왕군에게 쓴 것으로 유폐되어 있는 왕을 위해 거병하라는 내용이었다.

탕, 탕, 탕!

신호탄이 세 발 발사되었다.

궁 깊숙이 유폐된 왕을 미국 공사관으로 모셔내기 위해 왕의 칙서를 받은 근왕군은 훈련원을 거쳐 동별궁과 건춘문을 지나 태화궁에 진을 치고 춘생문으로 진입을 시도했다. 이들이 춘생문 앞에 도착해 신호탄을 쏘았던 것이다.

세 발의 총성을 신호로 이범래·이진호가 안에서 춘생문을 열기로 약속해 둔 터라 임최수와 남만리 등은 성문이 열리기를 기다렸다.

부일배들이 판을 치는 상황이라 임금의 칙서에도 군을 움직이기를 주저하는 중대장 남만리에게 임최수는 급기야 칼까지 빼들고 오늘 거사의 정당성을 끈질기게 설명해 군을 이끌고 오게 한 것이었다.

"오늘 이 일이 얼마나 중요한지 아시지 않소! 어서 군에 명을 내리시지요! 대장. 이것을 보시오. 이것이 보이지 않소! 어명이오."

그렇게 임최수의 말에 남만리는 이규홍의 제3대대의 뒤를 따랐다. 임최수가 이끄는 군은 정당성을 가지고 일본에 의해 유폐되어 있는 임금을 모시러 가는 길인만큼 당당했다. 이도철 또한 당직 병사들에게 왕의 충군으로서 거사를 치르기 위한 각오를 다지도록 했다.

이로써 거사의 준비는 모든 것이 완벽했다. 돌격대장 이도철의 인솔 아래 궁내부와 정동파 관료 이범진이 보낸 40여 명의 자객들, 임최수가 규합한 1000여 명에 이르는 구시위대가 약속했던 축시가 되기 전 춘생문 앞으로 집결해 신호탄을 올렸던 것이다.

그런데 총성이 하늘을 찢듯 울리고 얼마간의 시간이 흘렀지만 춘생문은 열리지 않았다. 남만리와 임최수가 얼굴을 마주 보았다. 순간 얼굴에 낭패한 기색을 띤 임최수가 문을 열라고 목소리를 높였다.

"문을 여시오!"

임최수가 안에 든 이진호와 이범래에게 소리를 질렀는데 돌아온 대답이 뜻밖이었다.

"돌아들 가시오."

"이보시오. 그게 무슨 말이오? 어서 문을 여시오."

이진호는 왕의 어명을 받들고 있는 임최수의 말을 들은 척도 않고는 도열한 군을 향해 말했다.

"나는 국왕 전하의 친위대장 이진호다! 이렇듯 왕을 위협하고자 하는 반역군은 용서할 수 없다!"

"대장, 이건 전하의 명이란 걸 잊었소?"

임최수는 자신이 잘못 들은 게 아닌가 싶어 다시 물었지만 이진호는 단호했다.

"내 전하께 직접 들은 바가 없으니 그대들은 돌아가시오!"

"이보시오. 그게 무슨 말도 안 되는 소리요?"

임최수가 목소리를 높여 항의했지만 소용없었다.

"이후로 군을 함부로 움직인다면 역적으로 간주해 그대들을 칠 것이니 지금 빨리 군을 해산하시오!"

이진호의 말을 들은 군은 술렁거리기 시작했다. 이미 일본의 편에 서기로 한 이진호가 어윤중에게 밀고를 했고, 이진호의 밀고로 일본군이 와 있으니 임금을 모시러 온 근왕군을 의기양양하게 비웃는 것이었다.

"그만 해산하는 것이 서로에게 모두 이롭지 않겠소? 여기서 서로 싸우다 개죽음당하지 말고 모두 해산하도록 하시오. 그렇다면 우리도 오늘 일은 불문에 부쳐 드리겠소!"

이진호의 옆에 있던 이범래는 근왕군을 향해 해산을 권유했다.

"이런…. 저런 인사들과 내가 거사를 치르기로 했더란 말인가?"

임최수는 가슴을 쳤고, 이도철이 사태가 틀어졌음을 느끼며 임최수와 남만리에게 말했다.

"그냥 이 북장문을 부수고 들어가십시다."

"그러십시다. 어서 전하를 밖으로 모십시다!"

그때 서리군부 대신 어윤중이 춘생문 앞에 일본군을 이끌고 나타났다.

"왕을 밖으로 모시겠다니 그대들이 지금 반역을 꾀하고 있는 걸 모른단 말인가?"

"어찌 왕을 모시는 신하들이 왕을 감금한다는 말이오? 그대들은 도대체 누구의 신하요?"

그러자 일본군이 와 있어 무서울 게 없는 이진호가 되려 화를 내며 말했다.

"감금이라니? 나는 엄연히 전하를 모시는 군부대신이다. 지금 뭐라고 해도 그대들은 전하를 빼돌리려는 역적이다."

"역적이라니? 우리는 지금 어명을 받들고 있소이다."

"모두들 이 역적들을 잡아들이라!"

어윤중의 명이 떨어지자 친위대와 일본군이 근왕군을 향해 총을 쏘기 시작했다. 일본군 쪽에서 사납게 총질을 시작하자 이쪽에서도 맞서 총을 쏘았다.

"저들을 모두 잡아라. 우리는 국왕의 친위대다!"

"안 되겠소. 우리 담을 넘읍시다."

기밀이 새어나가 이미 궁궐의 문이란 문은 더 철저히 잠겨 있었고, 병력이 총동원되어 왕이 밖으로 나가지 못하도록 지키고 있었다.

남만리와 이규홍 등이 인솔해 온 군이 처음에 1000여 명에 달했으나 친위부대의 반격과 친위대장 어윤중의 말에 근왕군은 우왕좌왕하며 싸우기를 주저하기까지 했다. 담을 넘어 입궐하려고 했지만 일본군이 총을 쏘며 무차별적으로 근왕군을 공격했고, 친위부대 또한 일본군과 함께 공격을 해 오니 근왕군은 이렇다 하게 힘을 쓰지 못했다.

결국 몇 번의 치열한 총격전이 있고 난 후에 남은 병력이라고는 200여 명뿐이었다.*

한편 궁 안에서는 축시가 되어 거사의 시작을 알리는 총성 세 발이 울리자 왕은 자신을 데리러 근위대가 온 것을 알고 마음의 준비를 단단히 하고 있었다. 그렇지만 신호탄이 울리고 시간이 한참 지나도 멀리서 총성과 병장기 부딪히는 소리와 고함소리만 들려올 뿐 아무런 소식도 없는 불안한 시간이 흘렀다.

조용했던 경복궁 안에 총성이 가득 울려 퍼지자 궁 안의 사람들은 국모가 시해되었던 그날의 일을 떠올리며 불안에 떨었다.

"전하….."

홍 상궁의 얼굴이 불안해 보였다.

"경거망동 말고 기다려 보라."

그때 누군가 뛰는 발소리가 들리고 내관의 다급한 목소리가 복도를 울렸다.

*을미사변 이후 11월28일에 정동구락부와 군이 유폐된 고종을 탈출시키기 위해 벌인 거사.

"전하. 언더우드 공이 들었사옵나이다."

말이 끝나기도 전에 문이 열리고 언더우드가 숨을 헐떡이며 왕의 앞에 나아가 앉았다.

"전하. 큰일 났습니다. 정동구락부*의 거사가 실패하였습니다."

미국 선교사 언더우드는 정확하지 않은 발음으로 다급하게 왕에게 사태가 잘못되었음을 알렸다.

왕의 놀라움은 컸다. 이번 거사에 참여한 사람들로는 조선의 대신들뿐 아니라 외국 공관의 공사들 또한 많았기 때문이다. 왕후가 생전에 뛰어난 외교술을 발휘해 정동파라 이름 지어 만든 모임에 참여한 공관의 공사들은 일본의 잔인무도한 행각에 함께 분노했고, 지금 일본군이 무력으로 유폐시킨 조선의 왕을 탈출시키는 일에 적극 참여한 것이었다.

"도대체 오늘의 거사를 일본이 어떻게 알았단 말이오?"

"기밀이 밖으로 샌 모양입니다."

절망적이었다. 그토록 조심하라 또 조심하라 일렀는데 기밀이 밖으로 샜다면 도대체 신하들 중 누구를 믿고, 또 누구를 믿지 않아야 할지 알 수 없었다.

"그래, 다른 사람들은 어찌 되었소?"

왕은 경황 중에도 침착함을 잃지 않았다.

---

*배일 성향을 가진 이들을 중심으로 1894년 비정치적인 성격을 표방하며 고종과 명성황후가 만든 사교모임. 미국공사 H.B.실, 프랑스 영사 C.V.플랑시 등의 외교관과 M.디·C.르장드르·언더우드·아펜젤러 등의 선교사, 그리고 민영환·윤치호·이상재·이완용 등이 회원이었다.

"다이·르장드르·아펜젤러·에비슨·니스테드 모두 숙위병의 저지에 맞서다 구치되었고 알렌의 수병 10명과 로스포포프 공사의 병력은 어찌 되었는지 모르겠습니다. 저만 몰래 빠져나와 이 사실을 알려 드리는 것이옵니다. 전하."

"고맙소. 과인이 그대에게 긴히 부탁이 있소."

"말씀하십시오."

"그대 정동파 인사들은 외국인 공관들이라 큰 피해는 없을 것이나 임최수·이도철 등 이 일에 깊이 가담한 조선의 신하들은 목숨을 보전하기 어려울 것이니 최대한 정동파쪽 공관으로 피신할 수 있도록 도와주시오."

"전하. 지금 전하의 안위조차 장담할 수 없는 상황에 신하들을 걱정하시옵니까?"

"그리해 주시오."

"알…겠습니다."

왕이 미국 공사관으로 이어하려던 거사 계획은 끝내 일본과 결탁한 부일배들로 인해 실패로 끝이 났다.

그로 인해 왕후의 죽음에 적극 가담했던 그 원흉들이 일본 히로시마 감옥에 수감 중이었다가 무혐의로 풀려났다. 일본 측은 외국 공사늘이 조선의 왕을 빼돌리려 한 것과 자신들이 조선의 왕후를 죽인 것은 같은 것이라고 우기며 사건을 무마하는 것으로 결론을 지었다.

이는 하늘과 사람이 모두 노할, 천인공노할 일에 대한 참으로 어이없는 결말이었다.

이 사건으로 체포된 임최수·이도철은 사형, 이민굉·이충구 등은 종신 유배형, 이재순·안경수·김재풍·남만리 등은 태(笞) 100, 징역 3년 등의 처벌을 각각 받았다.

일본 측은 이 '국왕 탈취 사건'에 서양인이 직·간접으로 관련되어 있음을 대서특필하였고 이를 기화로 히로시마(廣島)감옥에 수감 중이던 을미사변 관련 주모자들을 증거불충분이라는 이유를 내세워 전원 석방하였다.

왕의 이어

두우웅 두우웅 두우웅 두우웅….

이른 새벽, 한성의 아침을 깨우는 웅장한 종소리가 맑은 하늘에 울려 퍼졌다. 그리고 종소리가 끝남과 함께 한성의 사대문이 일제히 열렸다.

"누구의 가마인가?"

밀폐된 부인용 가마 두 대가 경복궁을 조용히 빠져나가던 중에 궁성수비대원이 가마를 세우고 물었다.

"누구를 태운 가마냐고 묻지 않는가?"

홍 상궁이 머리를 덮은 쓰개치마를 내렸다.

"노 상궁 두 분이시온데 궐 안에서는 상궁의 상을 치르는 것이 법도에 어긋난다 하여 이리 일찍 밖으로 모시는 것이옵니다."

"그래? 그렇담 어서 나가시게."

궁성수비대원은 길게 하품을 하며 홍 상궁과 가마 두 대를 궁궐 밖으로 내보냈다. 궁성수비대원 두 사람은 새벽같이 궁을 빠져나가는 가마의 뒤 꼭지에 대고 이야기를 나누었다.

"여보게 한 이레 사이 이 궁문을 통과한 가마 수가 엄청 나게 늘어난 듯하이."

"그러게나 말일세. 내가 어제 본 가마만도 수십 대는 족히 될 걸세."

"우리야 뭔 상관있겠나."

홍 상궁은 두 사람이 나누는 이야기를 들으며 쓰개를 다시 올려 쓰고 종종걸음으로 가마꾼들을 독려해 빠르게 경복궁에서 멀어졌다. 가마는 무사히 경복궁을 빠져나와 곧바로 러시아공관으로 향했다.

그날 새벽, 러시아 공사 카를 베베르는 조선의 왕과 왕세자가 공관에 무사히 도착하기를 기다리고 있었다.

베베르 공사도 지난번 춘생문 사건에 연루되어 다른 정동파 대사들과 함께 곤욕을 치렀고, 지금까지도 일본 공사와 사이가 좋지 않았다. 미우라 공사의 뒤를 이은 고무라 주타로는 미우라 공사만큼이나 교활했고, 그런 자에게 일순간이나마 고개를 숙인 것은 두고두고 입이 쏠 일이었다.

조선의 왕은 지난번 춘생문 사건 때 많은 정동파 인사들과 대신들, 1000여 명의 군을 동원했어도 실패로 돌아간 것을 생각해 이번에는 은밀하게 움직였고, 러시아공관에 머물겠다는 뜻을 이틀 전 새벽에 베베르에게 알려 왔다.

조선의 왕이 러시아공관에 머문다는 것은 베베르 공사에게는 다시 없을 기회였고, 베베르는 이 기회를 잘 잡기 위해 그 즉시 공사관의 호위병을 160명으로 증원시켰다.

"후우."

베베르는 이 중대 사안에 대해 깊은 숨을 내쉬었다. 조선의 왕이 직접 공사관으로 몸을 피해 온다는 것은 엄청난 사건이었다. 새벽 미명이 밝아 올 즈음 뛰는 듯한 발자국 소리와 함께 다급한 목소리가 들려왔다.

"왔습니다. 왔어요."

베베르는 가슴을 진정시키고 아래층으로 내려가 조선 왕과 왕세자 일행을 맞았다.

"어서 오십시오, 전하. 무사히 오셔서 다행입니다."

"고맙소, 베베르 공사."

왕과 왕세자는 왕후가 시해된 직후부터 경복궁 깊숙이 유폐되어 있다가 4개월 만인 1896년 2월 11일 이른 아침 경복궁 탈출에 성공했다.

"전하, 이제 안심하십시오. 저희는 어떠한 경우에라도 전하와 왕세자 저하를 지켜 드릴 것입니다."

"고맙소, 공사."

"시장하실 텐데 우선 만찬장으로 드시지요."

"공사, 과인이 이곳에 짐의 몸을 의탁하기는 하나 쉬러 온 것이 아니오. 돌아가는 날까지 짐은 여기서 집무를 볼 것이니 그리 아시오."

"예?"

"과인이 필요한 것이 있으면 부를 터이니 지금은 물러가시오."

"알겠습니다. 전하."

베베르는 생각지 못한 조선 왕의 단호함에 아무 말도 못 하고 물러나왔다.

외교에 능해 정동파를 능수능란하게 이끌었던 왕후가 일본 자객들에 의해 처참하게 죽임을 당한 후 처음 마주한 조선의 왕이었다. 왕후의 생전에 왕과 왕후는 일본에 협력하는 인사들에 대해 견제의 끈을 놓지 않으면서 유연하게 일을 처리하곤 했다. 왕후의 뛰어난 외교술로 일본은 조선뿐 아니라 열강들 사이에서 배척되어 입지가 한없이 좁아지고 있어 대책을 강구하지 않으면 안 되는 형편이었다.

'여우 사냥'이라 명명했던 을미사변이 일어난 배경은 왕후로 인해 불안해진 일본의 입장이었다. 일본이 청·일전쟁 후 청국으로부터 빼앗은 요동 반도를 러시아·프랑스·독일 3국이 나서서 돌려주게 하는 바람에 1895년 5월5일 요동 반도를 포기하게 되자 조선 안에서 일본의 독점적 지위가 흔들렸다. 또 왕후를 중심으로 움직이던 정동구락부로 인해 이노우에 일본 공사가 추진했던 조선을 보호국화 하려는 계획이 실패로 끝나자 이노우에는 9월17일 본국으로 돌아갔고, 그 후 육군 중장 출신의 미우라 고로가 조선에 부임했다.

일본 정계의 실력자가 아무 소득 없이 돌아가자 조선의 왕과 정동구락부는 기뻐했고, 정부 안의 부일배를 제거하며 일본 훈련대를 해산시키기 위해 10월7일 군부대신 안경수를 통해 조선 왕의 훈련대 해산 방침을 통보했다. 그러자 일본은 훈련대를 해산하기는커녕 바로 다음 날인 10월 8일 자객을 시켜 조선의 왕후를 살해하고 왕과 왕세자를 궁에 유폐시켰던 것이다.

일본은 자신들이 조선에 주둔시킨 군을 이용해 무력으로 조선에 실력행사를 하고 있었는데 이제 군을 철수하지 않을 명목이 없는 지금 조선에서 군을 철수하게 되면 다시 조선에 군을 주둔시키기 어렵다는 결론을 내린 것이었다. 그래서 기어이 조선의 왕후를 살해하는 만행을 저지르고 사건을 대원군의 소행으로 둔갑시킨 것이다.

다행히 사바쩐과 다이가 현장을 목격해 은폐될 뻔한 천인공노할 사건의 진실이 밝혀질 수 있었다.

외교에 능해 누구보다 왕의 뜻을 잘 따랐던 왕후가 죽고 왕은 이제 왕후의 도움 없이 혼자서 이 난국을 헤쳐 나가야만 했다. 자신에게는 아직 어린 자식과도 같은 만백성이 있었고, 그들에게 배움을 주고 서구 열강의 나라들처럼 부강한 자주국에서 살게 해야 한다는 막중한 책임 또한 통감하고 있었다. 총칼을 앞세운 일본과 부일배를 자청한 대신들로 인해 엉망이 된 조선을 다시 바로 세워야 했다.

그러자면 우선은 실권을 쥐고 흔들고 있는 부일배 세력의 온상이 된 내각의 힘부터 제거하지 않으면 안 되었다.

왕은 곧바로 명을 내렸다.

"강 내관은 지금부터 과인이 이르는 이들을 당장 이곳으로 들게 하라."

 조선의 왕은 러시아공관에 도착하자마자 식사도 거르고 그나마 자신이 믿을 수 있는 신하들을 불러들이고 각국의 공사실에서 보내온 편지를 읽었다.

 얼마 후 신하들이 헐레벌떡 달려와 오랜만에 자신들의 왕을 배알하며 눈물을 흘렸다.

"전하…."

"전하, 옥체는 어떠시옵나이까?"

"그것보다 우선 그간의 사안들을 보고하라."

 박정양과 다른 신하들은 모두 머리를 숙이고 왕 앞에 엎드려 울며 친일내각인 김홍집 내각의 인물들과 장석주·장박·내부대신 유길준·군부대신 조희연·농상부대신 정병하 등의 친일 행각에 대해 앞다투어 억울함을 토해 냈다.

 그 이야기를 모두 들은 왕은 단호하게 하교를 내렸다.

"지금 당장 박정양을 새로운 총리대신 겸 내무대신으로 임명한다."

 이렇듯 왕은 러시아공관에 이어하자마자 그동안 왕과 왕실, 그리고 백성들을 핍박했던 친일내각을 청산하고 새 내각을 구성했다.

"전 내각이 결정한 모든 것을 지금 이 시간부로 전부 폐기하고 이 자리에서 새로운 내각을 조직할 것이다. 또 백성들의 저항이 심한 단발령과 변복령 시행을 당장 중지하라!"

 왕은 자신이 일본군에 의해 유폐되어 있는 동안 단발령과 변복령으로 수많은 백성이 핍박당하고 그에 따를 수 없다며 자결하기까지 하는 사태가 벌어진 것에 대해 깊이 시름하고 있었다.

"전하, 성은이 망극하옵나이다."

"경들은 이제부터 경들의 어깨에 조선의 존망이 달렸음을 명심 또 명심하고 절대 어떠한 말도 밖으로 새어 나가지 않도록 조심하면서 과인의 명을 따르라!"

"예, 전하."

왕은 경복궁 깊숙이 유폐되어 있는 동안 앞으로 무엇을 할 것인지 모두 계산해 놓은 것이 분명했다.

왕후의 생전에도 왕은 왕후의 뛰어난 외교술에 힘입어 서구열강에 비해 열악하고 낙후된 조선의 근대화를 위해 국비 유학생들을 미국과 일본 등지로 보내 서구의 신문물을 배워 오게 했고, 무지한 백성들을 교육하기 위해 '국문존중칙령'과 '교육입국조서'를 내렸다.

국문 존중 칙령

1894년 고종은 "법률 칙령은 다 국문을 본으로 삼고 한문 번역을 붙이며, 또는 국한문을 혼용"하라는 칙령을 공포한다. 한글을 국문으로 격상시켜 공식문서에서 한문을 폐지하고 국문인 한글을 쓰게 하였다.

교육입국조서의 주요 내용 발췌

"교육은 그 길이 있는 것이니 헛된 이름과 실용을 먼저 분별하여야 할

지로다. 독서나 습자로 고인의 찌꺼기나 줍기에 몰두하여 시세대국(時勢大局)에 어두운 자는 비록 그 문장이 고금에 능할지라도 쓸모없는 서생(書生)에 지나지 못하리라. 이제 짐은 정부에 명하여 널리 학교를 세우고 인재를 양성하여 너희들 신민(臣民)의 학식으로 국가 중흥의 큰 공을 세우고자 하노니, 너희들 신민은 충군(忠君)하고 위국(爲國)하는 마음으로 너희의 덕(德)과 몸과 지(知)를 기를지어다. 왕실의 안전이 너희들 신민의 교육에 있고, 또 국가의 부강도 너희들 신민의 교육에 있도다."

또 국가정책을 백성이 알 수 있도록 신문을 발행했고, 근대화를 이루기 위해 전화와 전기를 들여와 조금이라도 더 편리한 생활을 누릴 수 있도록 발 빠르게 움직인 왕이었다.

이제 조선의 왕은 유폐되어 있는 최악의 상황에서 러시아공관으로 이어하는 승부수를 두어 일시에 부일배를 청산하고 다시 움직이기 시작한 것이다.

"우선 각지에 흩어져 싸우고 있는 의병들에 대해 보고하라!"

왕은 총과 칼을 든 일본군에 의해 감시당하고 있는 중에도 비밀리에 의병들에게 칙서*를 내리고 자금을 보내는 등 독려하고 있었다.

"전하, 우선 이상설·허운초·조백희 등은 지금 김산으로 피신하여 있사옵고, 이춘영과 안승우가 1896년 1월12일 김백선의 포군과 합세해

---

*임금이 특정인에게 권계(勸戒)의 뜻이나 알릴 일을 적어서 내리는 글

제천에서 군수 김익진을 처단하였다 하옵나이다. 또 서상렬·이필근·신지수·이범직 등과 이순신 장군의 후손인 이필희가 대장이 되어 1월 22일 단양에서 공주 병참 소속의 관군과 일본군 혼성부대와 첫 전투를 벌여 승리를 거두었나이다."*

"의병들의 피해는 얼마나 된다 하던고?"

보고를 받던 왕은 병장기와 물자가 부족한 의병들이 혹 상하지는 않았을까 걱정이 되었다.

"저, 그것이… 피해 상황은 잘…."

"그들이 과인의 정식 군이 아니라고 생각하느냐?"

"송구하옵나이다."

"그들은 과인의 명에 따라 움직이는 과인의 군대요, 과인의 신하들이다. 먹어야 하고 입어야 하고 훈련해야 하는 그들에게 무엇이 있겠느냐? 부족함이 많을 것이니 내탕금(임금의 개인 재산)을 더 내어주도록 하거라."

"예, 전하!"

"의암은 어찌 움직이고 있다 하더냐?"

"영월에 속속 의병이 모여들고 있다는데, 이것이 다 의암이 본진으로 합류하라는 전령을 넣어 모여드는 것이라 하옵나이다."

"지도를 가져오라!"

"예, 전하."

*을미의병

지도를 살펴보는 왕의 눈이 빛났다.

"충주다!"

"예?"

"의암은 지금 충주로 가려는 것이다."

"전하."

"충주는 전국을 잇는 요충지라 의암은 충주를 손에 넣으려 하는 것이야!"

"망극하옵나이다. 전하."

"지금 충주성 군수가 누군가?"

"김규식이옵나이다."

"과인이 의암에게 조서를 써 도울 것이니 충주성을 탈환하고, 김규식을 처단하라 이르라."

"예, 전하."

"어서 계속해 보라. 그리고 운강(이강년의 호)은 아직 의암에게로 가지 않았다 하더냐?"

"아직 합류하지 않았다고 하옵나이다."

"과인이 칙서를 써 줄 터이니 비밀리에 지금 곧 의암과 운강에게 전해 의암의 본진에 합세하도록 하라 이르라."

"예. 전하."

왕은 의병 활동의 구심점을 학자인 의암으로 생각해 그에게 힘을 실어 주려는 것이었고, 그렇기에 운강 이강년이 지금 의암에게 가장 필요한 인물이라 생각한 것이다.

운강은 1880년에 무과에 급제해 선전관이 되었지만 갑신정변이 일어나자 낙향했다가 동학농민운동이 일어났을 때 동학군을 지휘했던 것을 왕은 높이 평가하고 있었다. 왕은 의암과 운강이 힘을 합쳐 크게 의병을 일으키도록 해 궁 안에 있는 일본군을 몰아내려는 것이었다.

"이것은 절대 밖으로 새어서는 아니 되느니 각별히 조심, 또 조심하라!"

"예. 명심하겠나이다."

왕은 조선의 모든 기밀과 중요한 일들이 일본에 전해지고 있어 내각과 친위대뿐 아니라 대신들까지 모두 믿을 수가 없는 상황이라 각지에 흩어져 있는 의로운 유생들의 애국심에 호소해 위태로움에 빠진 나라를 구하고자 했다.

한 시진(하루 12시진, 2시간)쯤 후, 박정양은 러시아공관으로 이어한 후 왕이 내린 첫 조서와 비밀리에 의병들에게 전달해야 하는 칙서들을 가슴 깊숙이 품고 러시아공관을 빠져나오며 공사관 담장 너머를 한번 돌아다보았다.

왕후 시해 후 줄곧 유폐되어 있던 왕이었기에 오늘 이처럼 갑작스러운 명을 내릴 줄은 생각지 못했던 박정양이었다. 오늘 왕의 부국강병 의지, 조선의 자주 주권에 관한 확고한 의지를 다시 한번 확인한 박정양은 그런 왕의 뜻을 받들기로 마음먹었다.

"전하, 아침 수라도 거르셨사온데 점심 수라를 올리겠나이다."

홍 상궁이 신하들이 모두 돌아가고 혼자 남은 왕에게 묻자 왕이 생각난 듯 홍 상궁에게 말했다.

"과인이 전에 이곳에선 통조림이라는 음식을 먹는 것을 들었다. 그것들을 가지고 오라. 그리고 달걀을 삶아 내오라."

"전하, 부디 옥체를 생각하시옵소서."

"과인이 이르는 대로 하라."

홍 상궁이 왕의 앞에 엎드렸지만 왕은 아무렇지 않다는 듯 홍 상궁을 재촉했다.

"어서, 그것들을 가지고 오라. 이곳도 안전하지 않다는 것을 항상 명심하라."

"전하….."

홍 상궁은 왕의 어지에 가슴이 미어지는 듯했다.

왕은 경복궁에 유폐되어 있는 동안에도 수차례 기미상궁이 죽어 나간 것을 보았기 때문에 그 후 자물쇠를 채워 밖에서 만들어 온 음식만을 먹어 왔었다. 왕은 의지가 강한 사람이었고, 누구도 믿을 수 없는 이런 상황에 능히 잘 대처하고 있었다.

홍 상궁은 러시아공관 안에서 어렵지 않게 구한 몇 가지의 통조림과 삶은 달걀을 가지고 왕 앞에 내려놓으며 고개를 들지 못했다.

"하하하, 이것이 이렇게 열도록 되어 있으니 누구도 이 안에 독을 넣지 못할 것 아니냐?"

왕은 아무렇지 않은 듯 자신의 손으로 직접 통조림을 땄지만 그것을 지켜보는 홍 상궁과 나인들의 눈에 눈물이 흘렀다.

"망극하옵나이다. 전하."

왕은 그때부터 다시 궁으로 돌아갈 때까지 계속 그렇게 음식을 먹었다. 왕은 민 왕후가 시해되던 그날의 모습을 생생하게 기억하고 있었고, 자신도 누구의 손에든 쉽게 죽을 수 있다는 걸 알았다.

왕은 자신의 죽음이 두려워서 직접 통조림을 따고 있는 것은 아니었다. 왕은 자신 하나쯤 죽는 것이 문제가 아니라 자신이 죽게 되면 그것은 곧 조선이 죽음을 맞게 되는 것이라 생각했다. 자신이 살아 조선을 부국강병한 나라로 만들고 500년 종묘사직을 보존해야 한다고 굳은 의지를 다진 것이다.

왕은 잠시 후 러시아 공사 베베르를 불렀다.

"베베르 공사, 오후에는 모든 외국 영사관과 공사관의 대표들에게 알현을 허락한다고 통지해 주시오."

"전하, 그것은 좀 이른 듯합니다. 이제 막 공사관으로 피하셨사온데…."

"이르긴. 이미 너무 늦었소!"

"괜찮으시겠습니까?"

"하하하, 과인의 안전은 이곳 러시아국에서 책임져 줄 것이 아니었소?"

"그, 그렇습니다. 전하. 그럼 일본 고무라 주타로 공사는 어찌할까요?"

"부르도록 하시오."

"예."

"참, 고무라 공사는 바쁠 것이니 맨 마지막에 만나는 것이 좋겠소."

왕의 입가에 오랜만에 알 듯 모를 듯한 웃음이 번졌다.

"예, 알겠습니다. 그럼 그렇게 조치하겠습니다."

오후가 되자 정동구락부 인사들이 조선의 왕을 알현하기 위해 한달음에 러시아공관으로 달려왔다. 미국 선교사 언더우드와 군사교관 다이와 니스테드가 제일 먼저 달려왔다. 군인인 다이와 니스테드와 달리 언더우드는 조선의 왕을 보자 눈에 눈물이 고였다.

"전하…."

언더우드는 조선 왕후의 죽음에 대해 스위스 출생 러시아인인 사바찐과 군사교관 다이를 통해 그날 벌어진 참혹한 현장의 목격담을 들었기 때문에 조선의 왕을 보자 목이 메어 왔다.

"왕비 전하의 부음에 애도를 표합니다."

"고맙소. 경들의 마음을 왕후도 알 것이오."

그리고 한국 최초의 근대식 중등교육기관을 세운 아펜젤러, 한국 의학교육의 개척자라 할 수 있는 에비슨, 프랑스 영사 르장드르 등이 달려와 조선 왕후의 죽음을 애도하며 왕을 위로했다.

인사를 차례로 받은 조선의 왕과 각국 대사들이 차를 나누고 있을 때, 일본 공사 고무라 주타로가 놀란 얼굴로 달려와 조선의 왕을 보았다. 맨 마지막으로 조선의 왕을 배알한 것이 일본 공사였으니 이는 일본 공사 고무라 주타로의 완전한 패배를 뜻하는 것이었다.

"하하하하, 고무라 공사께서 전하의 환후가 깊다고 하셔서 그간에 전하를 뵙지를 못했는데 이렇듯 강령하십니다."

베베르 공사가 일본 고무라의 참담한 얼굴에 쐐기를 박듯 한마디 던지자 검게 변한 고무라의 얼굴 한편이 일그러졌다.

"전하, 이렇게 밖으로 나오셔도 괜찮은 것이무니까? 저희가 궁으로 모시겠스무니다."

고무라가 걱정스러운 목소리로 연기를 했다.

"그럴 것 없소. 과인은 당분간 이곳에 머물 것이오."

조선 왕의 목소리는 흔들림 없이 단호했다.

"예? 그런…."

가뜩이나 놀라서 달려온 일본 공사 고무라의 제복 안으로 땀방울이 흘렀다.

'저 능구렁이가 지금 무슨 수작을 부리고 있는 거야?'

"전하, 어찌 궁이노 버리고 이곳에노 계시겠다는 말씀이무니까?"

"고무라 공사는 말을 삼가라. 내 나라 안에 짐이 머물 곳은 짐이 정해서 있을 것이니 공사는 관여치 말라!"

경복궁에 유폐되었을 때의 그 왕이 아니었다. 그렇지만 그렇다고 물러설 고무라 공사도 아니었다.

"지금 밖에 군이노 대기시켜 놓았스무니다."

"이보시오. 고무라 공, 짐이 지금 여기 머물겠다고 하지 않소!"

조선 왕의 목소리가 러시아공관 알현실을 울리고도 남았다.

고무라가 물러서지 않고 한마디 더 보탰다.

"전하, 그러시면 백성들이노 불안해 할 것이니 세자 저하라도 저희가 모셔가겠스무니다."

"그것 또한 그대가 관여할 일이 아니니 이만 물러가시오!"

"저희는 그저 위험에노 처한 전하와 세자저하의 안위노 돌보고자 함이무니…."

"이만 물러 가라시지 않소. 물러가시오!"

옆에 읍하고 섰던 내관이 고무라를 향해 말했다.

'내관까지 나를 무시하다니.'

일본 공사는 조선 왕이 가지 않겠다면 어떻게든 왕세자라도 데려가려 했으나 왕의 단호한 모습에 아무 말 못 하고 물러 나오며 이를 갈았다.

고무라는 차가운 바람이 부는 러시아공관 건물 밖으로 나와 줄지어 늘어선 일본군을 향해 말했다.

"이만 돌아가자!"

"하잇!"

고무라가 물러가는 일본군의 뒷모습을 보다가 문득 뒤돌아보니 조선의 왕과 왕의 신하들이 2층에서 자신들을 내려다보고 있는 모습이 눈에 들어왔다.

조선의 왕이 오늘 러시아공관으로 이어한 것은 일본이 조선 왕후를 살해하고 내각을 앞세워 허수아비 왕을 만들고자 하는 위기의 상황을 극적으로 타개한 최고의 승부수였던 것이다.

고무라가 한동안 조선 왕을 노려보았지만 조선 왕도 고무라 주타로의 눈을 피하지 않았다.

'내 오늘의 치욕은 반드시 갚아 줄 것이야!'

고무라는 곧바로 일본 공사관에 들어 회의를 소집했다.

"저대로 조선의 왕과 왕세자를 러시아공관에 둘 수 없으니 어서 의견들을 내보시오."

고무라의 역정에 모두 꿀 먹은 벙어리가 되었다.

"…."

"조선의 왕이 러시아를 등에 업고 꿍꿍이를 꾸미는 것을 두고 볼 수 없다. 내가 조선에 온 것은 조선을 보호국화 하는 것을 앞당기기 위함이다."

"각하, 얼마 전 우리 일본 상인이 조선인들의 난동에 피해를 상당히 입었으니 이것에 대한 피해 보상으로 왕을 압박해 보면 어떨까요?"

"난동?"

고무라의 귀가 솔깃했다.

"실은 그것이 일본 상인들이 불법으로 사업을 하다 그리되었다고 보고는 받았는데…."

"상관없다. 우리 쪽 피해가 얼마나 되느냐?"

"그게, 43명이 살해당했고, 부상자가 19명에 금액으로는 그것이…."

"음. 그것 좋은 생각이다. 내가 다시 조선의 왕을 만나러 가겠다."
고무라는 회심의 미소를 지으며 생각에 잠겼다.
"각하, 본국에는 뭐라 전할까요?"
"쥐새끼 같은…."
"예?"
"아니 조선의 왕 말이다."
"그 감시를 뚫고 나가다니 정말 대단합니다."
"지금 누굴 대단하다고 하는 거야?"
"하잇, 죄송합니다. 각하."
골똘히 생각에 잠긴 고무라가 사무실 안을 서성거렸다.

그날 저녁 왕은 병사들에게 자신들의 왕을 지키고 모반의 주모자들의 목을 베어 그것을 가지고 오라는 두 번째 조칙을 천하에 공포했다.
"시상에, 시상에. 우리 임금님께서 러시아공관으로 무사히 이어를 하셨다는구먼."
마을에 나갔다 돌아온 똘이 아범이 무리지어 신을 삼고 있는 사람들을 향해 말했다.
"아이고 감사하고도 감사한 일이여. 천지신명이시여 감사합니다."
"이제 우리나라도 살고 우리도 살았구먼."
마 서방이 하늘에 대고 기도를 올렸고, 함께 있던 사람들이 너나없이 기뻐했다.

"임금님이 나쁜 놈들 잡아 오라고 하셨다는구먼. 우리 가세 가! 감히 우리 임금님 머리칼을 자른 그놈, 가만둬서야 되겠는가?"

똘이 아범의 말에 서로들 하던 일을 거덩거덩 치우며 일어섰다.

"절대 가만둘 수 없지. 그런 놈은 사지를 찢어 죽여야 하네."

"퉤, 퉤. 그놈들은 우리나라의 웬수여 웬수."

마 서방이 손바닥에 침을 뱉으며 팔을 걷어 올렸다.

"어여 가세!"

그렇게 분노한 민심이 결국 친일파의 좌장격인 총리대신 김홍집과 정병하, 어윤중을 죽였다.

이들 중 정병하는 감히 왕의 옥체에 손을 대고 머리칼을 자른 불충 중에 불충을 저질러 종로에 버려진 시신마저도 군중들이 돌로 치고 사지를 찢었다.

이런 일들로 유길준 등 대부분의 친일 각료들은 목숨을 보존하기 위하여 일본으로의 망명을 선택했다.

백성들은 자신들이 섬기고 사랑해 마지않는 왕이 다시 정권을 잡게 된 것을 기뻐했다.

왕은 러시아공관에 있는 동안 중앙에 있는 넓은 방을 궁정으로 사용하기로 했고, 그 주위에 있는 여러 작은 방을 대신들이 사용하게 했다.

길고 긴 하루를 보낸 왕은 그날 밤 침상에 누워 상념에 빠졌다. 유폐되어 있는 동안 모든 경우의 수를 생각했던 왕은 이제 그동안 생각했던 모든 것들을 실행에 옮기는 것만이 남은 것이었다. 왕후가 잔혹하게 살해된 후 단 하루도 편안히 잠을 이루지 못한 왕이었다.

"아아…."

자신이 지켜 주지 못한 왕후를 생각하면 왕은 가슴이 뻐근하게 아픈 것이 칼로 도려내는 것만 같았다. 오늘은 일본의 감시가 없는 러시아공관에 와 있으니 왕후에 대한 그리움이 더욱 사무치며 악랄한 일본인들에 대한 분노가 치밀었다.

"중전, 조금만 기다려 주시오. 내 중전의 복수를 꼭 해 주겠소!"

오늘처럼 밤하늘에 별이 가득한 날이면 왕후는 어린아이처럼 환한 미소를 띠며 별의 수를 헤아리곤 했다.

"전하, 저기 저 밝은 별을 좀 보시어요."

맑은 눈의 왕후는 고개를 들어 하늘에 총총히 박힌 듯 빛나는 별들에 시선을 고정시킨 채 왕에게 말을 건넸다.

"하하하, 중전은 이런 때 보면 꼭 아이 같소."

왕은 써늘한 날씨에 추위는 아랑곳없이 별을 헤는 왕후를 따스한 눈으로 바라보았다.

"전하는 참…, 보라는 별은 아니 보시고…."

왕후는 자신이 보라는 별을 보지 않고 자신한테 아이 같다고 말하는 왕에게 밉지 않은 표정으로 눈을 흘겼다.

"그래 지난번보다 별의 수가 늘었소? 줄었소?"

"전하."

왕후가 왕의 농에 토라지듯 목소릴 높여 불렀다.

"하하하하, 이리 가까이 오시오."

왕후가 왕을 바라보며 앞으로 다가오자 왕이 손을 뻗어 차가워진 왕후의 손을 잡았다.

"이것 보시오. 중전의 손이 얼음장같이 차지 않소. 어서 들어 가십시다."

"전하⋯."

왕의 손은 왕후를 사랑하는 마음만큼이나 따스했다. 왕은 한쪽 팔로 왕후의 어깨를 감싸 안고 왕비의 처소로 들었다.

왕은 침상에 누워 옆 왕후의 자리를 바라보며 물밀듯 밀려드는 그리움에 목이 메었다.

'*끄끄끄끅⋯*.'

왕은 남몰래 눈물을 참아 내고 있었다.

'*끄끅⋯*.'

왕은 왕후가 옆에 있다면 지금 자신의 모습을 보고 뭐라 말을 할 것인지 생각해 보았다.

'중전이었다면⋯.'

왕은 그간 현명하게 자신의 옆에서 누구보다 자신을 잘 보필했던 왕후를 생각했다. 왕후는 일본을 조심해야 한다고 늘 경계했고, 사태가 오늘에 이르게 하지 않기 위해 움직였는데 결국 일본이 궁지에 몰리자 왕후를 살해하기에 이른 것이다.

　왕은 생각을 정리해 왕후처럼 생각해 보고 있었다. 왕후와 함께 설계했던 근대화된 나라 조선을 이제 혼자서라도 이루어 내려는 결심은 날이 밝아 올 때까지 계속되었다.

거병

　의암 유인석은 율곡 이이에서 송시열 이후 화서학파로 이어진 이항로와 유중교의 제자로 위정척사와 존왕양이에 심취해 있는 대학자였다. 왕후가 시해되고 국왕이 유폐되어 있다는 소문은 바람처럼 빨리 의암이 있는 제천에까지 날아와 의암은 심란한 마음을 잠재울 수 없었다. 의암이 몇 날 며칠 동안 열병처럼 가슴 속 울분을 다스리지 못하던 차에 국왕의 친서*가 도착했다.
　왕이 피눈물을 흘리며 써 내려갔을 한 글자 한 글자가 의암의 가슴을 후벼 파 찢는 것만 같았다. 조서 후미에는 이 조서는 비밀리에 내리는 것이니 각별히 유념하라는 당부도 담겨 있었다.
　"전하…."
　의암이 국왕의 친서에 뜻을 함께할 사람들을 모으니 그 수가 수백에 이르렀다. 이들은 주기적으로 대규모의 강습례와 향음례를 거행했다.

*유인석이 받은 '애통한 조서'라고 불리는 밀지는 고종이 영의정 김병시에게 은밀히 내린 것이다.

위정척사
바른 것을 지키고 옳지 못한 것을 물리친다.

존왕양이
왕실을 높이고 오랑캐를 물리친다.

변복령과 단발령은 전통 유교 윤리에 맞지 않았고, 민심을 전혀 고려하지 않고 강행한 탓에 단발을 당한 사람 중 자결을 하는 이가 나오기도 했다. 이런 민심이 모여 점점 항일세력으로 자랐고 스스로 의병이 되기를 자청한 이들이 의암을 호좌의병 대장에 추대했다.
의병장이 된 의암은 마음을 가다듬고 붓을 들어 '격고팔도열읍'*을 써 내려갔다.

아! 슬프다. 우리 팔도의 창생이 남에게 맡겨져,
한판에 다 죽게 됨을 차마 볼 수 있겠는가?
아버지 할아버지가 모두 500년 유민일진대
어찌 나라를 위한, 집을 위한 한두 사람의 의사가 없는가.
참혹한 일이다.
슬픈 일이다.
(…)

*유인석 선생의 '의병격문' 중 일부 발췌.

진실로 위급존망의 때라.

각자가 다 거적자리를 깔고 방패를 베개 삼아 물불을 가리지 않고,

아무리 어렵고 위태한 곳이라도 뛰어들어

기어코 망해 가는 나라와 천하의 도의를 다시 만들어

천일이 다시 밝도록 하라.

이렇게 되면 어찌 다만 한 나라에만 공이 되겠느냐.

실제로 천하만세에 전할 수 있는 공이요 업적인 것이다.

이와 같이 글을 보내어 깨우치노니

뒤에 혹 영을 어기고 포만한 사람이 있게 되면

즉시 역당의 무리로 같이 규정하여 단연코 군대를 옮겨 먼저 칠 터이니

의당히 심폐에 새겨 후회하는 일이

없도록 온갖 정성을 다해서 한 가지로 대의를 펴보자.

을미년 12월
충청도 제천의병장 유인석 삼가 씀

 의암의 '격고팔도열읍'은 많은 뜻 있는 의로운 사람들의 마음을 움직여 상하 계층 없이 사람들이 모여들기 시작했다.

 여기에는 다양한 평민과 동학농민군, 그리고 동학농민군과 대립했던 지방 유생들도 있었다. 이들 모두는 계급적 이해관계를 극복하고 외세 타도라는 큰 대의명분 아래 뭉쳤다. 이 외에도 의병의 연락망 역할을 했던 보부상과 의병의 군수품 운반 역할을 담당했던 농민들·지방병·승

려들이 힘을 합쳤다.

이춘영과 안승우가 1896년 1월12일 김백선의 포군과 합세해 제천에서 승리했고 서상렬·이필희·신지수·이범직·이필근이 1월22일 단양에서 승리를 거뒀지만 그 후 관과 일본군이 합세해 집요한 공격을 해 오자 서상렬과 이춘영은 풍기로 안승우는 영동으로 피해 있어 의암은 이들에게 각각 전령을 보내 영월로 모이게 했다. 이는 전력의 분산을 막고자 한 것이었다. 의병들이 속속 영월로 모여들고 있을 때 비밀리에 다시 왕이 내린 칙서와 자금이 도착했다.

"전하….."

의암은 국왕을 대하듯 큰절을 올리고 칙서를 읽어 내려갔다. 왕의 칙서에는 어떻게 알았는지 충주성을 탈환하고 군수 김규식을 처단하라는 내용과 이후 왕의 명이 없어도 스스로 처결하라는 내용이었다. 의암은 국왕의 깊은 뜻을 가슴에 새겼다.

충주성은 그만큼 중요한 곳이었다. 경상도로 통하고 서울로 올라가는 중심적인 위치이면서 수운과 교통로가 발달되어 있어 의병의 활동 범위를 넓히는 중요한 지역이었다. 이렇듯 의병의 세력 확장을 위해서 충주성을 점령 일순위로 꼽았던 것이다. 또한 충주성은 부산과 서울을 잇는 길목이기 때문에 일본에게도 중요한 곳이었다.

한편, 운강 이강년은 갑신정변이 일어나 사직하고 문경에 낙향해 있다가 동학군을 지휘해 탐관오리를 응징했었다. 그런데 이제 조선의 국모가 일본인에 의해 시해되고 뿌리 깊게 내려온 조선의 정신 근간인 유교 사상에 정면 도전하는 변복령과 단발령이 시행되자 가만히 있을 수 없어 다시 일어나 의병을 일으켰다.

운강은 국왕의 칙서를 받아들고 의암에게 가기 위해 무기와 인원을 점검하고 있었다. 갑자기 뒤쪽에서 왁자한 소리가 들려 돌아보니 한 사내가 칼을 들고 서서 운강을 쏘아보고 있었다. 그 사내의 얼굴은 검붉었고 광대뼈가 높으며 수염은 붉은 기운을 띤 범상치 않은 모습이었다. 사내가 운강에게 가까이 가는 동안 누구도 그를 막지 못했다. 원체 체격과 골격이 좋은 운강은 자신을 쏘아보고 있는 사내에게 부드럽게 말을 건넸다.

"그대는 누구인가?"

"저는 본관은 삼척이며 자는 경대이옵고, 호는 백우를 쓰는 김상태라 합니다. 의병이 되고자 의병장 운강 어른을 뵈러 왔습니다."

"허허, 의병이 되겠다는 이가 이곳에 칼을 들고 왔는가? 백우라고? 잘 왔네."

"아하하하, 죄송합니다. 오는 길에 일본군이 있으면 단번에 베어 버리려고 한 것이 그만. 하하하."

김상태는 머쓱해져서 웃음과 함께 칼을 넣었다. 운강은 칼을 치우는 김상태에게 말했다.

"내가 이강년이라네."

"역시, 단번에 알아봤습니다."

"허허, 그랬는가?"

"저도 나라가 위태로운 상황에 뭔가 돕고 싶습니다."

"그래야지, 암, 한 사람이라도 더 힘을 합쳐야지."

김상태와 운강은 서로의 범상치 않은 모습에 끌렸고, 운강이 김상태를 곧바로 의병에 참여시켰다.

"우리 진영은 곧 영월에 있는 의암 선생 부대에 합류할걸세. 내일 떠날 것이네."

"알겠습니다."

"오늘은 특별히 있을 곳을 정하기도 뭣하니 내 막사에서 함께 있게나."

"저야 아무래도 좋습니다."

김상태는 보기와 달리 털털한 면이 있었다.

그날 밤, 운강은 쉬이 잠을 이루지 못하고 왕이 내려준 칙서를 꺼내 보며 깊은 시름에 잠겨 있었다. 김상태는 일찍부터 깊은잠에 들었는지 코를 고는 소리가 규칙적으로 들려왔다.

왕이 내려준 칙서의 내용은 첫 줄부터 운강의 가슴을 저며 냈다.

아, 나의 죄가 크고 악이 충만하여

황천이 돌보지 않으시니,

이로 말미암아 강한 이웃이 틈을 엿보고

역적 신하가 권세를 농락하여

4000년을 내린 종묘사직과 3000리 넓은 강토가

하루아침에 오랑캐의 지역이 되었도다.

생각하면 나의 실낱같은 목숨이야 아까울 것이 없으나

종묘사직과 만백성을 생각하니 이것이 애통하도다.

선전관 이강년으로 도체찰사를 삼아 지방 4도에 보내니

양가의 재주있는 자제들로 각각 의병을 일으키게 하며

소모장을 임명하되 인장과 병부를 새겨서 쓰도록 하라.

만일 명을 좇지 않는 자가 있으면 관찰사와 수령들을 먼저

베고 파직하여 내쫓을 것이며,

오직 경기 진영의 군사는 나와 함께 사직에 순절할 것이다.

국왕의 뜻은 간곡하고도 애절했다. 또 국왕은 의암에게로 가서 힘을 보태라고 하고 있어 운강은 잠시도 지체할 수가 없었다.

"전하…."

운강은 다시 한번 자신이 갖고 있는 힘을 지금 위기에 처해 있는 국왕을 위해 쓰겠다고 다짐했다. 그때 자고 있는 줄만 알았던 김상태가 곁에 와서 말을 걸었다.

"이것은 임금님의 칙서가 아닙니까?"

"허, 그렇네만. 자네 글을 아는군."

"실은 제가 서당에서 학동들을 가르쳤습니다."

"이런, 나는 자네가 칼을 들고 왔기에 그런 생각은 못 했네, 그려."

"예. 저도 이것을 좀 읽어 봐도 되겠습니까?"

"그러시게."

백우 김상태는 왕이 직접 내린 절절한 칙서를 읽으며 눈물을 흘렸고 일본에 대해 이를 부드득 갈았다.

"내 갈아 마셔도 시원치 않을 이 일본 놈들을 당장 처단하고 싶습니다."

"왜 아니 그렇겠나."

"우리 의암 선생에게 가서 뜻을 모아 일을 한번 내 보세. 전하께옵서도 백우 자네 같은 인물이 찾아온 걸 알면 아마 기뻐하실 걸세."

"혀… 형님."

"…."

"운강 형님, 앞으로 형님으로 모시고 싶습니다."

김상태가 바닥에 넙죽 엎드렸다.

"이보게. 아닌 밤중에 홍두깨라더니 무슨 나 같은 사람을 형님으로 모신다는 겐가?"

엎드린 김상태를 일으키기 위해 이강년이 몸을 낮춰 앉았다.

"저는 형님을 처음 뵌 순간부터 형님으로 모시고 싶었습니다. 저하고 형제의 의를 맺어 주십시오."

"이 사람, 참!"

운강은 자신에게 지금 고개를 깊이 숙인 백우가 사실은 좋았고, 오늘 처음 만났지만 왠지 든든하게 느껴졌다.

"형님, 저를 동생으로 받아 주기 싫으신 겝니까?"

"아닐세. 이 사람아, 나도 좋으이. 그럼 우리 친동기 간처럼 의형제를 맺세."

이강년이 김상태의 손을 잡았다.

"형님."

백우는 운강이 의형제가 되는 것을 허락하자 날카로운 인상과 다르게 입이 함지박만 하게 벌어진 게 그저 어린아이 같아 보였다. 동학 농민을 이끌었던 운강과 동학 교주 최시형이 숨어 지내며 포교 활동을 벌인 남천에서 살아 동학에 심취했던 김상태는 운강과 서로 마음이 잘 맞아 자정이 지나도록 이야기를 끝맺지 못했다.

영월에 있던 의암은 성 문루에 '복수보형기'의 깃발을 손수 내걸었다. 이는 호좌의병의 명분이었던 민 왕후에 대한 복수를 다짐하고 의복과 머리털을 보존해 조선의 전통문화를 지킨다는 의미였다. 의암이 건 깃발은 차가운 공기를 가르며 바람결에 펄럭였다. 물끄러미 복수보형기라 쓰인 글자가 나부끼는 것을 바라보던 의암이 곁에 선 이필근에게 물었다. 다른 이들보다 이필근과 나이 차이가 덜 나는 탓에 동년배처럼 가깝게 지내고 있었지만 이필근은 의암이 호좌창의대장인지라 쉽게 대할 수 없었다.

"오늘이 며칠인가?"

"태양력으로 오늘이 2월3일입니다."

"음…, 각지에서 모여든 의병이 총 몇 명이나 되는가?"

"아침까지 수를 헤아려 보니 3000이 넘었습니다."

"운강은 아직인가?"

"예. 대장."

의암은 왕께서 함께 일을 도모하라던 운강 이강년을 기다리고 있었지만 더는 미룰 수 없어 호좌의병의 지휘를 결정지어야 했다.

"식사를 마치고 각 의병장들을 모두 내 막사로 오라 이르라."

의병장들은 각기 자신들이 이끌고 있던 수백 명의 의병들을 의암에게 데리고 와 훈련 중에 있었다.

"예."

의암이 종이를 펼쳤다. 거기에는 각 의병들의 지휘관 이름이 빼곡히 쓰여 있었다.

"중군장에 이춘영, 전군장에 안승우, 후군장에 신지수와 선봉장으로 김백선*을 두었다. 그리고 좌우군장에 원규상·안성해, 우좌익장에 윤성호·우필규, 진동장에 이필희, 마지막으로 모든 물자를 조달할 운량감은 이필근으로 한다."

그때 숨을 몰아쉬며 막사 안으로 운강과 백우가 들어서며 말했다.

"이강년입니다. 안동관찰사 김석중 일당을 처단하고 오느라 늦었습니다."

"저희도 뭔가 도울 수 있게 해 주십시오."

---

*김백선은 "왜 서울 진격을 결행하지 않소!"라고 항의하다 항명죄로 총살당하였다. 1991년 건국훈장 애국장에 추서되었다.

의암은 이강년이라는 말에 이강년과 김상태에게 다가와 뜨겁게 손을 맞잡았다.

"어서 오시게. 그러지 않아도 기다리고 있었네."

의암은 운강이 오자 천군만마를 얻은 듯 기뻐하며 운강을 유격장에 임명했다. 운강과 백우는 의병 동지들과 인사를 나누고 자리에 앉아 회의에 참여했다.

"조선의 강한 포군은 모두 서북에 있고 곡식과 인재는 모두 동남에 있다. 그에 원주와 제천 사이에 근거를 두고 오른편에 서북의 군사를 모집하고 왼편에 동남의 인재를 모집하여 굳게 지켜 8도의 인심을 격동시킨 연후에야 일이 성취될 것이다. 이에 우리는 충주성을 칠 것이다. 충주가 경상도와 한양을 잇는 지리적 요충지이기 때문이다."

"맞습니다. 운수와 교통이 발달되어 있어 물자를 나르기에도 이만한 곳이 없습니다."

좌군장이 된 원규상이 인근 제천 출신답게 지리적인 점을 잘 알고 있었다.

"충주관찰사 김규식은 역적 박영효와 각별한 사이로 단발령에 대해 가혹하다는 소식도 있습니다. 그 때문에 원성이 높다고 합니다."

후군장 신지수가 이를 갈며 말했다.

"우리는 보름 안에 충주성을 점령할 것이다."

"예!"

다 같이 대답이 우렁찼지만 선봉장이 된 김백선은 이 계획이 별로 마음에 들지 않았다.

의암이 지도를 펼쳐 보이며 작전회의를 시작했다.

"우선 충주로 가자면 제천을 지나야 하는데 좌군장의 생각은 어떠한가?"

"예, 대장, 제천성주 정영원은 지금 제천 관아 전체를 요새화하고 있다고 합니다. 그뿐 아니라 제천성으로 드나드는 길목을 철저히 지키고 성안 출입 시 검열도 심하다고 합니다."

좌군장 원규상은 아침나절에 보낸 염탐꾼에게서 들은 내용을 이야기했다.

"음. 그럼 우리는 제천성을 치지 않을 것이니 제천성에서 떨어진 곳에 본영을 설치하는 것으로 하고 염탐꾼을 보내 제천성 주변을 소상히 알아 오면 다시 회의를 할 것이다."

"예."

"그리고, 운량감은 지금부터 물자를 잘 점검하고, 필요한 것이 있으면 즉시 보고하라."

"예."

얼마 후 의암이 이끄는 호좌창의대는 밤을 틈타 제천성에서 떨어진 독송정에 본영을 설치했다. 충주로 가기 위해 잠시 본영을 설치하는 것이니 이것은 쓸데없이 제천성주 정영원과 싸워 힘을 낭비하지 않기 위해서였다.

의암은 아침 일찍 충주성 공격에 대한 진을 짜기 위해 전 지휘부들을 막사로 불러들였다. 중군장 이춘영, 전군장 안승우, 후군장 신지수, 좌우군장 원규상·안성해, 우좌익장에 윤성호·우필규, 진동장 이필희, 운량감 이필근이 막사 안으로 들었다.

"선봉장은 들지 않는가?"

의암은 막사 안으로 들어온 의병장들의 인사를 받으면서 보이지 않는 선봉장 김백선을 찾았다.

"…."

"오늘 아침 백선을 보지 못했습니다."

의암의 물음에 의병장들은 서로 얼굴만 쳐다볼 뿐 김백선이 어디에 있는지 알지 못했다. 그 시간 김백선은 자신이 이끌고 온 포군을 점검하고 있었다.

"작전회의에 선봉장이 없으면 곤란하지만 사안이 시급하니 우선 회의를 시작하겠네."

"예."

의암은 그동안 보낸 염탐꾼들의 정보를 모아 작전회의를 했고, 모두들 의암의 말이 옳다 여겨 곧 준비 태세를 갖추게 되었다.

"좌군장과 좌익장은 병력을 이끌고 충주의 외곽 마즈막재 쪽과 발티재 쪽을 장악한다."

"예, 대장."

"그리고 선봉장과 전군장·중군장은 주포 박달재 다리재를 넘어 충주성 북쪽에 병력을 주둔시켜 안에서 호응을 기다렸다가 공격한다."

"예, 대장."

"그리고 우군장은 청풍 한강을 거쳐 충주성 측면에서 대기하고 있다가 공격한다."

"예, 대장."

지도 위에 돌을 올려 각 진영의 움직임을 명령하는 의암에게 의병장들은 결의에 찬 목소리로 대답했다. 의암은 다시 설명을 덧붙였다.

"주력부대는 주포 박달재 다리재를 넘어 충주성 북쪽, 별동대는 청풍 한강을 거쳐 충주성 측면을 공격하는 것으로 이처럼 공격은 두 방향에서 이루어질 것이다. 또 각 군의 일부 병력을 행인으로 가장시켜 충주성에 입성해 본진과 내응해 성문을 열면 즉시 충주성을 총공격할 것이다. 이 모든 사안은 극비임을 명심하고 각기 군영을 정비하라."

"예, 대장."

막사 안은 이미 일본과 일본군에 합세하는 부일배 김규식을 처단하기라도 한 듯 사기가 높았다.

그때 선봉 김백선이 막사 안으로 들어섰다.

"선봉장, 어서 자리에 앉게."

의암이 김백선에게 자리를 가리키며 앉으라 했지만 어쩐지 백선은 자리에 앉지 않고 굳은 얼굴로 의암과 의병장들을 돌아보며 말했다.

"대장님, 우리 의병이 일어난 이유가 무엇입니까?"

"…."

"우리가 각지에서 의병을 일으킨 것은 국모를 시해한 역적과 왜군을 치기 위해서가 그 첫 번이요, 그 두 번째는 부모가 준 우리의 머리칼을 지키려고 일어난 것 아니겠소?"

"그렇지요. 암."

몇몇 의병장이 김백선의 말에 호응했다.

"그렇다면 우리가 4000에 이르는 병력으로 이깟 충주성을 빼앗을 것이 아니라 곧바로 궁으로 쳐들어갑시다."

"…."

중군장 이춘영과 전군장 안승우는 거병 당시 김백선의 포군이 있어 가흥 전투를 승리로 이끈 것을 생각했다. 그리고 의암의 부대 또한 지금 김백선의 포군이 있기에 충주성 전투의 승리를 장담할 수 있는 것이고 보니 김백선의 말에 일리가 있다고 생각했다. 의암을 제외한 의병장들은 서로 얼굴을 쳐다보는 것이 김백선의 말이 아예 틀린 말은 아닌 듯 생각하는 눈치였다.

"백선은 그 입 다물라!"

의암은 화를 억누르며 말했지만, 백선은 이미 마음속에 둔 말을 할 참이라 계속 이어서 말했다.

"어차피 충주성 전투에서 이기면 궁으로 갈 것 아닙니까?"

"선봉장인 그대는 지금 대장인 내 말을 거역하겠다는 건가? 이건 군령 불복종으로 군법으로 다스릴 수 있음을 모르고 하는 소린가?"

"군법이요? 나는 양반네들 하는 소리는 모릅니다. 그렇지만 충주성을 칠 게 아니라 궁으로 가자는 내 말이 어디 틀렸소?"

"김 백 선!"

의암이 노해서 칼을 빼들었고, 이에 지지 않고 백선도 자신의 칼을 빼들었다.

"어차피 이 김백선이 데리고 온 포군이 아니면 충주성 공략도 힘들지 않답디까?"

백선이 아무리 옳은 주장을 했다 하더라도 의병 또한 대장의 명을 따라야 하는 군인이었기 때문에 막사 안에 있던 모두가 칼을 빼 들고 백선을 겨누었다.

"백선 아우, 칼을 내리시게."

이춘영이 백선의 성정을 아는지라 말리려 들었다.

"이보게 아우, 춘영의 말을 듣게."

안승우도 이춘영의 말에 합세해 동생인 백선의 마음을 돌리려 했다.

"승우 형님, 춘영 형님."

김백선은 의병을 거병할 당시 안승우와 이춘영을 형님으로 모시며 의형제를 맺었고, 셋이 마음을 합해 가흥 전투를 승리로 이끌었던 것이다. 김백선이 평민 출신이었지만 기개와 용력이 비상한 인물임을 한 고향 사람인 이춘영이 알아보았고, 지평 군수로 있을 때 벼슬에 뜻이 없던 안승우와 깊이 사귀면서 김백선을 소개했는데 셋은 서로 마음이 잘 맞았다. 그 후 가족과 헤어져 언제 죽을지 모를 생사고락을 같이 하는 의병생활을 하면서 의형제를 맺었던 것이다.

"형님들, 저는 많이 알지는 못하지만 이렇게 여러 성을 돌며 싸우다가 언제 궁으로 가 국모를 죽이고 우리 임금님을 인질로 잡고 있는 일본

놈들을 죽인단 말입니까? 나는 여기서 내가 이끌고 온 포군을 빼 따로 움직일 테니 형님들은 여기 계시우."

김백선의 말이 끝나기가 무섭게 의암이 벽력같이 소리치며 명령을 내렸다.

"어허, 이제 의병군을 빼 나가겠다니 이는 군령을 어기고 항명하는 것이니 모두 김백선을 잡아 포박하라!"

막사 안에 있던 의병장 전원이 칼을 빼 들고 덤비려 하니 김백선은 자진해서 칼을 앞에 던졌고, 오랏줄로 몸을 친친 묶는데 반항하지 않았다.

"김백선을 막사 밖으로 끌어내라!"

의암은 막사 앞에 의병장들과 의병들이 모두 보는 가운데 추상같이 매서운 목소리로 명을 내렸다.

"김백선과 의병장들, 또 의병들은 들어라. 우리는 임금의 조서를 받들어 거병하였으니 정통군과 다를 바 없다. 그렇기 때문에 우리 호좌창의진의 군법은 다른 군의 군법과 같다. 김백선은 대장인 나의 명에 불복하였고, 군을 어지럽히는 말을 하였기에 군법에 따라 행할 것이니 처형하라!"

의암에게 안승우와 이춘영이 엎드려 울며 빌었지만 의암은 낯빛조차 바꾸지 않았다.

"마지막 할 말이 있는가?"

"군령을 어겨 죽는다는데 무슨 할 말이 있겠습니까마는 국모를 시해하고 우리 백성을 괴롭히는 그놈들 꼭 내 대신 싹 다 죽여 주시구려…."
 김백선은 그 말을 끝으로 눈을 감았다.
 김백선은 그동안 수십 명의 일본군을 사살하는 전과를 올렸고, 호좌 창의진의 공격에 꼭 필요한 포군을 지휘하고 있어 선봉장이었지만, 의암은 단호했다. 결국 김백선은 그의 나이 이제 스물셋 젊은 나이에 충주성 전투를 앞둔 1896년 2월13일 휘하 의병들의 사기를 떨어뜨리고 군기를 문란하게 하였다는 죄목으로 처형되었다.

 그 이틀 후 2월15일, 호좌창의진은 충주성 점령에 성공했다. 그때 충주관찰사 김규식은 관병을 동원하고 일본군에 도움을 요청했지만 일본군은 의병의 엄청난 수에 놀라 달아나 김규식을 돕지 못했다. 김규식은 충주성의 남문을 통해 몰래 도망치려 결국 의병들에게 체포되었다.
 "충주관찰사 김규식은 그동안 일본의 앞잡이로서 반역을 저질렀다. 이에 목을 베어 북문에 높이 매달아 본보기를 보이도록 하라!"
 의암의 추상같은 명이 떨어지자 그동안 단발령으로 백성들을 가혹하게 다루었던 김규식의 머리는 이미 몸통에서 떨어져 나가며 붉은 피를 뿜었다.
 춘천에서 의병을 일으킨 이소응도 의암의 충주성 승리 소식을 듣고 자신이 이끌던 춘천 의병을 사촌형 이진응에게 맡기고 의암의 본진에 합류했다. 이소응은 다양한 집단이 모여 통일성이 결여된 의병들의 규율을 강화하고 정신무장을 새롭게 하기 위해 '군중사무대강'을 지어 호좌의병이 구체적인 군사 체제를 갖추어 나가도록 했다.

일본군은 충주성 탈환을 위해 계속 반격을 했지만 그때마다 의병의 공세에 패퇴하고 있었다.

의암은 서찰을 적어 비밀리에 국왕에게 전했다.

조선 근대화

한편 국왕은 박정양과 이채연·이계필 그리고 영국인인 맥레비 브라운과 지도를 앞에 두고 오래도록 회의에 회의를 거듭하고 있었다.

국왕의 앞에는 조선이 자세히 그려진 우전선로도본이 놓여 있다. 여기에는 전보 선로와 전화선로·수로 상황까지 상세히 표시되어 있었다.

왕이 서울과 목포에 표시를 하며 말했다.

"과인은 서울과 목포·서울과 신의주를 잇는 종단 철도와 원산과 진남포·경흥과 의주를 잇는 횡단 철도를 구상하고 있다."

왕은 조선의 끝에서 끝으로 달리는 철도, 험한 산맥과 산맥을 관통하는 철도를 상상하면서 전국적인 철도망을 이미 계획해 두고 있었다.

왕은 흥분을 감추지 못했지만 대신들은 그저 놀라울 뿐이었다.

영국인 맥레비 브라운이 입을 열었다.

"전하, 세 번째 원산에서 경흥 쪽은 험준한 산맥이 많사옵니다."

"알고 있소. 그래서 더욱 철도가 필요한 것이오."

"산맥을 관통하려면 상당한 시일이 걸릴 것이고 예산도 많이 소요될 것입니다. 그쪽에 특별히 철도를 놓아야 하는 이유라도 있습니까?"

"있다마다…."

왕은 부강한 나라를 만들기 위해서는 나라의 재정이 튼튼해야 한다는 생각에 광산 개발을 염두에 두고 철도를 놓으려는 것이었다.

"다음은 한성에 대한 도시 개조 사업*을 한성판윤이 설명하라."

"예, 전하. 우선 도로의 폭을 개정해야 하옵고, 그 도로 안에 든 건물들을 걷어내는 것이 두 번째이옵나이다. 이에 방을 붙여 실행하고자 하옵니다."

한성판윤인 이채연이 대답했다.

"도시를 개조한다는 이유로 백성들에게 피해를 줘서는 아니 될 일이다. 이 사업에 대한 충분한 설명과 보상을 해 주도록 하라."

"예, 전하! 경운궁 앞에서부터 시작되는 이 도로는 방사상 도로로 미국 워싱턴의 가도를 모델로 하고 있사옵니다."

이채연이 자료 사진들을 왕에게 설명했다.

"공사의 기한은 3년을 넘기지 말라!"

"예, 전하!"

---

*이 시기 경운궁 주변에서 대로라고 부를 만한 큰 도로는 경운궁과 일직선 상에 있는 도로 하나뿐이었다. "도시 개조 사업의 주역은 10년 전 워싱턴D.C.의 주미한국공사관 팀이었다. 현지에서 경험한 워싱턴D.C.의 도시적인 장점, 근대 도시로서의 우수한 점을 한성에 도입하려 했다. 당시 미국의 워싱턴D.C와 프랑스 파리는 세계에서 가장 선진화된 도시라고 알려져 있었는데, 그 도시의 장점을 한성에 도입했던 것이다." 한성은 짧은 시간 안에 근대화된 도시로 탈바꿈했고, 그것은 물자와 인력이 턱없이 부족한 시대에 왕의 강력한 의지가 있었기 때문에 가능한 사업이었다. _이태진 서울대 명예교수.

"그리고, 개국 504년 10월11일 사건에 대해서는 흉당의 모함을 입어 원통한 죽음까지 당한 임최수·이도철 등 모두의 관작을 회복하라."*

왕은 자신을 위해 목숨을 아끼지 않던 내관 임최수의 얼굴을 떠올렸다. 그때 이용익이 의암의 서찰을 가져와 왕에게 올리자 왕은 기다렸다는 듯 반가워하며 주변을 물렸다.

"경들은 고생하였다. 오늘은 이만 물러가도록 하라."

"예, 전하."

박정양과 이채연 등은 왕의 집무실에서 물러났다.

왕은 모두 물러나자 의암의 서찰을 펼쳐 빠르게 읽어 내려갔다. 용안이 점점 밝아진 왕이 혼잣말을 했다.

"2월17일 충주성 함락. 의암이 해냈구나. 해냈어!"

의암의 충주성 점령은 왕과 조선에 비친 한 줄기 희망의 빛이었다.

의암이 충주에서 왕의 군대 역할을 톡톡히 하는 동안 왕도 마찬가지로 조선을 근대화시키기 위해 온갖 노력을 다하고 있었다.

왕은 이미 전국 전신선 개통과 대량 전기 시설을 아시아 최초로 들여왔고 이는 일본보다도 2년이나 빠른 움직임이었다. 근대 경찰제도인 경무청을 창설했고, 2년 전 강화도에 해군사관학교를 설립해 해군을 양성 중이었다. 또, 근대 소방 시스템을 도입했고, 전 국민 평등법을 제정하고 서양의학을 도입하기 위해 광혜원을 설립했다.

*춘생문 사건의 가담자들에 대한 복직.

왕은 조선을 하루빨리 근대화시켜야 한다고 생각했다. 그러자면 너무나 선량하고, 선량하다 못해 자신들의 권리가 무엇인지도 아직 깨닫지 못하는 무지한 백성들을 그 오랜 잠에서 깨워야 했다. 왕은 지금 러시아공관에 와 있지만 언제 어떤 세력에 의해 자신이 죽게 될지 자신의 백성들이 죽게 될지 알 수 없는 이때에 조선의 힘을 키워야 한다고 절박한 마음으로 생각했다.

일본은 자신들의 군대와 군함을 앞세워 조선을 보호국화 해 주겠다는 명분으로 조선에 군대를 주둔시켰고, 그 군대로 조선인과 조선 땅을 함부로 유린하며 청국과 전쟁을 했다. 나라가 위급에 이른 이때에 왕은 잠시도 쉴 틈이 없었다.

왕은 날마다 러시아공관으로 신하들을 불러들였고, 근대국가를 만들기 위해 그려 두었던 밑그림을 다시 그리기 시작했다. 그러려니 하루해가 짧았다.

충주성 전투

의암은 의병장들을 불러 동원에서 회의를 했다.

"우리는 이제 충주를 거점으로 서울로 나아갈 것이다. 또, 청·일 전쟁 때 일본군이 부산에서 서울까지 설치한 통신선을 차단할 것이다."

의암은 자신이 의병대장으로서 해야 할 일이 무엇인지 정확하게 알고 있었고, 일사불란한 지휘로 일본군이 쳐들어올 때마다 크고 작은 전투에서 승리를 거두었다.

의병장 중 중군장 이춘영은 지형을 잘 이용할 줄 알아 선두에서 의병을 지휘했다. 2월22일 그날도 이춘영이 선두에 서서 지휘해 승리를 거두었지만 이춘영은 일본군이 쏜 총에 맞아 전사하고 말았다. 이춘영은 지평에서 의병을 처음으로 모은 주인공이면서 호좌 의병을 주도한 핵심 인물로 그의 시신이 충주성에 운구되었을 때 모든 사람이 탄식하며 일손을 잡지 못하고 밥을 먹지 못했다고 한다.

의암이 충주성을 점령한 지 보름이 되어 가자 충주성 안의 물자와 식량이 부족해지고 있었다. 아직 이른 새벽, 성을 순시하고 있는 의암에게 이필근이 다가와 함께 걸으며 이야기를 나누었다.

"물자와 식량이 얼마 남지 않았겠구나."

"예, 대장. 이제 성안에서는 더 이상 버티지 못할 것입니다."

"우리는 오늘 밤 성을 빠져나간다. 곧 패한 일본군이 군을 정비해 대군이 몰려올 것이다. 어두워지면 모두 성을 빠져나갈 것이니 준비토록 하라."

"예, 대장."

충주성은 산성이 아닌 읍성이었기 때문에 오래 버티지 못할 걸 알았지만 그보다 더 큰 문제는 이제 친일내각이 붕괴되고 친러내각이 성립하자 단발령 철회와 의병의 해산을 촉구했던 것이다.

"대장, 내각에서 의병해산 명령을 내렸다고 들었습니다. 그 때문에 우리 의병들의 사기가 많이 떨어져 있습니다."

이필근이 조심스럽게 의암에게 말했다.

"우리는 내각의 명을 따른 것이 아니다. 우리는 국왕 전하의 군대다. 병장기들을 모두 점검하고 항시 전투를 할 수 있도록 차질 없이 대비하라."

"예, 대장."

충주성 안의 의병들은 이제 아침을 지어 먹고 있는 중이었다.

그런데 그때 북소리가 요란하게 울렸다.

둥 둥 둥 둥 둥 둥 둥 둥.

"일본군이다! 일본군이 몰려온다! 전투 준비를 하라!"

급박한 북소리와 외침을 신호로 아침을 먹고 있던 의병들이 각기 자신들의 무기를 집어 들고 위치로 가 일본군과 전투를 시작했다.

탕 탕 탕 탕 탕.

일본군이 가까이 다가오며 총을 쏘았다.

"아니, 멋담시 식전 댓바람부터 총질이여, 총질이."

한동과 함께 있던 칠복·동민 아부지는 허둥지둥 밥을 입안에 구겨 넣듯 넣고는 총을 메고 성곽으로 뛰었다.

"우리가 오늘밤 성을 나갈 걸 알고 온 겨?"

"이 우라질 놈들 하필 지금 와 가지고 밥도 못 먹게 하는겨."

탕 탕 탕.

탕 탕 탕 탕.

"뭐여 저 새카맣게 많은 게 다 일본군인겨?"

한동과 칠복·동민 아부지의 입이 쩍 벌어졌다.

"싸우러 온 게 아니고 아예 우리를 싹 쓸어 버리려고 작정을 하고 왔는가벼."

"히야, 겁나 많이도 몰려왔네."

칠복이 화승총에 화약을 넣고 동민 아부지가 불을 당기고 한동이 총을 격발했다.

"하나, 둘, 셋."

탕.

"하나, 둘, 셋."

탕.

성곽 옆으로 늘어선 의병들이 모두 한동이네 조처럼 세 명이 한 조가 되어 한 발씩 총을 쏘았다. 그에 비해 일본군이 쏘는 조총은 한 사람이 한 자루의 총을 쏘았고, 화력도 화승총에 비해 월등히 좋았다.

'타타타타탕탕탕.'

아침에 시작된 전투가 저녁이 되자 겨우 소강상태가 되었다. 그렇지만 일본군들이 물러가지 않고 충주성 밖에 진을 치고 있어 의병들은 충주성을 빠져나가지 못하고 밤을 지새울 수밖에 없었다.

"에고, 에고, 나쁜 놈들."

하루 종일 싸운 의병들은 혹시 일본군이 밤을 틈타 공격해 올까 봐 편안히 잠을 잘 수도 없었다.

일본군이 충주성을 둘러싼 상태로 호좌의병들은 충주성을 빠져나가지 못하고 5일간이나 싸웠다. 그러다 보니 제대로 먹지도 못한 의병들 속에서 부상자가 속출했고 사기가 크게 떨어졌다.

거기에 더해 비가 내리기 시작하니 화약이 젖어 화승총의 총알이 격발되어 나가지를 못했다.

'하나, 둘, 셋.'

"칠복이형, 동민 아부지. 총알이 나가지를 않아유."

조준해서 총을 쏘려던 한동이 당황해서 칠복과 동민 아부지를 불렀다.

"어쩌지유?"

"큰일이네."

충주성 안의 의병들 모두 마찬가지였다.

탕 탕 탕 탕 탕 탕.

"형님들 그런데유. 저 일본 놈들 총은 워째 비가 오는데도 발사가 된 데유?"

"그러게나 말여."

"그나저나 큰일이구먼."

충주성 성루에서 총을 쏘던 의병들이 총을 쏘지 못하자 의암이 명을 내렸다.

"돌을 모아 성루로 올려라. 돌팔매를 잘하는 의병들은 성루에서 돌을 던져 싸우라!"

의병들이 모두 일치단결해 일본군 쪽에 돌을 던지며 싸웠다.

날이 어두워질 때까지 전투가 계속되자 의병들은 더 이상 싸울 힘이 하나도 남아 있지 않았다.

"아이고, 팔이 떨어져 나가는 것 같네."

"아이고야, 아이고 내 팔아."

그 엿새 동안의 전투로 호좌의병은 막대한 피해를 입고서 3월5일 깊은 밤을 틈타 은밀히 충주성을 빠져나가고 있었다.

"칠복이형…. 흐흐흑. 동민아부지…."

한동이 전사한 칠복과 동민 아부지를 생각하며 의병들 속에서 소리 죽여 울며 소매로 눈물을 닦았다.

"한동아 그만 울거라."

"예에, 알겠어유. 흐흐흑. 지송혀유."

부상자들을 부축하고 긴 행렬을 따라 걷는 의병들의 마음은 무겁기만 했다.

민(民)을 깨우라

"인재가 절실하구나. 도무지 어디를 둘러봐도 일본에 아첨하려는 자들뿐이구나."

"망극하옵나이다."

오전에 업무를 마친 왕이 가비(커피)를 앞에 놓고 하문했다.

"서재필이 국내에 들어와 있느냐?"

왕의 하문에 박정양이 조심스레 입을 열었다.

"전하, 그자는 지난 정변 때 미국으로 도망친 자이옵고, 박영효의 사람이옵나이다. 그자들로 인해 얼마나 고초를 겪으셨나이까?"

"과인이 이미 사면령을 내렸다. 우리에게 그만한 인재가 있느냐?"

박정양이 왕의 하문에 대답하지 못했다.

"그를 데리고 오라."

"전하. 그는 반역도의 잔당이옵나이다."

"다 지난 일이다."

왕의 시선이 가비잔에서 박정양에게로 옮겨 갔다.

"서재필은 늘 자기 입으로 조선의 부국강병을 원한다 말하지 않느냐? 그런 서재필에게 맡길 만한 일이 있다. 그만한 적임자가 또 없느니라. 과인이 직접 만나 보겠다."

왕이 조선의 밝은 미래라 생각했던 젊은 개화파 관료 중 하나였던 서재필. 왕은 13살에 급제하고 임오년과 갑오년 정변에 박영효와 함께 가담했던 그를 생각했다.

"신이 그자를 데리고 오겠나이다."

"시일을 지체하지 말고 데려오라."

"신, 명을 받들겠나이다."

박정양이 읍하고 왕의 집무실을 물러 나왔다.

얼마 후, 왕은 공사관에서 서재필의 알현을 허락했다. 10년 전 꽃띠 청년 서재필은 이제 서른 중년이 되어 있었다.

"강녕하셨습니까? 전하."

"어서 오라."

왕은 10년 만에 낯선 모습으로 나타난 서재필을 반갑게 맞았다.

"전하께서 직접 찾으셨다고 해서 놀랐습니다."

"과인이 송재에게 미국 이야기가 듣고 싶어서 불렀으니 편하게 있으라."

"이제 저의 이름은 송재도, 서재필도 아닌 필립 제이슨입니다. 전하도 이제 저를 그리 불러 주시지요."

서재필은 알고 있었다. 넉넉한 인품의 왕이 자신을 지금 부른 것이 과거지사를 들춰 벌을 주고자 하는 것이 아님을. 왕은 신하들을 대할 때 늘 아우를 돌보듯 했다. 대신들이 관습과 과거에 대해 모를 때에는 늘 역사적 사건이 일어난 시기와 특별한 점을 정확하게 지적해 주곤 했고, 또 신하들과 논쟁으로 대립각을 세우는 일이 생길 때에는 신하들에게 모르는 것을 알려 주고 이해시키려 한 사려 깊은 왕이었다.

왕이 내관과 상궁을 물렸다. 서재필이 우리말을 잊었다 하여 서재필과 왕 사이에 통역만이 남았다.

가비 잔에 김이 모락모락 올랐다.

"과인에게 그간의 일이나 미국의 사정을 좀 들려주겠는가?"

"전하께옵서 듣고 싶은 이야기가 무엇이옵니까?"

"그대가 살고 있는 미국이란 나라는 어떤 나라인가?"

"자유롭고, 부유한 나라이옵니다."

"그것의 기반은 무엇인가?"

"…."

"그 자유롭고 부유한 나라가 되기 위한 근본이 무엇이란 말인가?"

"그것은 민주주의입니다."

"그렇다면 그 민주주의에 대한 그대의 생각을 말해 보라."

"국가의 주권이 국민에게 있고, 국민을 위하여 정치를 하는 것이옵니다."

"백성이 주인이 되는 나라를 말함인가?"

"그러하옵니다."

"그렇다면 우리 조선에서는 무엇을 먼저 해야겠는가?"

"시민들의 의식 수준을 높여야 하옵니다."

"그 방법은 무엇인가?"

왕과 서재필의 독대는 밤늦도록 이어졌다.

왕은 갑오년 양반과 상민으로 나뉘었던 반상제도(조선의 신분제도)를 철폐할 때, 이미 백성들의 무지함을 걱정해 국문존중칙령*과 교육입국조서를 내려 백성을 깨우치게 하는 것이야말로 작은 나라인 조선이 열강의 틈바구니에서 헤어나는 길이라 생각했다.

서재필은 그동안 왕을 둘러싼 친일 각료들로 인해 왕을 깊이 오해하고 있었다는 생각을 하며 왕의 집무실을 나섰다.

교육입국조서의 주요 내용

'교육은 그 길이 있는 것이니 헛된 이름과 실용을 먼저 분별하여야 할지로다. 독서나 습자로 고인의 찌꺼기나 줍기에 몰두하여 시세대국(時勢大局)에 어두운 자는 비록 그 문장이 고금에 능할지라도 쓸모없는 서생(書生)에 지나지 못하리라. 이제 짐은 정부에 명하여 널리 학교를 세우고 인재를 양성하여 너희들 신민(臣民)의 학식으로 국가 중흥의 큰 공을 세우고자 하노니 너희들 신민은 충군(忠君)하고 위국(爲國)하는

---

*'한글'에 대한 명칭을 기존의 '언문(諺文)'으로 하대하던 것을 '국문(國文)'으로 격상시켰다.

마음으로 너희의 덕(德)과 몸과 지(知)를 기를지어다. 왕실의 안전이 너희들 신민의 교육에 있고, 또 국가의 부강도 너희들 신민의 교육에 있도다.'

왕은 다음 날 아침 일찍 서재필을 다시 집무실로 불러들였다. 왕의 모습은 전날과 다르게 표정이 없었다. 이윽고 왕이 서재필에게 하문했다.
"제이슨, 그대의 나라는 조선인가? 미국인가?"
왕은 조선말도 잊었다고 이름도 필립 제이슨이라고 우기는 서재필에게 서재필의 미국 이름을 불렀다.
"…."
서재필은 왕이 하문하자 잠시 의아한 생각이 들었다.
"다시 묻겠다. 경은 조선 백성인가, 미국 백성인가?"
"저는 이제 미국 백성이옵니다."
서재필이 주저 없이 말했다.
"그래 알았다. 과인도 이제 더 이상 경을 짐의 백성으로 여기지 않을 것이다."
"알겠습니다."
"그렇다면 경이 조선의 고문이 되어 일하는 것은 어떠하겠느냐?"
"전하…."
"지금 우리 조선이 처해 있는 현실을 경은 누구보다 잘 알 것이다."
"…."

"과인은 이후 경을 미국 사람으로 대할 것이다. 그러니 경도 조선의 고문으로서 맡은 바 책무를 다해 주기를 바란다."

"전하께오서 그리 말씀하오시니 신, 조선의 고문관이 되겠다는 계약서를 쓰겠습니다."

"경이 원하는 대로 해 주겠다."

왕이 서재필에게서 시선을 돌려 대신들을 향해 하교를 내렸다.

"여기 필립 제이슨과 계약을 할 것이다. 준비토록 하라."

"예. 전하."

옆에 서 있던 윤치호가 대답했다.

"다른 나라의 고문들도 조선을 위해 최선을 다하고 있으니 경도 최선을 다하도록 하라. 우리 조선도 미국과 같이 부강해져야 하지 않겠느냐."

"그리하겠습니다."

결국 서재필은 조선인으로서 관직을 임명받는 것이 아니라 10년 계약으로 총리대신과 같은 액수인 월봉 300원을 받는 파격적인 조건으로 1896년 3월14일 중추원 고문에 취임했다.

"고문인 제가 앞으로 무슨 일을 하면 좋을까요?"

계약이 끝난 후 서재필이 왕께 여쭈었다.

"신문을 발간하는 일을 맡아서 하도록 하라."

왕은 바로 본론으로 들어갔다.

"신문이라면… 임오년의 〈한성순보〉를 말씀하시는 것이옵니까?"

"그렇다. 한문이 아닌 국문으로 된 신문을 발간토록 하라."

"국문으로입니까?"

"국문으로 발간된 신문이라야 백성들이 모두 볼 것이고, 그렇게 해야만 국민 의식이 높아져 부국강병한 나라를 만들 수 있는 것이다. 의회를 만드는 것은 백성이 각성된 그 후에라야 가능하다는 것이 과인의 생각이다."

어제 서재필은 국왕에게 미국의 민주주의와 의회에 대해 설명했을 뿐인데 서재필이 생각했던 것보다 왕의 결단은 빠르고 정확했다.

"성은이 망극하옵니다."

"시일은 얼마나 걸리겠느냐?"

"반년이면 될 듯하옵니다."

"미리 준비된 것이 있으니 보름 안에 완성토록 하라."

"예에?"

서재필은 놀란 입을 다물지 못했다.

"전하, 그리하자면 자금이 많이 소요될 것입니다."

"돈은 얼마가 들어도 좋으니 자주부강한 나라를 만들 수 있는 초석을 놓을 신문을 발간하는 일에 최선을 다하라."

"전하. 신문을 만든다 해도 가난한 백성들이 신문을 사보지 못할 것이옵니다."

서재필은 현실적인 문제를 말했다.

"과인은 신문의 판매를 통해 이문을 남기고자 하는 것이 아니다. 얼마의 돈이 들어간다 해도 백성들의 의식이 바뀔 수 있다면 그것은 비싼 것이 아니다. 신문의 판매대금 또한 짐이 책임질 것이니 경은 싼값에 많은 사람이 볼 수 있도록 좋은 신문을 만들도록 하라."

"전하의 뜻이 그러하시다면 신 최선을 다해 전하의 뜻이 담긴 신문을 만들겠나이다."

"경이 내 뜻을 알아 주니 고맙다."

서재필은 통역과 함께 왕의 집무실을 나오며 이마에 송글송글 맺힌 땀방울을 닦았다.

"신문이라…."

병풍 뒤에 섰던 사내가 왕의 앞으로 나서며 말했다.

"전하, 서재필을 믿지 마시오소서."

"우리에게 지금 저만한 인재가 없느니라."

"망극하옵나이다."

"계속 지켜보라."

"예, 전하."

"그보다 월남(이상재의 호)은 지금 어디 있느냐?"

"월남은 지금 국어학교 교장으로 있나이다."

월남 이상재는 과거시험장에서 관료계의 부패를 경험하고 박정양의 집에서 식객으로 있다가 박정양이 일본에 조사시찰단으로 갈 때 함께 다녀왔고, 또 박정양이 주미공사에 임명되었을 때 1등 서기관으로 함께 일했다.

"월남을 데려오라."

"예, 전하."

"흠… 월남이 오면 짐이 이를 것이나 월남과 송재를 함께 묶어 일하게 함이 경의 생각엔 어떠한가?"

"역시, 전하시옵나이다. 강직한 월남이라하면 믿을 수 있는 인물이오니 곁에 두고 일하게 하오소서."

그때 집무실 밖에서 내관의 목소리가 들려오자 사내는 다시 병풍 뒤로 몸을 숨겼다.

"전하, 고무라 공사가 알현을 청하옵나이다."

왕의 용안에 불편한 기색이 어렸다.

"잠시 아래층에서 기다리라 이르라."

조선의 왕이 러시아공관에 머무는 것을 두고 볼 수 없는 고무라 주타로는 오늘은 꼭 왕과 왕세자를 경복궁으로 데리고 가려고 많은 수의 군사를 이끌고 왔다. 그렇지만 러시아 공사 베베르는 그리 호락호락한 인물이 아니었다. 왕후의 살해 현장에 있던 사바찐을 본국으로 빼돌릴 만큼 영악했고, 조선의 왕이 미국이 아닌 러시아공관으로 피신을 한 데에는 일본과 러시아의 사이가 좋지 않은 영향도 있었다.

"고무라 공사, 그대만 들어가시오!"

베베르는 거드름을 피우며 고무라를 보았고, 고무라는 속이 뒤틀리는 것을 참으며 베베르의 마음을 돌려 보려 했다.

"공사, 이것은 중차대한 일이오. 지금 폭도들이 난동을 부리는 상황에 우리가 조선의 왕과 왕세자를 보호해야 하오."

"그래서 지금 우리 러시아공관에서 왕과 왕세자 전하를 보호하고 있는 것 아니오."

"언제까지 남의 나라 공관에 계실 수는 없는 노릇이니 궁으로 모시겠다는 것 아니겠소."

"그건 어디까지나 조선의 왕이 결정할 일이오. 그리고 그대 나라에서 조선의 왕후를 잔인하게 살해했다는 것을 모르는 이가 없거늘 지금 왕과 왕세자를 모셔가겠다는 것이 말이 되오?"

"공사, 그것은 이미 무혐의로 판명된 일인데 여기서 나와 따져 무엇하겠다는 것이오? 어쨌든 나는 두 분 전하를 모셔가려고 왔으니 안으로 들겠소!"

"정 그렇다면 무기를 두고 공사만 들어가시오!"

베베르는 고무라를 사악한 인간이라 생각해 조금도 양보하려 하지 않았고, 고무라는 이를 갈며 베베르의 말처럼 무기를 두고 혼자 안으로 들어와 조선의 왕을 기다리고 있었다.

한 시진이 지나도록 왕은 얼굴을 보이지 않다가 천천히 고무라가 있는 아래층 접견실로 내려왔다.

"자리에서 일어나시오."

내관이 고무라를 보자 이른 말이었다.

'이것들이….'

경복궁에서 총칼 찬 일본군이 감시하고 있을 때에는 잠자코 있던 왕이었는데 여기서 만난 왕은 눈빛부터가 달라져 있어 마음에 들지 않았다. 그렇지만 지금 이곳은 자신의 무력이 미칠 수 없는 곳이라 마음에 없는 미소를 띠고 조선의 왕을 대했다.

"전하, 강녕하시무니까?"

"그렇소. 그런데 공사는 몹시 좋지 않은 것 같소?"

"하하하, 그럴 리가요. 넓은 궁이노 놔두시고 이렇게 작은 공사관에노 계시려니 불편하지 않으시무니까? 제가 오늘 모셔가려고 모든 준비노 해두었스무니다. 저하고 함께 궁으로 돌아가시지요?"

"공사, 공사의 마음은 이미 알고 있소. 그렇지만 짐이 경운궁을 수리하라 일렀으니, 궁궐 수리 후에 경운궁에 거처 할 것이오. 그러니 그것은 공사가 걱정하지 마시오."

"난데없이 궁궐 수리라뇨? 그런 것이라면 저희와 먼저 상의노 하는 것이……."

"과인이 과인의 궁궐 수리를 왜 공사와 상의해야 한다는 것이오? 과인은 지금 궁으로 돌아가지 않을 것이니 그리 아시오!"

고무라는 조선의 왕이 전에 없이 단호하게 나오자 당황할 수밖에 없었다.

"전하, 저희노 그저 전하와 조선의 안위노 걱정되어 우리 일본 천황폐하께옵서 군을 내어주셔서 조선을 보호하고 있는 것이무니다. 그리고 얼마 전 조선 폭도들이 난동이노 부려 우리 상인과 군이노 피해가 얼마나 되는지 아시무니까? 그것에 대한 보상이노 해 주셔야겠스무니다."

"공사, 그것이 폭도들이 난동을 부린 거라고 알고 있소? 강 내관 당장 조서들을 가지고 오라!"

"예, 전하."

얼마 후 내관이 가져온 쟁반에 많은 수의 서찰 두루마리가 얹혀 있었고, 이를 보는 고무라의 얼굴은 한쪽으로 일그러졌다.

"읽어 보라."

내관이 글을 펼쳐 읽으려 할 때였다.

"전하, 이것들이 다 무엇이무니까?"

"방금 공사가 과인의 백성들을 폭도라고 하였기에 왜 그런 일들이 일어나게 되었는지와 과인의 백성들이 폭도가 아니라는 증좌들이오. 공사의 나라에서 온 장사꾼들이 얼마나 불법적으로 일을 해 왔는지가 낱낱이 적혀 있으니 공사가 한번 보시오."

왕은 내관이 들고 있던 서류들을 고무라 공사 앞에 던지듯 펼쳐 보였다.

"전하 이것들이노."

그때까지 화를 참던 고무라가 화에 못 이겨 튕기듯 자리에서 일어났고, 언제 들어왔는지 고무라의 눈에 자신을 비웃고 있는 베베르 공사가 보였다.

왕이 손짓을 하자 내관이 쟁반을 안고 몇 걸음 뒤로 물러났다.

"공사!"

"…."

벌겋게 얼굴이 달아오른 고무라가 대답을 하지 못했다.

"공사!"

"하이, 말씀하시지요."

고무라가 화를 삭이며 조선의 왕에게 내키지 않는 대답을 했다.

"그리고 말이오. 조선의 왕후를 그대의 나라에서 살해한 것에 대해 과인은 책임자에 대한 처벌과 그에 응당한 배상을 청구할 것이오."*

"전하, 그것이노 우리 천황 폐하께옵서 이미 보고를 받으셨고, 무혐의로 끝난 사건이노…."

고무라는 이곳 조선에 미우라 고로 공사의 후임으로 부임할 때 이시즈카 에조가 상부에 올린 보고서**를 보았고, 그것을 읽어 내려갈 때 인간이 인간에게 느낄 수 있는 분노를 느꼈던 고무라였다. 그렇지만 그것도 잠시 그는 어차피 그들과 같은 부류의 인간이었다.

"무혐의? 지금 무혐의라 하였소?"

왕의 목소리는 추상 같아 러시아공관 복도를 울렸다.

"저 그것이노…."

"공사의 생각을 어디 한번 들어 봅시다."

---

*러시아 공사 베베르가 쓴 '1898년 전후 한국에 대한 보고서'에 담긴 내용.
**명성황후 참살에 가담한 이시즈카 에조라는 일본인이 작성한 보고서

왕이 화를 약간 누그러뜨리고 말했지만 고무라는 이 상황에서 자신이 조선의 왕에게 말려들 것만 같은 생각이 들었다.

"전하, 그렇담 전하의 거처노 전하의 뜻대로 하시지요. 저는 오늘 급한 일이노 있는 걸 잊고 있었스무니다. 그럼 이만 돌아가 보겠스무니다."

고무라 공사가 이렇게 말이 막힌 적이 없건만 조선의 왕 앞에서 더는 어떤 말도 못하고 황급히 자리를 뜨고 말았다. 이에 베베르 공사는 한쪽에 서서 웃음이 번져 나오는 것을 애써 참고 있었다.

"전하, 아주 통쾌하였습니다."

"공사는 말을 삼가시오."

왕의 심기가 불편해 보여 베베르는 입을 다물었다.

"예, 그리하겠습니다."

"일본 쪽에서 앞으로 더 어떤 빌미를 만들어 우리 조선을 압박해 올지 알 수 없으니 공사도 단단히 준비토록 하시오."

"예. 전하."

"당분간은 고무라 공사가 찾아오는 일은 없을 것이지만 만약 찾아온다면 공사가 알아서 돌려보내시오."

"예, 진하. 그리하겠습니다."

그 얼마 후, 월남이 왕께 예를 올렸다.

"전하…."

"월남, 이제 눈물을 거두라."

"전하의 강녕하심을 눈으로 뵈오니… 신, 이제 안심이옵나이다."

"앞으로 그대가 할 일이 많다."

왕이 엎드려 울고 있는 이상재의 손을 잡았다.

"신, 전하께옵서 명하시면 몸이 부서진다 해도 마다하지 않을 것이옵나이다."

"고맙구나. 짐이 송재에게 신문 발간을 명했다. 월남 그대가 함께 신문을 만들어 경의 교육에 대한 뜻을 그 신문에 넣어 백성들을 교화토록 하라."

"전하, 그 뜻 받들겠나이다."

"그리고 월남, 그대가 믿을 수 있는 인물들로 천거토록 하라. 이는 중요한 일이니 비밀리에 짐에게 데리고 오도록 하라."

"예, 전하."

독립신문

4월 7일, 드디어 4300원의 거액을 들여 국문으로 된 신문이 빛을 보게 되었다.

서재필은 4면으로 된 신문을 가져와 왕 앞에 내놓았다.

"전하, 신문이 나왔습니다."

"수고하였다."

"전하의 말씀처럼 4면에 1면은 영문으로 기사를 실었사옵나이다."

왕의 손에 신문이 들렸고, 찬찬히 〈독립신문〉 창간사를 읽는 그의 눈이 빛났다.

우리가 〈독립신문〉을 오늘 처음으로 출판하는데 조선 속에 있는 내외국 인민에게 우리 주의를 미리 말씀하여 아시게 하노라.

우리는 첫째 편벽되지 아니한 고로 무슨 당에도 상관이 없고 상하 귀천을 달리 대접 아니하고, 모두 조선 사람으로만 알고, 조선만 위하며 공평히 인민에게 말할 터인데 우리가 서울 백성만 위할 것이 아니라 조선 전국 인민을 위하여 무슨 일이든지 대언하여 주려 함.

정부에서 하시는 일을 백성에게 전할 터이요, 백성의 정세를 정부에 전할 터이니, 만일 백성이 정부의 일을 자세히 알고 정부에서 백성에 일을 자세히 아시면 피차에 유익한 일만 있을 것이요, 불평한 마음과 의심하는 생각이 없어질 터이옴.

우리는 바른대로만 신문을 할 터인 고로 정부 관원이라도 잘못하는 이 있으면 우리가 말할 터이요, 탐관오리들을 알면 세상에 그 사람의 행적을 퍼뜨릴 터이요, 사사로운 백성이라도 무법한 일을 하는 사람은 우리가 찾아 신문에 설명할 터이옴.

또 한쪽에 영문으로 기록하기는 외국 인민이 조선 사정을 자세히 모른즉 혹 편벽된 말만 듣고 조선을 잘못 생각할까 보아 실상 사정을 알게 하고자 하여 영문으로 조금 기록함.

그리한 즉 이 신문은 똑 조선만 위함을 가히 알 터이요 이 신문을 인연하여 내외 남녀 상하 귀천이 모두 조선 일을 서로 알 터이옴.*

"고맙구나. 시일이 촉박했을 것인데…. 독립의 가장 근본적 요소는 각성한 민중이고 나라의 주인은 민인 것이다. 과인의 백성이 무지해 아직 그 참뜻을 자각하지 못하니 신문을 통해 백성들에게 자주민권 자주자강에 대해 뿌리 깊게 새겨 주도록 하라."

*〈독립신문〉 1896년 4월7일 창간호 창간사 일부.

"알겠습니다."

서재필은 왕의 뜻을 알았다 여길 때마다 왕은 더 멀리 보고 더 깊이 생각하는 것을 느꼈다.

왕은 사실, 어린 임금 시절부터 청에 대한 사대주의를 끊고 자주국이 되어야 한다고 늘 생각하고 있었다. 그래서 아버지 흥선대원군이 수렴청정을 하는 동안 자신이 왕위에 오르면 제일 먼저 그 사대주의를 끊으리라 생각해 왔다. 그 오랜 세월 조선 백성의 머릿속에 각인되다시피 뿌리 깊게 박혀 있는 사대주의를 끊으려면 우선 백성들의 생각을 바로잡아 주어야 했다.

"그동안 경이 무척 고생하였다."

"성은이 망극하옵니다."

"그래 발행부수는 얼마나 되느냐?"

"300부이옵니다."

"그 정도로는 일본이 발행하고 있는 〈한성신보〉에 맞서기 어려울 것이다. 발행부수를 늘리도록 하라."

"예, 전하."

서재필이 왕에게 신문을 가져와 보이고 돌아가자 병풍 뒤에서 한 사내의 목소리가 들렸다.

'전하, 전하가 하사한 4300원 중 신문 발행에는 총 3000원이 들었나이다.'

"나머지는?"

'1300원은 자신의 집을 사는 데 사용하였나이다.'

"음…."

'어찌 하올까요?'

"계속 지켜보라."

'예, 전하.'

"신문만으론 안 된다. 힘을 모아야 한다."

왕은 오래도록 뭔가 생각하며 눈을 감은 채 있다가 다시 입을 열었다.

"각지의 의병들에 대한 보고를 올리라."

"예, 전하. 의암의 호좌창의진이 제천에서 패해…."

그때 대신 안경수가 왕에게 배알을 청하자 병풍 뒤에 선 사내가 다시 병풍 안으로 몸을 숨겼다. 안경수는 춘생문 사건 때 징역 3년을 선고받았다가 얼마 전 왕이 특지사면을 내려 풀려나 경무사와 중추원 일등의 관직에 임명되었다.

"전하, 보고드릴 것이 있어 들었사옵나이다."

"말하라."

왕이 안경수의 얼굴을 보았다.

"전하, 제천에서 일어난 폭도들을 진압하기 위해 특별히 장기렴의 경병과 왜병을 진압군으로 보냈나이다."

"진압군이라니?"

"관원을 죽이고 물자를 빼앗아 민심이 흉흉합니다."

"그들은 의병이지 폭도가 아니다."

"약한 백성들을 약탈하고 있는 폭도가 맞습니다. 또 우리를 보호해 주고 있는 보호국인 일본을 배척하고 있습니다."

"그래서 그대는 과인의 명도 없이 그들을 진압한다는 것인가?"

왕이 진노했다.

"조선 곳곳이 폭도들로 들끓고 있습니다. 일본군이 아니면 누구라야 그들을 진압할 수 있겠나이까?"

"당장 철수토록 하라!"

"그럴 수 없나이다. 이미 일본군과 관군이 진압하였나이다."

"어찌 짐의 윤허도 없이 군을 움직였단 말이냐? 당장 물러가라."

"전하."

"물러가라지 않는가!"

왕의 호통에 안경수는 고개를 숙이고 물러갔다.

"안경수의 뒤를 살피라."

"예, 전하."

"아… 아니다. 그만두어라."

병풍 뒤의 사내가 병풍 밖으로 나왔다.

"도대체 누구를 믿을 수 있다는 말이냐?"

"전하, 의암은 이미 전하의 뜻을 알고 있을 것이옵나이다."

"그래, 의암은 그럴 것이야. 그렇지만 지금 구국의 일념으로 일어난 과인의 백성들이 위험에 처해 있구나. 과인이 이렇게 손을 놓고 있을 수밖에 없다니 어찌 이럴 수가 있단 말이냐?"

왕은 답답했다.

"군을 정비해야겠다."

이회영

왕에게 얼마 후 기쁜 소식이 날아들었다.

"별입시, 이용익 들었사옵나이다."

"들라."

이용익과 함께 왕을 배알하러 온 인물은 다름 아닌 이회영이었다.

이회영의 집안은 선조인 이항복 때부터 시작해 8대에 걸쳐 한 번도 빠짐없이 정승판서를 배출한 조선의 최고 명문가였다. 수려한 외모에서 풍기는 맑은 기운을 가진 서른 살의 이회영이 왕 앞에 부복했다.

"전하, 주위를 물려 주시옵소서."

이회영을 데리고 온 이용익이 은근한 말투로 말했다.

"물러들 가라."

내관과 상궁·나인들이 뒷걸음으로 물러났다.

"전하, 전 이조판서 이유승의 4남 회영이옵나이다."

"어서 오라."

왕의 용안이 환하게 밝아졌다.

"전하 옥체 강령하오심을 뵈오니 감개무량하옵나이다. 왕비 전하의 훙서 사건을 듣고 한달음에 달려오고 싶었지만 그리하지 못했나이다. 용서하옵소서."

얼굴빛이 뽀얀 회영이 고개를 숙였다.

"아니다. 아니야. 이렇게 와 주니 고맙구나."

"전하, 전하께옵서 하시는 일을 신이 도울 수 있도록 하여주시옵소서. 신, 월남 선생에게 듣고 구국의 일념으로 왔사오니 물리치지 말아 주옵소서."

"오오, 이렇게 고마울 데가."

왕이 일어나 회영의 손을 잡아 일으켰다. 이회영 같은 조선 최고 명문가의 힘을 얻는다는 것은 왕으로서 구원군을 만난 것과 다름이 없었다. 회영의 가문은 명문이기도 했지만 명동 일대의 땅이 모두 그 집의 재산이라 그 집 땅을 밟지 않고는 명동 땅을 지날 수 없다는 말이 돌 정도로 거부 중의 거부이기도 했다.

"과인이 사방이 막혀 외로운 중에 있었는데 이렇듯 과인을 위해 와 주니 고맙구나."

"황공하옵니다. 신, 최선을 다해 전하를 도울 것이옵나이다."

이회영이 왕을 알현하고 나와 러시아공관 앞에 섰는데 당연히 기다리고 있어야 할 듬직한 마 서방이 보이지 않았다.

"여기서 기다리기로 했는데 어딜 간 거지!"

주위를 둘러보던 이회영이 이제 거꾸로 마 서방을 기다렸다.

얼마쯤 지나자 덩치 큰 마 서방이 어두운 얼굴로 어깨를 축 늘어뜨린 채 회영에게 다가왔다.

"서방님, 지가 늦었습니다유."

마 서방의 몸짓이 송구스럽다는 듯 굽실거렸다.

"괜찮네. 그보다 무슨 일이 있었는가?"

"그것이… 아무것도 아닙니다유."

"이 사람, 왜 말을 하다 마는가?"

"서방님은 모르셔도 됩니다유…."

"허허, 내가 몰라도 되는 일이란 말이지! 험."

회영이 마 서방을 두고 뒷짐을 지고는 앞서 걸어가자 마 서방이 쭈뼛거리며 뒤따라 걸었다.

"그렇다면 내 진짜 모른 척함세."

"…."

"이제 앞으로 내 앞에서 절대 발설하지 마시게."

앞서 걷던 회영이 식당에 들어 소머리 국밥 두 그릇과 탁주 한 주전자를 시키고 자리에 앉았다.

"내 시장하니 밥은 먹고 가세나."

이것은 마 서방의 얘기를 듣기 위한 회영의 방법이었다.

"목이 칼칼하구만."

회영이 탁주를 한 사발 벌컥 들이켰다.

"서방님 그것이유."

회영이 이쯤 했으면 벌써 속내를 드러내고도 남았을 순진한 마 서방인데 오늘은 뭔가 말 못 할 사정이 있는 것이 분명했다.

대를 이어 회영의 집 노비였던 마 서방네는 2년 전 왕이 법적으로 모든 공·사노비를 해방시켰을 때 회영도 마 서방네를 속량시켜 양민이 되었다. 그렇지만 마 서방네는 끝까지 회영의 집에서 함께 살기를 원해 바깥채에서 그대로 살고 있었다. 회영이 말을 편하게 하라고 수도 없이 얘기했지만 말투만큼은 바뀌지 않아 편한 대로 두고 있었다.

쭈뼛대던 마 서방이 회영을 따라 탁주를 한 사발 들이키고는 생각을 바꾼 듯 입을 열었다.

"서방님, 그것이유 제 바로 밑에 동생이 그만…."

"자네, 바로 밑에 동생이라면 작년에 제천으로 이사를 간 한동이를 말함인가?"

"예에, 그렇습니다유."

갑자기 마 서방이 소매로 눈물을 훔치며 말을 이었다.

"그 마한동 그눔아가 글씨 폭도가 되었답니다유…."

"이보게 마 서방, 폭도라니?"

"제천서 폭도들이 난동을 부린다는디 한동이가 그 속에 끼어 폭도 짓을 하고 있다지 뭡니까유. 기껏 서방님께서 세간이니 뭐니 다 살게끄름 해 주셨는디 그 고마움도 모르고 어찌 그러는지 모르겠습니다유. 지금 시상이 으떤 시상인디 지늠아가 으찌 그러는지. 흐흑."

마 서방은 진심으로 회영에게 미안한 마음에 자기 동생이 은혜도 모르는 놈이라 생각하고 눈물을 흘렸다.

"마 서방!"

"예, 서방님."

울고 있는 마 서방과 달리 회영이 빙긋이 웃으며 마 서방에게 말했다.

"제천에서 거병한 것은 폭도가 아니고 국모를 죽인 원수를 갚고자 일어난 의병들이라네. 그 의병들이 폭도라니. 그것은 국모를 시해한 원수들이 하는 말인 걸 모르는가? 나는 한동이가 자랑스럽네. 허, 한동이가 나보다 낫네그려."

"서방님…."

"내 러시아공관에서 오늘 전하를 뵙고 왔네. 전하의 뜻에 따라 나는 그 제천 의병을 도우려 하는데 더욱 잘되었네. 마 서방 자네가 도와주게나."

회영이 마 서방의 넙적한 손을 붙잡았다.

"서방님, 그게 참말이우?"

"참말이지. 내가 언제 거짓말하는 걸 보았는가?"

"아니우, 아니우. 서방님이 거짓말하는 건 내 평생에 못 보았수."

마 서방이 고개를 세차게 저으며 활짝 웃었다.

"지가 뭘 으찌 도우믄 되는지 말씀만 하셔유. 한동이 그눔아 어릴 적부터 서방님이 이뻐허셨지유. 그눔이 지보다 낫구먼유. 낫구 말구유."

울던 마 서방이 이제는 신바람이 나 함지박만 하게 헤벌쭉 입을 벌린 채 웃고 있었다.

그 뒤 회영은 경기도 개성부 풍덕 지방에 경영 중인 삼포농장에서 난 수익금으로 항일 의병의 거병 자금을 만들었고, 회영의 농장 수익금과 왕실의 내탕금은 마 서방이 도맡아 안전하게 전달했다.

패전

 의암의 호좌 의병들이 충주성에서 후퇴하자 일본은 누각과 향교를 불태웠고, 마을에 불을 질러 마을을 떠나는 피난민이 많아졌다. 의암은 충주성에서 패한 의병들을 제천에 다시 집결시켜 전열을 가다듬고 있었다. 그때 장기렴의 경병과 왜군이 함께 충주에 들어와 의병을 해산시키려 〈고시〉라는 글을 보내왔다.

 사람을 죽이기 장리까지 미쳤고, 물화를 뺏긴 공화에까지 이르렀으니 행동이 이러하고서 어떻게 의병이라 할 수 있는가.
 이에 본 참령은 역적을 치라는 명령을 받들어 병사를 거느리고 여기에 왔노라.
건양 원년 4월 25일 황사수선소 참령

 장기렴이 보내온 글을 읽은 의암은 대노해 추상같이 말했다.

"오늘 가지고 온 이것은 거짓된 왕명이다. 지금 실제로 관리라는 자들은 모두 왜군수라고 하지 않느냐? 왜놈에게 포로가 된 친일 정부의 명령을 받드는 관리들은 오랑캐의 앞잡이라는 말이다. 그러니까 우리는 오랑캐의 앞잡이를 죽인 것이고, 난신적자의 패거리에 불과한 반역자들을 공격한 것이지 관리를 공격한 것이 아니다!"

의암은 곧 거병의 당위성을 밝히는 〈회답문〉을 써 내려갔다.

이제 의병을 일으킨 이유를 우리나라 신민된 자 어찌 그 소이연을 모르겠는가. 근일 십적의 무리는 안에서 화를 빚어내고 일본의 도적은 밖에서 트집을 만들어 내어 국모를 시해하고 군부를 욕보였으니, 피눈물을 머금고 복수 설치하는 사업을 펴지 않을 자가 있겠는가.

의암은 이어 의병들을 모아 이야기를 시작했다.

"우리 호좌창의진이 거병한 가장 큰 목적은 외세를 완전히 몰아내는 것이다!"

"와아아아아아."

"우리는 위로 우리의 임금님이신 전하의 뜻을 받들어 국모를 시해한 역당들을 응징하려고 의로운 뜻을 모은 의병이다. 어찌 우리가 물러설 수 있단 말이냐? 이는 참으로 부끄러운 일이다. 우리는 기필코 저들에게 우리의 높은 뜻을 알려 줘야 할 것이다! 이에 우리는 저 왜군의 앞잡이와 협상은 없다!"

의암의 혈기에 찬 목소리가 산속에 쩌렁쩌렁 울렸다. 이렇듯 의암이 이끄는 의병들은 자신의 목숨을 바쳐 나라를 위급에서 구한다는 생각에 장기렴의 회유에 흔들리지 않고 그 사기가 하늘을 찌를 듯했다.

그렇지만 전투가 시작되고 보니 의병의 화승총과 구식대포가 일본군의 최신식 소총에 맞설 수가 없었다. 그렇기 때문에 의병들의 전술은 지형을 이용해 치고 빠지는 식의 공격이 주가 되었다.

5월23일, 장기렴이 이끄는 관군이 남한강을 도하해 황석촌 북쪽 대덕산을 점령하고 24일 날이 밝자 북창진 의병의 측면을 공격했다. 이에 의병부대는 고교로 후퇴하였고, 본진에서 증원군을 보내 방어진을 보강하였다.

그때 의병진은 의암의 명에 따라 북창진에서 제천 간의 도로 차단에 주력하고 있었다. 관군이 의병진을 우회하여 제천에 직접 접근을 시도하자 중군장 안승우도 남산에서의 전투를 위해 제천에 병력을 집결시켰다.

25일, 관군과 의병 사이에 최후의 결전이 벌어졌다.

"진격하라!"

중근장 안승우가 이끄는 의병이 승세를 타고 있었다.

"물러서지 말고 진격하라!"

안승우의 목소리가 남산을 울렸고, 의병들은 안승우의 명에 따라 일사불란하게 움직이고 있었다. 그렇지만 갑자기 날이 어두워지며 비가 내리기 시작했다. 그러자 화승총에 불이 붙지 않아 무용지물이 되면서 전세가 밀렸다.

"대장님, 총에 불이 붙지 않습니다."

"안 된다. 여기서 우리가 물러서면 우리 호좌진이 모두 위험해진다!"

"알겠습니다. 대장님."

안승우는 이 남산을 일본군에 넘겨줄 수 없다는 일념에 의병들을 독려해 맨 앞에서 지휘했다.

"진격하라! 진격하라! 여기서 물러서지 마라!"

안승우의 피맺힌 목소리가 산을 울렸지만 총을 쏠 수 없어 돌을 주워 싸우는 상황이 되었고, 얼마 후 안승우의 가슴을 겨눈 일본군의 소총에 맞아 안승우는 장렬히 전사하고 말았다.

결국 국모를 시해한 원수들을 응징하고, 임금을 위태로움에서 구하고자 하는 구국의 일념뿐이었던 의병군은 패하고 말았다.

고무라·웨베르 각서

일본 공사 고무라는 러시아공관에서 자꾸 일을 꾸미는 조선의 왕 때문에 심기가 편치 않았다.

왕후를 죽이고 왕을 궁 깊숙이 유폐시켜 놓고 자신들의 꼭두각시 노릇을 충실히 해 주던 김홍집 내각이 움직였을 때는 이제 다 되었다 생각했는데 갑자기 조선 왕이 러시아공관으로 이어하는 사건이 생기고 보니 청·일 전쟁을 감행하면서까지 조선을 보호국화 하려던 모든 것이 하루아침에 물거품이 된 것이다.

조선 왕이 제일 먼저 일본과 손을 잡고 일하던 각료들을 죽이라 명을 내려 김홍집과 어윤중·정병하가 죽었고, 다른 대신들도 위험해지자 고무라는 자신이 직접 유길준을 비롯한 10여 명의 고관들을 일본으로 망명시켜야 했다.

왕은 자신이 러시아공관으로 이어함으로써 조선 안에 있던 부일배 세력을 일시에 청산했다. 독립신문을 만들어 내각이 하고 있는 일들을 백성에게 알리려 들었고, 근대 도시를 만들겠다고 종로와 남대문로 길을 넓혀 전차를 달리게 했다. 또 교사를 길러 냈고, 소학교와 기술전문학교의 설립을 일사불란하게 하고 있었다. 거기다 해군과 육군을 양성하고, 철도사업을 벌여 국토개발을 하고 있었다. 고무라는 이 모든 것들이 조선 왕의 머릿속에서 나왔음을 알았다.

이대로라면 자신도 이노우에처럼 불명예스럽게 일본으로 돌아가게 될 것만 같았다. 지금으로서는 조선의 왕을 빨리 환궁시키는 것이 최선이었지만 그는 그리 만만한 인간이 아니었다. 고무라는 지금 그 어떤 계략으로도 조선 왕을 환궁시킬 수 없다는 것을 알았다. 그렇게 조선 왕의 환궁 시기가 늦어지면 늦어질수록 불리해지는 것은 일본과 자신이었다.

그렇다면… 그렇다면 이 난관을 극복할 방법은 하나뿐이었다. 조선의 왕이 믿고 있는 러시아 공사 베베르를 움직이는 것이 최상책이었다. 고무라는 생각이 거기에 미치자 가만히 앉아 있을 수 없었다. 바로 베베르 공사를 만나기 위해 러시아공관으로 향했다.

"또 오셨소? 고무라 공사, 전하께옵서 공사를 만나길 원치 않으신다고 하시지 않소!"

베베르는 여전히 자신을 비웃고 있었다.

"베베르 공사님께 긴히 드릴 말씀이 있어서 왔스무니다."

"고무라 공사님 바쁜 건 다 아는데 무슨 저한테 볼일이 있으십니까. 하하."

비웃고 있는 베베르에게 고무라가 허리를 굽히며 고개를 숙이자 베베르의 표정이 달라졌다.

"일전엔 결례가 많았스무니다."

"공사, 왜 이러십니까?"

고무라는 여전히 고개를 들지 않고 있었다.

"공사, 여기서 이러지 마시고 안으로 들어가시지요."

베베르는 난처한 얼굴을 숨기지 않으며 고무라를 접견실로 안내했다.

"감사합니다. 베베르 공사님."

고무라가 베베르를 대하는 태도는 빈틈없이 깍듯했다.

"조선의 왕은 당분간 궁으로 돌아가지 않을 것이오!"

베베르는 고무라의 이 같은 태도가 조선의 왕을 데리고 가려는 것이라 생각해 먼저 일침을 놓았다.

"전하를 모셔가려고 온 것이 아니무니다."

"그럼 무엇 때문에 오셨소?"

"아까 말씀드린 대로 베베르 공사님를 뵈러 왔스무니다."

"나를요? 무슨 일인지 어서 말씀해 보세요."

"저는 지금 조선의 왕을 데려가려고 온 것이 아니무니다. 조선 왕이 지금 겁을 먹고 있어 안전에 대한 의혹이 소멸되도록 도울 것이고 그에 조선 왕의 환궁 문제는 전적으로 왕의 뜻에 따를 것이무니다."

"당연히 그래야 하는 문제 아니겠소."

"그래서 우리 일본 장사꾼들 단속에 만전을 기해 완벽하고도 효과적인 조치를 취할 것을 보증하겠스무니다."

"지금 조선의 왕에게 문제는 그것만이 아닙니다. 일본이 조선을 보호국화 한다면서 내각까지 쥐고 흔들지 않았습니까? 조선의 왕은 지금 그것들을 바로잡으려고 하는 것입니다. 나는 조선의 왕을 돕고 싶어요."

베베르가 석 달 동안 곁에서 보아 온 조선의 왕은 정말 많은 일을 하고 있었고, 그런 그를 베베르는 진심으로 돕고 싶었다.

"그 점에 대해서도 말씀 드리겠스무니다. 현 내각의 책임자들을 왕 자유의지대로 선정 임명하도록 할 것이며 보호국으로서 신민에게 후의를 보이도록 권고하는 일만 하고자 하무니다."

"음. 공사의 말씀은 잘 알겠소. 그렇지만 나는 귀국이 한 일들을 보아온 당사자요. 그래서 공사의 말을 아직 믿을 수도 없소. 그리고 청국과의 전쟁이 끝난 지 오래되었어도 일본은 군을 철수시키지 않고 필요 이상의 군을 주둔시키고 있지 않소. 이것이 조선의 왕실에 크나큰 위협이 된다는 것을 모르시오?"

"그 군은 한국에 들어와 있는 일본 거류민 보호를 위한 것이 주 임무이고, 부산과 일본 사이의 전신선 보호를 위한 수비병이무니다. 그렇지만 베베르 공사님의 말씀을 듣고 보니 오해의 소지가 분명히 있습니다. 모두 철수시키겠스무니다."

고무라 공사가 또다시 베베르 공사에게 고개를 숙였다. 베베르는 자신의 말에 어느 것 하나 반박하지 않고 수긍하는 고무라를 물끄러미 보았다.

"그렇다면 이 모든 것을 각서로 작성해 주시오."

"하이, 그렇게 하겠스무니다."

고무라의 검은 속내를 모르는 베베르는 각서를 받는 것으로 고무라의 말에 대한 책임을 지우려 했지만 고무라는 이제 자신이 원하는 것을 얻었다며 속으로 쾌재를 불렀다.

그렇게 해서 5월14일, 주한 러시아 공사 베베르와 일본 공사 고무라의 각서가 체결되었다. 그 협상 내용은 다음과 같았다.

첫째, 양국은 조선 왕의 환궁을 충고하고 일본은 일본 장사(壯士)들의 단속을 엄격히 한다.

둘째, 양국은 조선 왕이 관대하고 온후한 인물을 대신에 임명토록 권고한다.

셋째, 서울-부산의 일본 전신선을 보호하기 위하여 200명을 초과하지 않는 범위 내에서 일본 헌병을 주둔시킨다.

넷째, 서울과 개항장의 일본 거류민을 보호하기 위하여 서울에 2개 중대, 부산과 원산에 각각 1개 중대의 일본군을 주둔시킨다. 1개 중대 병력은 200명을 초과하지 않는다. 러시아도 러시아 공사관과 영사관의 보호를 위하여 일본군 병력을 초과하지 않는 범위 내에서 각 지역에 위병을 주둔시킬 수 있다.*

*《중일전쟁과 조선》세계외교사, 2006. 5. 25 서울대학교출판부

고무라는 우선 베베르를 회유하는 데 성공했으니 조선의 왕을 잡는 것은 이제 시간 문제라고 생각했다. 조선에 군을 주둔시킬 수 있다는 조항을 넣었으니 군의 수를 늘리고 하는 것은 수많은 핑계거리가 있을 것이기 때문에 그것 또한 문제 없었다.

뒤늦게 협상 내용을 전해 들은 왕은 심기가 편할 수 없었다. 왕은 일본을 견제할 가장 강력한 국가로 러시아를 믿고 있었는데 베베르와 고무라가 자신을 배제한 채 협정을 체결하고 보니 마음이 더욱 바빠질 수밖에 없었다. 왕에겐 아직 방해받지 않고 일할 수 있는 러시아공관이 절대적으로 필요했다. 왕은 그날 밤 잠들지 못하고 여러 가지 생각에 밤을 새웠다.

이른 새벽, 강 내관의 발소리가 왕의 침전에 들려왔다. 경복궁에 있을 때는 버선발이라 강 내관의 발소리가 들리지 않았지만 이곳 러시아공관은 신발을 신고 다녀 강 내관과 상궁들의 조용한 발소리가 왕의 침전에 간간이 들리곤 했다.

강 내관이 주변을 살피며 조용히 비밀통로의 문을 열고 새벽 공기를 품은 한 사내를 안으로 들였다.

"어서 오십시오."

"전하는 기침하셨소?"

강 내관에게 묻는 사내의 얼굴이 굳어 있었다.

"잠시 기다리시지요."

그때 안에서 왕의 옥음이 들려왔다.

"들라 이르라."

사내가 황급히 문 안으로 들어 왕 앞에 엎드렸다.

"그래, 의암은 어찌하고 있느냐?"

"전하."

엎드린 사내가 고개를 더 깊이 숙였다.

"어서 고하라."

"의암의 호좌 의병들이 제천 전투에서 치열한 공방전을 치렀지만 관군과 왜군에게 패하고 말았나이다."

"패하였다고! 의암의 의병이 패하였더란 말이냐?"

왕은 의암의 의병부대에 건 기대가 있어 상심이 컸다.

"망극하옵나이다. 전하."

왕이 잠시 후 다시 하문했다.

"의병들이 많이 상하였느냐?"

"그것이 전사자와 사상자가 많아 다시 싸우기 어렵다고 하옵나이다. 김용주·김재관·우재봉·우규하·박원용·오문용·추성손의 시신을 그만 일본군이 잔인하게 칼로 난자한 후에 불에 태웠다고 하옵나이다…."

눈물을 참느라 이를 악물고 말하던 사내가 급기야 눈물을 보였다.

"어찌, 어찌 그렇듯 많은 인명이 살상됐다는 말이냐?"

왕의 옥음이 떨려 왔다.

"그것이 의병들은 화승총을 사용하는데 비가 오는 바람에."

"하늘이… 하늘이 돕지 않았더란 말이냐? 과인의 잘못이다. 이는 모두가 과인의 잘못이구나."

왕이 깊이 탄식했다.

"망극하옵나이다. 심려를 거두소서. 옥체를 상하실까 염려되옵니다."

"그래서 충주·제천의 백성들은 어찌하고 있느냐?"

"충주성을 장악한 왜군이 의병의 본거지라며 관아와 민가에 불을 질러 백성들이 모두 피난길에 올랐다고 하옵나이다."

"참담하구나. 그래 지금 의암과 의병들은 모두 어디에 있느냐?"

"의암은 본진을 이끌고 서북쪽으로 가고 있사옵나이다."

"서북이라면… 청으로 가겠다는 말이더냐?"

"그러하옵나이다. 의암이 청에 들어가 구원병을 요청해 오겠다고 하였나이다."

"안 된다. 그리해서는 안 돼!"

왕의 옥음이 집무실을 울렸다.

"이미 압록강 쪽으로 이동 중이옵나이다."

"내 서찰을 써 줄 것이니 지금 즉시 차비를 하라."

"예, 전하."

"무슨 수를 써서라도 압록강을 건너기 전에 의암에게 전해지도록 하라."

왕은 중국이 청·일 전쟁에서 일본에 패한 마당에 조선에서 이미 청과의 사대를 끊겠노라 독립신문을 만들고 영은문을 헐고 하는 일련의 과정이 있었는데 지금 청에 들어간다면 행여 앞일을 장담할 수 없어 의암의 망명을 막으려는 것이었다.

"서둘러라!"

"예, 전하."

강 내관과 사내가 나간 뒤 왕은 오래도록 깊은 시름에 잠겼다.

그 뒤, 왕의 서신이 의암에게 당도하지 못했고 의암은 압록강을 건너 8월28일 청나라 땅 회인현으로 들어갔다.

갑자기 240명의 조선 의병이 진입하자 회인현 지방관 서본우는 "무기를 가지고 청국에 들어오는 것은 위법이니 병기를 잠시 맡겨 두면 상부에 보고하여 선처하겠다"고 의병들을 무장해제 시켰다. 그러고는 무기를 돌려주지 않으며 농사를 지으라고 권고하니 의암은 2000리 길을 함께해 온 호좌 의병을 해산시켜 본국으로 돌려보낼 수밖에 없었다.

국모보수

8월 26일의 일이었다. 그날도 대신들과 업무를 보고 난 뒤 종일토록 쌓인 서류들을 처리하던 왕이 사형수 심문서를 읽고 있는데 갑자기 눈에 띄는 글귀가 있었다.

'국모보수(國母報讐)'

"이건 국모의 원수를 갚았다는 말이 아니냐?"

왕이 대신들에게 물었다.

사건의 전모는 이러했다.

1896년 2월, 21살의 청년 김창수가 단발령과 변복령을 피해 청나라로 가던 중에 정부에서 단발 정지령이 내렸고, 삼남에서 의병이 봉기했다는 소식을 듣게 되었다. 김창수는 그렇다면 청나라에 굳이 갈 필요가 없다는 생각에 길을 돌려 고향으로 귀환하기 위해 치하포 주막에 묵었다.

하룻밤을 자고 아침 식사를 하고 있을 때였다. 아랫방·가운데방·윗방까지 손님들이 식사를 하고 있는데 가운데 방에 단발을 한 사내의 한복 안으로 칼집이 보이는 것이었다.

김창수는 이상한 생각이 들어 그 사내에게 물었다.

"어디까지 가십니까?"

"진남포로 갑니다."

"진남포 좋죠. 제가 거기서 한동안 지내 봐서 압니다. 저는 해주 사는 김창수라 하온데 어디 사시는 누구십니까?"

김창수가 너스레를 떨며 사내에게 물었다.

"나는 장연에 사는 정씨요."

김창수가 가만히 들어 보니 말씨는 장연 말씨가 아니고 유창한 경성 말씨라 분명 일본인이었다.

본래 치하포는 진남포 바로 맞은편이라 일본인들이 편하게 드나드는 곳인데 굳이 조선인 행세를 하고 있는 사내가 의심스러웠다.

'필시, 저놈이 국모를 살해한 미우라든가 아니면 그 일패가 분명할 것이다! 그게 아니더라도 칼을 차고 숨어다니는 일본인이라면 우리 국가와 민족의 독버섯이 분명하다. 내 저 한 놈을 죽여서라도 국가의 치욕을 씻어야겠다!'

생각을 마친 김창수는 다짜고짜 그 일본인을 발로 자서 서꾸러뜨리고 쫓아가서 일본인의 목을 힘껏 밟았다. 순식간에 벌어진 일이라 일본인이 제대로 김창수에게 대응하지 못했고, 일패는 아닌 듯하지만 사내하나가 일본인을 도우려고 달려들었다.

"네가 이 일본 놈과 동패인 것이냐?"

"아, 아닙니다."

사내가 움찔 뒤로 물러났다.

김창수가 사내와 이야길 하는 사이 바닥에 엎드린 일본인이 장도를 꺼내 김창수에게 달려들었다. 그렇지만 김창수는 어려서부터 단련된 몸으로 일본인보다 한 발 더 빨랐다. 김창수가 한 번의 발길질로 일본인의 옆구리를 차서 넘어뜨리고 칼을 잡은 손목을 힘껏 밟자 '챙강' 소리와 함께 일본인의 손에서 칼이 떨어졌다. 떨어진 칼을 집어 든 김창수는 국모를 시해한 원수의 몸에 칼을 깊숙이 꽂았다. 이는 21살의 의혈 청년 김창수에 의해 국모의 원한을 푸는 첫 거사였다.

"죽어라, 국모를 죽인 원수!"

"으악."

일본인은 외마디 비명을 지르며 숨을 거두었고, 칼을 맞은 일본인의 몸에서 흘러나온 붉은 피가 바닥에 낭자하게 흘렀다. 김창수가 죽인 일본인은 나중에 밝혀지니 장사꾼 스치다 조스케였다.

김창수는 붉은 피가 뚝뚝 떨어져 내리는 군도를 들고 다시 방안에 드니 아침을 먹던 사람들이 그의 행동에 모두 벌벌 떨었다.

"조선인 행세를 하던 저놈은 옷 안에 일본 군도를 숨기고 있던 것으로 보아 일본놈이 분명하다. 그는 국모를 시해하고 도망을 치던 길이다. 나는 백성된 도리로 국모의 원수를 갚고자 이 일을 행한 것이다!"

김창수는 방 안에 있던 사람들에게 자신이 행동한 사실을 당당히 말했다.

"저희를 용서해 주십시오."

모두 김창수의 행동을 목격한 뒤라 하나같이 엎드려 빌기에 바빴다.

"나에게 빌 필요는 없소. 저 왜인의 짐 보따리를 가져오시오!"

김창수가 왜인의 짐을 풀어 보니 엽전이 열섬(천냥)이나 들어 있었다. 이는 엄청난 액수였다. 일본인이 가지고 있던 돈으로 김창수는 나귀 한 필을 구입하고 나머지는 주막 주인 이화보에게 맡겨 동네의 가난한 이들에게 나누어 주도록 했다.

그러고는 당당하게 '해주 백운방 기동 김창수'라고 서명까지 한 포고문을 길가에 붙이고 순사들이 오면 본대로 말해 주라 이르고는 유유히 길을 떠났다.

이 사건은 곧바로 일본 공사 고무라 주타로에게 알려졌고 고무라는 3월 31일 외부대신 이완용에게 평양 관찰사와 당해 군수에게 지시하여 가해자를 즉시 체포하고 엄중 처단해 줄 것을 강력히 요청했다.

이에 따라 외부에서는 평양부와 개성부, 그리고 해주부로 차례로 치하포 사건의 범인을 체포하라고 지시했고, 그 결과를 일본 공사관에 통보하였다.

김창수는 의로운 일을 했기에 의연히 체포를 받아들여 감옥에 수감되었고 이제 사형 집행을 기다리고 있는 중이었다.

왕이 옆에 있는 신하에게 하문했다.

"사흘 전에 인천에 덕률풍(텔레폰) 개통되었다고 하였느냐?"

"그러하옵니다. 전하."

"지금 당장 인천 감옥으로 덕률풍을 걸라."

"예."

그렇게 백범 김구(본명 김창수)의 사형에 대해 국왕이 극적으로 전화를 걸어 사형을 중지시킨 것이 사형집행일 3일 전의 일이었다.

왕은 평소에 전화를 잘 이용했다. 그것은 자신이 신하에게 명을 내려도 그 명이 전달되는 데 시간이 많이 소요되기 때문이었는데 그보다 자신의 명이 왜곡되는 일이 허다해 직접 명을 내리는 것을 좋아했다.

환궁

아직 미명이 채 밝아 오지 않은 새벽, 왕은 내관을 시켜 대신들을 집무실로 들게 했다. 그간에 왕이 진두지휘했던 교육·군사·도시 건설·국토개발과 관련해 발 빠르게 일을 추진하고 있던 대신과 외국인 고문들이 매일 시간대별로 들어 왕에게 차례로 진행 사항에 대해 보고했다.

"그대들이 조선을 위해 이토록 충심으로 일해 주고 있어 과인은 기쁘다."

"망극하옵나이다."

"그대들과 과인이 조선을 근대화시키기 위해 제도를 개선하고, 학교를 세우고, 군을 양성하고, 철도를 세우고, 근대 도시를 건설하는 것도 물론 중요하다."

"그러하옵나이다. 전하."

"그 모든 것을 우리 자력으로 해야 하는 것이다. 그런데 우리 조선은 지금 청의 사대에서 벗어나고자 애를 쓰면서 다시 일본의 보호를 받으려고 하고 있다. 이것이 도대체 무엇이란 말이냐?"

"망극하옵나이다."

"그리고 과인이 지금 러시아공관에 몸을 의탁하고 있어 경들은 안심을 하고 있는 모양인데 대체 과인이 여기서 얼마나 있을 수 있단 말이냐? 과인이 궁으로 환궁하기 전에 이 모든 것을 끝마쳐야 하지 않겠느냐 말이다."

"망극하옵나이다. 전하."

다른 때 같지 않게 왕의 윤음이 집무실 밖까지 쩌렁쩌렁 울렸다. 이토록 왕은 조선을 근대화하는 일에 강한 의지로 박차를 가했다.

왕 앞에 고개를 숙인 이범진·이완용·이윤용·박정양·조병직·윤용구·이재정·안경수·권재형·윤치호·이상재·고영희·이채연 등 많은 대신이 왕의 의지에 따라 국토개발과 도시 개발, 교육과 신문보급, 군 양성의 근대화정책을 발 빠르게 추진했다.

왕은 지금 러시아공관에 와 있는 얼마간의 시간 동안 모든 것을 안정화해야 한다고 생각하고 있었다. 그 결과, 7월 왕은 근대국가의 기틀을 마련하기 위한 그 첫걸음인 '철도규칙 6개조'를 공시했다. 그리고 그에 맞춰 측량 전담 부처인 '양지아문'을 확대해 철도뿐 아니라 국토개발을 위해 대토목공사 계획에 대비했다.

내부령인 '한성의 도로 폭을 개정하는 건'을 발표하고 한성의 길을 넓히고 깨끗하게 정비하며 서울을 근대적 도시로 탈바꿈시켰다. 큰길은 물론 동네의 작은 길들도 함께 정비해 이제 한성은 이전의 지저분한 모습은 찾아보기 어려웠다.

또 8월 4일, 왕은 친일 내각이 지방제도를 일본식인 전국 23부제로 바꾼 것을 다시 13도제로 되돌리기도 했다.

국토개발과 도시 개발뿐 아니라 왕이 가장 중요하게 생각하는 것은 국민 교육이었다. 왕은 작년에 관제를 개혁해 수백여 개의 소학교와 전문학교를 계속해서 설립하게 했고, 한성사범에서 6개월 속성과를 마친 교사들이 속속 학교로 가서 학생들을 가르치게 했다. 이제 곧 2년 본과를 졸업한 교사들 또한 배출될 것이었다.

왕은 국민이 교육받고 깨우친, 진정하게 근대화된 국가를 꿈꾸고 있었다. 교육받은 백성이 많아질수록 우리나라가 외세에 대항할 힘이 생겨나는 것이라 믿었다.

그 일환으로 〈독립신문〉을 발간하니 백성들이 그 신문을 읽고, 함께 읽고, 돌려 읽어 이젠 한성과 지방의 정보 격차가 없어졌다. 백성들이 신문에서 강조하는 계몽을 이해하고 이것을 공유하고 우리 사회에 필요한 생각들을 공감해 나가기 시작했다. 백성들이 차츰 정부가 하는 일에 관심을 갖게 되었고, 그 관심이 무르익은 결과 우리나라의 첫 시민단체인 독립협회가 생겨난 것도 고무적인 일이다. 왕은 급하게 서두르지는 않되 모든 것을 빠르게 진척시켜가고 있었다.

한성이 근대화된 도시로 탈바꿈되는 만큼 왕도 서서히 환궁 준비를 하고 있었다. 왕의 러시아공관 체류 기간이 길어진 데에는 본궁인 경복궁이 아닌 경운궁을 본궁으로 삼기 위한 공사에 시간이 많이 소요되었기 때문이었다. 왕이 경복궁 대신 경운궁을 택한 것은 신식 군대의 필요성을 절감한 왕이 경운궁 후방인 경희궁에 근대적인 군사교육기관인 무관학교 훈련장을 두었고, 이제 군을 더욱 발전시키기 위해서였다.

"궁은 준비가 다 되었느냐?"

"그러하옵나이다. 전하. 이제 어느 때라도 이어하실 수 있나이다."

"고생하였다."

"환궁 준비를 하올까요?"

"독립협회에서 여론을 만들라."

왕에게는 근대화된 도시와 철도뿐 아니라 원대한 꿈이 있었으니 이제 경운궁으로 환궁하게 되면 하나씩 실행에 옮길 것이었다.

그 겨울, 왕은 독립협회의 여론과 유생들의 상소로 환궁하는 듯했지만 사실 이 모든 것들은 왕의 계획하에 진행된 것이었다. 백성들이 기뻐한 것은 말할 것도 없고 대소신료들도 모두 왕의 환궁 소식에 기뻐했다.

해를 넘긴 2월20일, 포과익선관에 포원령포를 입고 보련을 탄 국왕이 러시아공관 앞문을 나서는데 태의원 도제조 정범조가 아뢰었다.

"전하께옵서 오늘 환어하시니 온 나라의 신하와 백성들이 밤낮으로 우러러 경축드리옵나이다. 추운 날씨에 거동하셨는데 전하의 체후는 어떠하시옵나이까?"

"한결같다."

왕이 다시 하교하기 시작했다.

"지금까지 환궁치 못한 것은 부득이해서 그렇게 한 것이다. 그런데 대신들과 백성들이 여러 차례 극력 말하였기 때문에 지금 환어하는 것이니 참으로 다행이다."

"오늘 날이 길하고 좋으니 이를 더욱 경축드리옵나이다."

"날씨가 좋다."

왕의 보련이 인화문을 거쳐 수안문으로 의록문을 지나 경운궁으로 향해 가는 모습을 구경하러 나온 축하 행렬 속에 회영과 마 서방도 끼어 있었다. 마 서방이 어디서 가져왔는지 태극기를 들고 흔들었다. 전에 없이 환히 웃는 어린아이 같은 모습의 마 서방이었다. 거리를 가득 메운 백성들로 왕이 탄 보련이 앞으로 나아가지 못했지만 왕은 용안 가득 미소를 지으며 백성 한 사람 한 사람의 얼굴을 들여다보았다.

"전하 천세."

"전하 천세."

"전하 천천세."

백성들이 손을 높이 들어 자신들이 우러르고, 존경하고, 따르는 하늘 같은 임금님을 환호했다.

손을 더 높이 들고 더 많이 흔드는 것이 자신들의 충성을 보이는 섯이기라도 하듯 백성들은 자신들의 군주에게 뭔가를 해 드리고픈 마음을 그렇게 표현했다.

"서방님, 우리 전하께옵서 환궁허셨으니 이제 일본 놈들 꼼짝 못하겠지유?"

"그래야지. 그렇게 하실 수 있도록 우리가 도와드려야지."

"서방님, 지도 돕고 있는 거 맞지유. 지가 성심으로 하고 있는 일이 서방님을 돕고 우리 임금님을 돕는 일인 거 맞지유."

"마 서방이 아니면 할 수 없는 일이라네. 어느 누구라서 그 어려운 길을 마다하지 않고 다니겠는가?"

"서방님, 지는유 요즘 딴세상서 사는 거 같으유. 지가 허는 일이 나랏일 아니유. 그리고 글을 깨친께 시상에 읽을거리가 천지유."

"마 서방 자네와 한동이가 바로 애국자네."

"그려유. 우리 한동이가 애국자유. 나라 구할라구 청나라 땅까정 가구유."

"의암 선생님께 자금을 넉넉히 보낼 걸세. 너무 걱정 말게."

"암유. 지는 걱정 안 혀유. 우리 서방님께서 어련히 좋은 길 갈켜 주실라구유."

"그리 믿어 주니 고맙네."

"그란디 서방님, 우찌 한성이 이리 멋들어진대유. 많은 사람들이 한길서 댕길 수 있어 신기허유. 쪼딱쪼딱 붙은 집들도 헐어블구 깨끗허기가 새옷 같이 깨끗허유."

"다 전하께옵서 친히 하시는 일이라네."

"임금님께 감사한 마음뿐이유."

왕이 탄 보련이 이제 보이지 않는데도 마 서방과 길가에 늘어선 백성들은 들고 있는 태극기 흔들기를 멈추지 않았다.

희고 정갈한 태극기가 백성들의 손에서 바람결에 따라 나부끼는 모습이 장관이었다.

어려움을 극복하고 궁으로 환궁하는 왕을 향해 흔드는 태극기의 물결이 끝없이 이어졌다.

나라의 상징인 태극기를 흔드는 것만으로도 마음속에 꿈틀대는 뜨거움이 생겨나 백성들은 국가와 민족, 또 지도자에 대한 경외심을 갖게 되었으리라.

대한제국의 탄생

　러시아공관에서 1년을 보내고 경운궁으로 환궁한 왕은 감회가 새로 웠다. 지난날 왕은 신정왕후의 수렴청정 시기 아버지인 흥선대원군이 정국을 주도하며 펼친 쇄국정책에 반대했었다. 왕은 스승 박규수로부터 서구 열강들의 선진문물에 대해 배우며 서구사회를 동경하고 있었고, 어떻게 하면 조선이 그 나라들처럼 될 수 있을지에 대해 고민하며 그 시기를 보냈다.

　왕은 만국공법(국제법)에 대해 연구하면서 국가와 국가는 위계적인 관계가 아니라 자주적이고 독립적인 관계로 만나서 서로 교류해야 한다는 것을 인식했다. 그것을 바탕으로 왕은 1882년 5월 22일 미국과의 수교를 시작으로 영국·독일·이탈리아·러시아·프랑스 등 10여 개국과 동등한 외교관계를 수립해 주권국 간의 수교를 맺었다.

　왕의 노력으로 다른 나라 공사관과 영사관들이 한성에 들어섰고, 작은 나라 조선은 자주국으로서 당당하게 국제사회 속으로 편입되었던 것이다. 왕과 왕후는 여러 나라의 힘을 이용해 국제적 세력 균형을 유지하는 뛰어난 외교 감각을 발휘했다. 또, 수교국들과 교류하며 근대문물을 받아들였고 신학문을 들여와 낡은 조선을 조금씩 근대화했다.

1876년 강화도조약 이후 호시탐탐 조선을 넘보던 일본이 왕후를 죽이고 왕을 유폐시켜 모든 것이 한순간에 무너졌지만 왕은 러시아공관으로 이어함으로써 부일배 세력을 청산하고 다시 정권을 잡아 모든 것들을 바로잡았다.

왕이 러시아공관에 있는 동안 지저분했던 한성이 근대화된 도시의 면모를 갖추었고, 전차와 철도를 놓기 위한 공사를 시작해 국토개발의 첫 단계에 들어서 있었다. 또 막대한 자금을 들여 육군과 해군을 창설해 공들여 신식 군대를 키워 가고 있었다.

조선은 이제 모든 것이 완벽하다고 볼 수는 없지만 근대국가를 건설하기 위한 모든 초석을 놓고 하나하나 성과를 거둬 가고 있어 조선 전체가 온통 봄바람이 불 듯 흥성해 가고 있었다. 왕의 가슴은 그 어느 때보다 힘차게 뛰었다. 왕이 결단을 내리기에는 지금이 바로 적기였다.

왕은 러시아공관에 있는 동안 불가능해 보이는 이 모든 것을 빠른 속도로 이루어냈다. 일본과 세계열강이 조선을 보호국화해 주겠다는 허튼 명분에 일침을 놓듯 자력으로 근대국가를 건설하고 있었다.

왕은 그것에 만족하지 않았다. 왕에게는 조선을 다른 어느 나라도 함부로 건드리지 못할 강한 자주국가, 독립된 국가로 만드는 일이 과제로 남아 있었다.

왕은 결단을 내렸다. 조선이라는 헌 옷을 벗고 이제 황제국을 선포하려는 것이었다.

'대한제국!'

왕은 만백성이 하나 되어 황제국을 염원하고 만들어야 한다고 생각해 다시 한번 독립협회와 유생들을 움직였다. 얼마 후부터 왕의 뜻대로 재야 유생들의 상소가 빗발치고 독립협회의 의견이 하나로 모이고 있었다.

그렇지만 예상과 달리 조선의 왕이 황제국을 선포하겠다는 계획에 대해 각국 공사관들의 반응은 냉담했다. 급기야 프랑스·러시아·영국·일본·미국 공사들은 조선 왕의 황제국 선포를 막기 위한 대책 회의에 들어갔고, 조선의 황제국 선포에 대해 강력히 반대의 뜻을 보였다.

그렇지만 왕의 강한 의지에 밀려 결국 황제국 선포에 대해 반대의 뜻을 보였던 나라의 공사들도 조선의 왕 앞에서 황제 폐하에 대한 예의의 표시로 머리를 조아리고 예를 갖추었다.

1897년 10월 12일 드디어 대한제국의 위용이 세계만방에 드러났다.

황제의 보련이 지나는 경운궁에서 원구단 사이엔 백성들이 인산인해를 이루며 태극기를 들고 환호했다. 왕의 황제 즉위는 왕실과 조정·백성이 한마음이 되어 추진한 그야말로 축제였다.

황제는 백성 한 사람 한 사람의 얼굴에 나타나 있는 희망과 기쁨을

읽을 수 있었다. 이 백성들이 바로 황제가 만들고 싶은 나라의 주인들
이었다.

> 천지에 고하는 제사를 지냈다. 왕태자가 배참(陪參)하였다.
> 예를 끝내자 의정부 의정(議政府議政) 심순택(沈舜澤)이
> 백관(百官)을 거느리고 아뢰기를
> "고유제(告由祭)를 지냈으니 황제의 자리에 오르소서"
> 하였다. 성상은 신하들의 부축을 받으며 단(壇)에 올라 금으로 장식한
> 의자에 앉았다.
> 심순택이 나아가 열두 무늬 곤룡포와 면류관을 성상께 입혀 드리고 씌워 드렸다. 이어 옥새를 올리니 상이 두세 번 사양하다가 마지못해 황제의 자리에 올랐다.
> 왕후 민씨(閔氏)를 황후로 책봉하고 왕태자를 황태자로 책봉하였다.
> 심순택이 백관을 거느리고 국궁(鞠躬)·삼무도(三舞蹈)·삼고두(三叩頭)·
> 산호만세(山呼萬世)·산호만세(山呼萬世)·재산호만세(再山呼萬世)를 창
> 하였다.*

조선의 왕은 한반도 최초의 황제가 되어 용상에 올랐고 당당하면서도 우렁차게 첫 윤음을 내렸다.

*《조선왕조실록》고종 36권, 34년(대한 광무 1년) 10월12일(양력) 1번째 기사

"독립의 터전을 세우고 자주의 권리를 행사한다. 이를 세상에 선포하여 모두 듣고 알게 하라!"

황제의 윤음이 바람을 타고 울리는 가운데 황제의 황금빛 용포가 파란 하늘빛을 받아 더욱 반짝여 눈이 부셨다.
단군조선 역사 이래 한반도에 최초로 탄생한 황제였다.

"대한제국 만세! 황제 폐하 만세!"
"대한제국 만세! 황제 폐하 만세!"
"대한제국 만세! 황제 폐하 만만세!"

하나 된 대한제국의 만세 소리가 한성을 울리고 한반도 전체에 울려 퍼졌다. 이로써 조선은 대한제국으로 거듭났고 전 세계에 당당히 황제국임을 선포했다. 착하디착한 백성과 그들을 이끌고 가야 하는 그들의 어버이 광무황제는 이제 새로운 이름인 대한제국으로 항해를 시작하려는 것이었다.
광무황제는 우러러보는 만백성을 바라보며 다짐했다.
"짐은 이제 짐의 백성들을 기필코 독립된 국가, 근대국가이면서 세계 열강과 어깨를 나란히 하는 국가의 백성으로 살게 해주겠다."
대한제국이란 새 국호는 고종이 제안한 것으로 "우리나라는 삼한의 땅으로서 나라의 초기에 하늘의 지시를 받고 한 개의 나라로 통합되었다. 지금 나라의 이름을 '대한'이라고 한다고 안 될 것이 없고 일찍이 여러 나라의 문헌에는 '조선'이라고 하지 않고 '한'이라고 한 것으로 보아 이전에 이미 '한'으로 될 징표가 있어 오늘에 이른 것이니 세상에서는 모두 '대한'이라는 이름을 알 것이다"고 하였다.

자주독립

황제국 선포가 있기 한 달 전, 황제는 중국 통화현에 칙명을 보내 의암을 본국으로 불러들였다.

"전하, 불충한 신을 용서하소서."

의암은 이미 황제를 배알하기 전에 스스로 죄를 청하는 상소를 올렸다.

"아니다. 모두 짐의 잘못이다. 짐이 부덕해서 그리된 것인 즉, 의암은 고개를 들라."

황제의 눈에 의암의 의복과 얼굴이 상한 것이 들어왔다.

"얼마나 고생이 많았느냐?"

"아니옵니다. 폐하, 폐하의 상심하심과 괴로움이 하늘을 덮고도 남음이 있사온데 신이 어찌 거친 생활을 마다하겠나이까?"

"과인이 의암 그대의 마음을 이미 다 알고 있다."

"전하, 성은이 망극하옵나이다."

의암이 고개를 더욱 깊이 숙였다.

"과인이 그대에게 긴히 하교할 일이 있어 이렇듯 먼 길을 오라고 한 것이다."

"신의 목숨은 이미 신의 것이 아니옵나이다. 나라를 위해 바친 목숨 언제고 의롭게 죽을 자리를 찾을 뿐이옵나이다."

"나라가 위급에 처했을 때 이미 그대의 충심을 보았다. 과인의 군대가 약해 일본군에 대항할 수 없어 오늘에 이른바 과인이 국내외에 군대를 창설하려 한다. 그대가 국외에서 비밀리에 의병을 양성하라."

"전하, 전하의 명 받들겠나이다."

"고맙다 의암. 국외에 군대를 양성함은 국제법에 의해 자칫 잘못된 오해를 야기할 수 있으니 각별히 그 점에 유의해 비밀리에 진행되어야 한다."

국가를 위해 군대가 필요하다는 점에서 의병을 이끌어 본 의암과 황제의 생각이 일치했다.

"언제고 국내와 연합할 수 있도록 국경에서 멀지 않은 곳에 터를 잡도록 하라."

"전하, 이미 제가 수없이 많은 곳을 돌아다녀 보았는데 통화현이라는 곳이 제격이었사옵나이다. 그곳이 본국에서 멀지 않아 연락이 용이하고, 지형으로 보아 몸을 숨기고 군을 양성하기에 적합하였나이다. 또 농사를 지을 수 있어 식량도 해결할 수 있나이다."

"오호, 그래 그곳이라면 백두산 기슭 따라 서남쪽에 있는 곳을 말함이구나. 이는 우리 평안도 자성읍에서 백 리쯤 떨어져 있으니 적격이다. 과인이 모든 필요한 것을 준비토록 해 줄 것이다."

"성은이 망극하옵나이다. 전하."

의암이 황제의 집무실을 나와 경운궁 대한문을 나섰다. 의암이 작년 제천 전투에서 패하고 청으로 갈 때와는 판이하게 다른 한성의 거리가 눈앞에 펼쳐져 있었다. 경운궁을 중심으로 한 방사상 도로 체계와 기념시설·공원 등은 미국의 워싱턴을 모델로 만들어졌다. 훤하게 넓어진 길을 오가는 사람들, 삼삼오오 모여 정부의 하는 일을 이야기하는 사람들이 보였다. 의암의 눈에 눈물이 차올랐다. 자신의 군주가 진정 바라고 원하는 것이 무엇인지, 지키고 싶어 하는 것이 무엇인지 알 수 있었다.

"폐하, 신 목숨을 바쳐 폐하의 뜻에 따라 강한 우리 군을 양성하겠나이다."

11월 20일, 지난해부터 시작된 독립문 건립이 이제 마무리되어 그 위용을 드러냈다. 돌로 세워진 문의 모양은 프랑스의 개선문을 본떴으며 독립문 이맛돌에는 대한제국 황실의 오얏꽃 문양이, 정면과 뒷면에는 좌우에 태극기가 새겨지고 한글과 한자로 독립문·獨立門이라 새겨진 현판석이 있었다.

조선의 자주독립의 염원을 담은 독립문은 청나라 사신을 맞아들이던 영은문이 있던 자리에 세워져 더욱 그 의미가 배가되었다. 황제가 그동안 〈독립신문〉과 독립협회를 통해 국민을 계몽시켜 자주 국권·자유 민권·자강 개혁의 뜻을 심어 주고 여론을 만들게 한 결과로 백성들 스스로 모금을 해서 세운 것이 독립문이었다. 그 모금액 중에는 황태자가 내어놓은 천 원도 들어 있었는데 이는 독립문 건립에 소요된 금액의 1/3에 해당하는 액수였다.

우당과 월남도 독립문 건립을 축하하는 역사적인 날 많은 인파 속에서 함께 기뻐하고 있었다.

"의암 선생님 아니십니까?"

환호하는 군중 속에서 이회영이 의암을 알아보고 다가왔다.

"이게 누구신가?"

의암도 이회영과 이회영 옆에 있는 이상재, 그리고 그 뒤에선 마 서방을 알아보고 반가운 얼굴이 되었다.

"큰일들을 했네."

"다 폐하의 성덕이죠. 이제야 백성들이 조금씩 폐하의 뜻을 이해하게 된 듯싶습니다."

이상재가 말했다.

"그래야지. 암."

"간도에 계시다 들었습니다."

"쉿! 내 국내에 들어온 것은 비밀이네."

의암이 목소리를 낮췄다.

세 사람과 뒤에선 마 서방은 서재필이 단상에 올라 독립문 완공에 대해 설명하는 목소리를 뒤로 하고 자리를 옮겨 앉았다.

"자고로 국가에는 그 국가를 스스로 지킬 수 있는 군대가 필요한 것이라네. 내 나라를 지키는 일에 어찌 남의 나라 군사에게 목숨을 내놓고 지키라 할 수 있다는 말인가? 우리에게 지금 우리를 지킬 군이 얼마나 되는가?"

먼저 의암이 이야기를 꺼냈다.

"맞습니다. 선생님. 독립협회 같은 조직도 필요하지만 그것 외에 우리가 우리를 지킬 수 있는 군이 절대적으로 필요한 것입니다."

이회영이 의암의 말에 맞장구를 쳤고 이상재는 두 사람의 말에 고개를 끄덕이며 말을 이었다.

"아직 어린아이와 같은 백성들을 교육과 계몽으로 바꾸어 놓은 연후에라야 저들이 나라의 중함을 알고 일치단결할 수 있는 것입니다. 그런 후에라야 나라를 위해 기꺼이 목숨을 바칠 수 있는 것이지요."

"이 사람 월남, 시국이 평화로운 때라면 월남 자네의 말이 백번 옳으이. 그렇지만 지금은 국모가 시해되고 국왕이 저들을 피해 외국 공관에 몸을 의탁하기까지 해야 하는 어려운 때가 아닌가? 우리가 만약 저들보다 막강한 군을 갖고 있었던들 사태가 여기에 이르지는 않았을 것일세. 이런 때는 군을 먼저 양성해서 악귀 같은 저들로부터 나라를 지켜 내는 것이 우선되어야 하는 것이야!"

이회영은 의암 선생과 월남 선생의 이야기에 귀를 기울였다.

"내일이 장례식이라서 내 또 말하네만 우리 군사가 힘이 없어 국모가 시해되고도 이처럼 천하태평이지 않은가!"

"저도 그 생각만 하면 피가 거꾸로 솟습니다."

"이런 일이라면 우리가 일본에 전쟁 선포라도 해서 우리 황제 폐하와 황후 폐하의 치욕을 씻어 드려야 하는 게 맞지 않느냐 말일세!"

"맞습니다. 나라에 힘이 없다는 것이 어찌 통탄스럽지 않겠습니까?"

"선생님, 지금 신문을 만들고 독립협회를 건립하고 이렇게 국민들을 계몽하는 것이 늦어 보일지는 몰라도 어쩌면 군사를 기르는 것만큼이나 어쩜 그보다 더 국가를 부강하게 하는 것 아니겠습니까?"

"누가 그걸 모르는가? 그렇지만 일본의 힘이 지금 대한제국 곳곳에 미치지 않는 곳이 없지 않은가! 이대로 가다가는 황후 폐하를 시해한 일보다 더한 일이 벌어지지 않는다고 누가 장담을 한단 말인가?"

"두 분 선생님의 말씀이 모두 옳습니다. 국가에는 각성된 깨어 있는 국민과 스스로를 지킬 수 있는 군이 모두 다 중요합니다. 그래서 두 분이 애쓰고 계신 것 아닙니까? 저 이회영이 열심히 두 분, 그리고 폐하를 도울 것입니다."

"지도 도울 것입니다유."

옆에서 열심히 듣던 마 서방도 한마디 보탰다.

그렇게 한성 최고의 명문가, 아니 대한제국 최고의 부자인 이회영의 도움으로 의암의 간도행 준비는 착착 진행되어 갔고, 듬직한 마 서방이 간도길에 따라 나서기로 했다.

명성황후의 장례

 황제의 뜻에 따라 다음 날은 세상을 떠난 지 두 해를 넘긴 대한제국의 황후, 명성황후의 장례식이 거행되었다.
 광무황제는 자신을 위해 내조와 외조에 힘을 쏟았던 아내이자 동지였던 명성황후의 장례를 치렀다. 계속해서 황후의 장례가 미뤄져 마음이 편할 수 없었던 황제는 이제야 황후를 편하게 보내줄 수 있었다. 황후는 시해되고 곧바로 김홍집 내각으로 인해 폐서인되기도 했고, 시신이 훼손되어 일부 시신을 찾기까지 곡절을 겪어야 했다. 황제가 러시아공관에 있는 상태에서 장례를 치를 수 없었던 여러 사정이 있어 황후의 장례는 2년이 넘은 시점에야 치러졌다.
 11월 21일 해가 뜨지 않은 이른 새벽, 명성황후의 상여가 경운궁을 떠나 돈례문·금천교·인화문·신교·혜정교·이석교·초석교·흥인지문을 지나는 동안 수많은 백성이 엎드려 통곡했다.
 "아이고오, 아이고오, 아이고오, 아이고오…."

백성들의 구슬픈 곡소리가 하늘에 닿으며 새벽이 밝아 왔다. 청천벽력처럼 국모를 잃었건만 그동안 울지 못했던 백성들은 이제야 밖으로 그 슬픔을 통곡으로 쏟아 내고 있었다.

"아이고오, 아이고오, 아이고오, 아이고오…."

자애로운 국모였던 황후는 하늘에서 백성들의 통곡 소리를 듣고 계시는지….

"어이어이 보내 드릴꼬."

어이어이 그리도 참담하게 돌아가셨는지 힘없는 백성이 국모를 지켜 드리지 못한 그 한스럽고도 한스러운 눈물이었다. 착한 백성들이 흘린 그 눈물이 거리거리 방방곡곡에 흘러넘쳤다.

그 통곡 소리를 들으며 황후의 상여가 천천히 동묘·보제원·한천교를 지나 청량리 홍릉에 도착했을 때는 정오였다. 온 백성이 슬픔에 싸여 있는 것처럼 하늘이 눈을 감았고, 땅마저 눈을 감은 듯 쌀쌀하고 어두운 날씨 속에서 장례가 거행되었다.

광무황제와 황태자가 밤을 새운 것과 마찬가지로 장례식에 참석한 외교사절들도 함께 밤을 새우면서 황제와 황태자를 위로했다. 다음 날 하관식을 거행하는 것으로 11일 시작된 열하루 동안의 황후의 장례가 끝이 났다.

"황후여, 이제 편히 눈을 감으시오."

광무황제가 명성황후의 장례를 2년 넘도록 미뤄 온 것은 어쩌면 자신이 지켜 주지 못한 아내에 대한 미안함에 왕후가 아닌 황후로서의 장례식을 치러 주고 싶어서였던 걸까….

황제는 홍릉에 아내인 황후를 두고 돌아서면서 얼마나 가슴으로 울었을까. 황제가 명성황후를 깊이 사랑한 것은 명성황후가 시해된 이후 황후의 자리를 계속 비워둔 것과 후일 황제가 홍릉에 전화를 설치해 매일 명성황후에게 전화를 건 사실로 미루어 짐작할 수 있다. 황제는 일본에 의해 독살되던 그날도 어김없이 명성황후에게 전화를 걸었다고 한다. 어쨌든 광무황제는 왕후의 장례를 국가 재건의 새로운 전기로 삼았다.

독립협회 그리고 부일배

한편 일본 공사관의 고무라 주타로는 점점 황제가 주도한 광무개혁이 빠르게 성과를 올리는 것에 대해 일본 본국에서 불편한 심기를 드러내고 있어 돌파구를 찾아야 했다.

"독립협회 회장직이노 맡고 있으면서 그거 하나 마음대로 못 해서 말야. 도대체 무슨 일이노 하겠다는 거야. 이깟 조그만 조선 땅 왕이 대일본 천황 폐하와 감히 동등한 줄로 착각을 하는 모양인데 어림없는 소리지."

고무라는 독립협회 회장 안경수를 앞에 두고 신경질적으로 목소리를 높였다. 고무라의 목소리가 문을 넘어 밖으로 쩌렁쩌렁 울렸다. 그 목소리에 기가 죽은 안경수가 겨우 입을 뗐다.

"제가 회장이기는 하지만 협회 안에 워낙 지도층이 많고 그 지도층에서는 황제 폐하의 명으로 국민 여론을 만들고 있는지라. 뭘 어떻게 해야 할지……."

"말이노 코에 걸면 코걸이 귀에 걸면 귀걸이인 법. 그거 하나 못 해서 쩔쩔맨단 말이무니까! 거 있잖스무니까 자유민권! 그 권리노 앞세워서 황제가 하는 일이노 초를 치란 말이무니다! 그렇게 하면 황제가 뭐 어쩌겠스무니까. 국민이노 자유 민권을 원하는데. 황제노 물러터져서 아마 금방 두 손 두 발 들거무니다. 제발 머리노 굴리시오, 머리노. 재미있게 판을 짜 보세요."

"하이, 알겠습니다. 그런데 지난번에 주신 자금이…."

"이미 준비해 뒀으무니다. 이번엔 넉넉히노 더 넣었으니 열심히 일해 주도록 하시오."

"하이, 아무 걱정하지 마십시오."

고무라의 말에 안경수가 깍듯이 차렷 자세를 취했다.

일본은 〈독립신문〉이 발간되어 조선 백성들이 계몽·개화되는 것을 손 놓고 보고 있다가 독립협회를 결성하려는 움직임이 포착되자 그동안 비밀리에 자신들을 위해 움직이고 있던 안경수 등 부일배에게 거액의 자금을 넘겨 황제와 백성들 사이를 벌려 놓고 있었다.

안경수는 춘생문 거사 때도 일본의 편에서 움직인 인물로 일본의 일에 적극 동조하고 있었다. 고무라는 독립협회 안에 일본에 협조하는 부일배 인물들을 채워 넣어 안경수로 하여금 독립협회의 회장직을 맡게 했던 것이다.

〈독립신문〉과 독립협회에 깊숙이 관여한 황제가 측근들을 움직여 여론을 만들었고, 그에 황제국을 선포하기에 이르니 일본은 이대로 대한제국을 놔둘 수 없다는 생각에 독립협회와 황제를 이간질하려 했다.

안경수와 함께 일본의 꼭두각시 노릇을 톡톡히 해내는 부일배들은 광무황제를 중심으로 일치단결하자는 남궁억과 윤치호에 반기를 들며 자유 민권을 내세워 대한제국 정부를 혼란에 빠뜨리기 위해 치밀하게 움직였다.*

백성들은 황제가 배움을 주고 계몽한 결과 진정으로 자주 국권·자유민권·자강 개혁을 스스로 원하면서 만민공동회를 만들기에 이르렀다. 만민공동회에 황제가 관료들을 보내 함께하라고 명을 내리니 만민공동회는 관과 민이 함께하는 관민공동회 형식이 되었다. 만민공동회에서 의견을 모아 황제께 상소를 올렸고, 황제는 이를 받아들여 주요 국가시책을 변경하기도 했다.

1898년 3월10일 종로에서 가진 만민공동회의 첫 집회에 모인 인원이 1만여 명에 이르러 제정 러시아의 침략 정책을 배제하고 자주독립을 공고히 하자고 의견을 모으며 절영도조차 요구 반대, 일본의 국내 석탄고 기지 철수, 한·러은행 철거 등을 요구했다. 그 결과 러시아의 절영도 조차 요구가 철회되었지만 일본은 겨우 국내의 석탄고 기지를 되돌려주는 것으로 끝맺었다.

*이태진 「한국사론」 38권 0호 1997, 241쪽

3월 10일 오후 2시에 종로에서 만민공동회가 열렸는데 인민들이 쌀집 주인 현덕호 씨를 회장으로 뽑아 백목전 다락방 위에서 연설들을 하고…

_1898년 3월 12일 〈독립신문〉 기사

연설하되 우리나라의 탁지부 재정과 군부 군정의 토대를 남의 나라 사람에게 주지 말고 우리가 우리 대황제 폐하를 충성으로 섬기고 우리나라의 자주 독립한 기초를 견고케 하고자 한다. 오늘날 대한국 국민 간에 이같이 긴급한 형세를 주무 대신에게 말씀하야 전국 인민이 원하는 대로 답을 조회하자고 결정하였다더라.

_1898년 3월 15일 〈독립신문〉 기사

10월 개최된 만민공동회에서는 윤치호를 회장으로 선출해 정부의 매국적 행위를 공격했다. 만민공동회에서는 시국에 대한 개혁안 6개조(헌의 6조)를 결의하였고 조칙 5조가 보완되어 황제의 재가를 득했다. 또, 황제는 독립협회의 안을 받아들여 11월 자강 개혁의 일환으로 관선 25명·민선 25명으로 구성하는 중추원 관제를 공포함으로써 중추원을 서구식 의회로 개편하기에 이르렀다. 이는 최초의 의회 설립이면서 입헌군주제의 시도였다.

이처럼 만민공동회가 황제의 생각대로 움직이는 반면, 독립협회 안에 가득한 부일배 세력은 자유 민권 운동이란 미명하에 폭력 행동을 서슴지 않으며 정부를 혼란에 빠뜨렸다.

부일배 세력의 선동으로 민중은 과격하게 참정권과 정치참여를 요구했고, 부패하고 무능력한 정부라며 관료들을 탄핵했다. 다른 나라에는 반대의 뜻을 보이지 않았지만 러시아와 그 동맹국 프랑스의 이권 침탈에만 반대의 뜻을 보이는 것은 부일배 세력으로 인한 결과였다. 외국 세력에 의한 지하자원 개발권 및 철도 부설권 허용은 조선의 경제를 외국 자본주의 밑에 예속시키는 결과를 가져온다며 이를 본뜻과 어긋나게 해석하며 비판했고, 황제에게 이를 거부하라는 상소를 올렸다.

또, 황제가 심혈을 기울여 근대식 군을 키우기 위해 데려온 군대 교관과 군사고문관을 해임시켜 본국으로 돌려보냈다. 그리고 한로은행(韓露銀行) 등도 폐쇄했으며 외국인에 의한 금광개발 허가 규정이 제한되기 시작했다.

이 모든 것이 일본의 계략에 의한 것임을 알지 못하는 백성들은 어느 것이 옳은지 알 수 없어 더욱 혼란에 빠지는 상황이 지속되었다. 일본은 민중을 앞세워 과도하게 민중의 참정권과 정치 참여를 요구하게 하며, 정부 관료들을 탄핵해 내쫓고 그 자리에 부일배 인사들을 포진시키는 한편 황제의 사람들을 몰아내려 했다.

또, 일본은 조선을 침략하기 위해 영국·미국과 손을 잡고 러시아를 견제해 사사건건 시비를 걸었고, 외국 자본이 들어와 점점 선진화되고 있는 대한제국의 성장을 막으려 했다. 이 중 가장 중요한 사실은 황제가 심혈을 기울여 만들고 있는 군대를 약화하려는 것이었다.

이렇듯 황제의 권위에 도전하고 백성을 혼란에 빠뜨리는 독립협회와 대적하기 위해 궁정 수구파인 원세성·김경수·이병조 등이 중심이 되어 1898년 6월30일 황국협회가 조직되어 부일배 세력에 맞섰다. 초기에 만민공동회는 독립협회의 의견을 따랐지만 이제는 독립협회의 노선과 대립해 독립협회와 무관하게 자발적으로 만민공동회가 열리는 경우가 많았다. 그렇게 일본의 의도대로 독립협회 안에 깊숙이 침투해 있는 부일배 세력으로 인해 점점 국민이 분열되었고, 그들의 선동으로 협회는 집단 폭력적 실력 행사를 하기에 이르렀다.

이날도 이회영이 만민공동회에 참석해 있었는데 독립협회 회원 중 몇몇 부일배 세력이 몽둥이를 들고 만민공동회장에 잠입해 있다가 군중을 선동했다.

"이보시오. 그만들 두시오. 이게 무슨 짓들이오!"

이회영이 단상에 올라가 민중들을 진정시키려 했지만 이미 계획적으로 군중을 선동하는 부일배들로 인해 도무지 군중은 회영의 말을 듣지 않았다.

천막이 하나둘 부서지며 집회장은 금세 아수라장이 되었다. 몽둥이를 든 사람들이 닥치는 대로 사람들을 때리고 들자 모여 있던 군중이 소리를 지르며 흩어져 달아나거나 맞붙어 싸움을 했다. 그때, 누군가 이회영을 향해 몽둥이를 내리쳤고 깜짝할 사이에 회영의 몸이 단상을 안고 앞으로 넘어졌다.

"억, 윽!"

단상과 함께 넘어진 이회영을 향해 사정없이 몽둥이가 '퍽퍽' 소리를 내며 날아들었다. 회영은 두 손으로 얼굴을 가리고 몸을 웅크렸다. 몽둥이가 회영의 몸을 후려칠 때마다 살이 터지는 아픔이 느껴졌다.

"으윽."

"만민공동회가 도대체 머 하는 곳이여. 모여서 집회를 허믄 나라 꼴이 좋아진단가!"

공동회장에 모여 있던 백성들이 거의 흩어지자 사내는 이제 작정한 듯 몽둥이를 내던지고 회영의 허리에 냅다 발길질을 시작했다.

"어윽!"

이제 회영의 몸은 온몸이 얼얼하다 못해 정신이 몽롱해지고 있었다.

"서방님!"

그때 어디선가 구세주처럼 이단 옆차기가 날아들어 회영을 때리던 사내가 멀리 나가떨어졌다.

"서방님, 서방님 괜찮으셔유?"

회영을 도와준 사내는 바로 마 서방이었다. 마 서방은 회영을 때리던 사내를 쫓아가 사정없이 두들겨 팼다.

"네가 지금 곱디고운 우리 서방님을 때린겨? 사람을 잘못 긴드렀구 먼. 너희 엄니께 죄송하지만, 너희 집 이제 입 하나 덜었다고 네 밥숟갈 치우라고 연락해라."

마 서방이 회영을 때린 사내를 퍽퍽 소리가 나도록 두들겼다.

"아으윽, 잘못했습니다."

사내가 두 손을 모아 빌었다.

그때 회영이 꺼져 드는 목소리로 마 서방을 불렀다.

"마… 마 서방."

마 서방이 회영에게 냉큼 달려가 회영을 일으켰다.

"자네, 언제 왔는가?"

얼굴이 멍투성이가 된 회영이 마 서방을 알아보고 물었다. 마 서방은 의암을 간도 통화현에 무사히 데려다주고 돌아온 길이었다.

"지금 막 간도에서 돌아왔지유. 그보다 이게 다 뭔 일이래유?"

정이 많은 마 서방이 눈에 그렁하게 차오른 눈물을 닦으며 말했다.

"괜찮네."

"괜찮긴유. 제 등에 업히셔유. 지가 오다 봤는데 일본군하고 관군이 떼지어 오구 있구먼유."

"안 되네. 월남 선생님하고 여기 선생님들이 피하셔야 하네."

"지송해유. 지가 우선 서방님을 안전한 곳으로 데불고 가야겄네유."

덩치 큰 마 서방이 회영을 둘러업고 사람들 사이를 뛰어 아수라장을 빠져나왔다. 회영은 마 서방 덕분에 겨우 집회장에서 몸을 피했지만 미처 피하지 못한 독립협회 간부 이상재·남궁억 등 17명은 일본군과 관군에게 체포되었다.

"서방님, 조금만 참으셔유."

"나는 괜찮네."

마 서방의 등에서 회영이 대답했다.

"괜찮긴유. 한 보름, 거동도 못 하실 거구먼유."

"괜찮다니까, 의암 선생과 일행은 무사히 도착하셨는가?"

아픈 중에도 회영은 의암의 안부를 묻고 있었다.

"그럼유. 서방님께 인사 여쭈라셨어유."

"고생 많았네."

"근디 서방님, 거기 간도라는 곳이유. 엄청 좋구먼유. 산세도 여그 땅하고 큰 차이가 없어서 농사도 짓구유. 교통도 좋아유. 근디 하나 겨울이 옹골지게 춥다네유. 그거 빼믄 살기는 여그보다 훨씬 좋다네유."

마 서방은 자신이 보고 온 간도를 회영에게 설명하기에 바빴다.

"허, 그런가. 의암 선생께서 생각해 고른 곳이니 어련하겠는가."

마 서방의 등에 업혀 집에 돌아온 회영은 마 서방의 말처럼 한동안 아파서 바깥출입을 하지 못했다.

그날 이후에도 독립협회 안의 부일배 세력들로 인해 1898년 초부터는 박정양 대통령·윤치호 부통령설, 윤치호 대통령설 등의 모함과 조작이 이루어졌고, 자신들의 뜻이 관철되지 않자 7월에는 안경수가 현역·퇴역 군인들을 매수해 황제 양위를 계획하다가 실패했다.

또 9월에는 유배되어 있던 김홍륙이 황제와 황태자가 마시는 가비에 독약을 타는 사건이 발생하는 등 황제의 생명까지 위협하는 일이 연달아 일어났다.

 황제는 독을 탄 가비의 맛이 이상하다며 마시지 않았지만 그 가비를 마신 황태자는 3일 동안 사경을 헤매다 깨어나니 멀쩡한 이가 18개나 빠져 버렸고, 며칠 동안 혈변을 보는 등 상황이 심각했다. 그것보다 더 무서운 건 그 독살사건 후 황태자는 심신미약 상태로 지내게 되었다는 것이다.

 일부 독립협회 안의 부일배 세력은 여기서 멈추지 않고 관료들의 집 앞에서 진을 치며 입궁을 방해했고, 유언비어를 유포해 공격하고, 집회에서 난동을 부리기가 점점 심해져 유혈사태를 빚었다.

 만민공동회마저 부일배 세력인 안경수 등이 장악해 일련의 사건들에 대한 진상규명과 관련자 처벌, '헌의 6조'와 '조칙 5조'의 실천, 독립협회의 부설과 황국협회의 행동 세력이었던 보부상 혁파 등을 요구하며 약 50여 일간 경복궁 앞에서 상소 운동 등 정치투쟁을 벌여 결국 정부는 사태를 진정시키기 위해 임시 구속했던 독립협회의 간부 17명을 석방했다. 급기야 독립협회와 황국협회 쌍방의 서로에 대한 공격이 극에 달했고, 이제 만민공동회까지 아예 성격이 변질되어 근왕파 관료들과 갈등을 빚었다.

 나라 안에 온통 부일배들이 들끓는 상황이 되자 백성들은 정부를 불신하게 되고 혼란에 빠지니 황제는 부일배들이 더 이상 국가시책을 방해하지 못하도록 결단을 내려야 했다.

황제는 1898년 11월26일 경운궁 인화문 앞에서 외국 공사와 영사들까지 지켜보게 하는 가운데 독립협회 일부 회원들의 요구에 답하는 윤음을 내렸다.

"독립협회의 과도한 요구에 짐이 하교하겠다. 앞으로 월권 범분하는 것은 용납하지 않을 것이다. 그런 행위를 고집하는 것은 국가 독립의 기초를 공고치 못하게 하며 전제정치에 손상을 가져와 결코 충애의 본뜻이 되지 못한다. 민권이 중요하다는 것은 짐도 알고 있다. 그렇지만 지금은 외세의 침략 앞에서 나라가 위태로운 지경에 있으니 민권만 앞세우다가는 나라의 존망이 위태롭게 된다. 우리가 살아남기 위해서는 국권을 먼저 지키고 그다음에 민권으로 나아가야 하는 것이다. 민이 쌓여서 국권이 되는 것이다. 이 대한은 나의 것이 아니라 너희들의 것이다. 지금은 나라를 지키는 것이 우선이다."

이후 국민은 황제의 간곡하고 단호한 어지에 더 이상 민권을 앞세우지 않았지만 부일배 세력의 온상이 된 독립협회가 황국협회·만민공동회와 반목을 계속하자 결국 황제는 12월25일 군대를 동원해 만민공동회를 강제로 해산시켰고, 금압령을 내려 민회 활동을 금지했다. 이로써 일본을 등에 업은 부일배 세력이 정부와 국민을 혼란케 하던 상황은 종료가 되었다.

어찌 보면 황제 자신이 계획하고 만들어 낸 독립협회가 갈등을 빚었으니 일본의 의도대로 실패로 끝난 것 같지만 국민은 처음으로 자신들의 단결된 힘이 세상을 바꿀 수 있다는 것을 경험했고, 이상재·안창호 같은 구국의 애국자들로 인해 가슴에 뜨거운 불씨가 지펴져 계속해서 그들의 뜻을 잇는 애국지사들이 탄생하게 되는 점으로 볼 때 황제의 계획은 성공을 거둔 셈이었다.

신문물

대한제국으로 거듭난 한성 거리는 신문물과 고전이 함께 공존하며 활기찼다. 황제의 의지대로 전 국토에 대한 개발 계획이 시작되어 철도를 건설하고, 철도보다 앞서 한성 안에 전차가 개통되었다. 서대문에서 종로·동대문을 거쳐 청량리를 운행하는 전차는 1899년 5월3일 첫 시험 운행을 시작으로 5월20일에 개통식을 가지고 운행을 개시하였다.

회영이 출타 준비를 마치기를 기다린 마 서방이 그가 밖으로 나오자 뒤따라 걸었다. 회영과 마 서방이 대저택 밖으로 나서 몇 걸음 걸었을 때였다. 앞서 걷는 회영에게 마 서방이 먼저 말을 걸었다.

"서방님, 시상에 전차라는 것이유, 눈 깜짝할 새에 서대문에서 청량리까정 간다네유."

"허허허. 자네, 지금 나한테 농을 하는 것이지. 세상에 그런 것이 어디 있는가?"

회영이 짐짓 마 서방을 놀렸다.

"아니구먼유. 지금 한성에 소문이 쫘악 퍼졌시유. 작년, 재작년꺼정 길 가운데 공사허던 거 있잖아유. 그것이 바로 그것이라네유."

"아, 그 전차라는 것이 그렇게 도깨비처럼 눈 깜짝할 사이에 그렇게 멀리 갈 수 있다고 믿는 것인가?"

"그것이 지 말이 아니구유. 다들 그렇게 말을 하던 걸유."

"자네 나랑 내기 한번 하겠나? 그 말이 맞으면 오늘 점심은 내가 사겠네."

"그 말이 틀리면 지가 사는 거쥬."

"그렇네."

마 서방이 고개를 갸웃거리며 회영의 뒤를 따라 걸었다. 전차를 타는 곳에 어마어마한 수의 사람들이 서 있었는데 이는 회영과 마 서방처럼 전차를 구경나온 사람들이었다.

"히야, 서방님 증말 대단해유."

'떵떵떵떵.'

육중한 전차가 소리를 내며 사람들 사이에서 미끄러지며 모습을 드러냈다.

"하이구야, 크기도 엄청 크네유."

"어서 타세."

"서방님, 지가 지금 이 전차를 탄다구유? 이게 꿈이여 생시여."

"꿈은 아니네. 하하하."

"진짜지유."

마 서방이 자신의 볼을 꼬집으며 전차에 올라탔다.

회영과 마 서방이 탄 전차는 많은 사람을 가득 태우고 바람을 가르며 앞으로 앞으로 내달렸다.

"이야!"

"와아."

여기저기서 사람들의 탄성이 터져 나왔다.

"서방님, 시상에 시상에 이렇게 빨리 달릴 수 있남유."

"자네, 아까 이게 눈 깜짝할 사이에 청량리에 닿는다고 했던 말 기억하나?"

"그럼유 그럼유."

"어디 눈을 깜박여 보게."

마 서방이 진짜 눈을 감았다 뜨며 헤벌쭉 웃었다.

"헤헤헤헤헤, 눈 깜짝할 사이는 아니구먼유."

"자네가 내기에 졌네."

"알았구먼유. 근디 내기에 졌어도 기분은 좋네유. 이 전차라는 게 도깨비불 맹키로 신기허기만 허네유."

"하하하하하. 그렇구만. 신기하네. 정말 신기해."

전차는 백성들의 사랑을 듬뿍 받았고, 대한제국 안에 들어와 있는 외국인들 또한 이 신기한 전차 구경을 좋아했다.

마서방은 국밥을 먹으면서도 전차를 탄 흥분이 가시지 않아 연신 밥

풀을 튀겨 가며 이야기를 멈추지 못했다.

"서방님, 그 전차라는 것이유. 진짜 요상해유. 이렇게 집채만 한 것이 말도 없이 소도 없이 저절로 달리는데 으찌 그렇게 빠를 수 있대유?"

"그런 것이 우리 황제 폐하께서 말씀하시는 신문물이고, 신기술이라네."

"지는유, 그 신문물 신문물 하는 것이 도대체 뭔 말인지 몰랐구먼유. 근디 오늘 전차를 직접 타 보니께 알겠구먼유."

백성들은 마 서방처럼 처음 보는 전차를 마냥 신기해했고, 바람처럼 빨리 달리니 재미있어 하며 거부감 없이 친숙해질 수 있었다.

황제가 한성에 서둘러 전차를 개통시킨 속뜻 또한 이 전차의 개통으로 대중교통의 새로운 변화를 국민들에게 직접 경험하게 함으로써 근대국가 건설에 대한 부정적 인식을 없애고 국가 시책에 적극 동참하게 하려는 것이었다.

전차는 당시 외국인들도 부러워하는 신문물이었고 아시아에서 두 번째 개통된 것이었으며 이는 일본 동경보다도 3년이나 앞서 개통된 것이었다. 전차를 운행하고 남는 전력으로 한성과 한성에서 먼 외곽까지 가로등이 설치되어 동네마다 밤의 풍경이 달라지니 백성들이 황제국을 기뻐했고 황제를 우러렀다.

한편, 독립협회의 해산으로 울근불근하던 내정이 안정되었고, 드디어 광무 3년 1899년 8월17일, 대한제국은 특별입법기구인 교정소를 통해 최초의 헌법인 대한국 국제를 반포하여 만국공법상 근대국가의 모습을 확실하게 갖추었다.

> 제1조 대한국은 세계 만국에 공인돼 온 바 자주 독립하온 제국이니라.
> 제2조 (…)
> 제3조 (…)
> (…)
> 제9조 대한국 대황제께옵서는 각 국가에 사신을 파송·주찰케 하옵시고 선전·강화 및 제반 약조를 체결하옵시느니 공법에 이른바 자견 사신이니라.

대한제국의 헌법이라 할 수 있는 대한국국제(大韓國國制)는 황제에게 육·해군의 통수권, 입법권, 행정권, 관리임명권, 조약체결권과 사신 임명권 등 모든 권한을 집중시켰다. 독립협회와 만민공동회 등을 등에 업고 황실과 정부를 농락하려던 일본의 간교한 술책을 경험한 황제는 아직 무르익지 못한 민권을 강화하기보다 황제권을 강화하는 쪽으로 방법을 바꾸었다. 대한제국은 일차적으로 황제권 강화를 통해 국가 주권을 수호하고 위로부터의 주체적 근대화를 이룸으로써 대외적으로 국권을 강화하려는 것이었다.

황제의 뜻에 따라 대한제국 이전부터 설치된 전신국·전신기·발전기의 시설이 더 확충되었고, 신식 군대와 함께 근대화의 필수 요소인 교통수단으로 철도 부설에 많은 노력을 기울여 1900년 경성철도를 운영하게 되었다.

또, 국외 활동으로는 같은 해 파리 만국박람회에 민영찬을 특파대사로 임명해 참가했다. 4월15일부터 11월5일까지 프랑스 파리에서 열린 이 박람회에서 '서울의 추억'이라는 대한제국의 팸플릿에는 광무황제의 사진과 다양한 풍물이 소개되었다.

전시관은 참가국들의 국력을 상징할 수 있는데 대한제국의 전시관은 에펠탑 왼편 샹드마르스(Champ de Mars) 서쪽 쉬프엥(Suffren) 대로에 320m^2의 크기로 세워져 다른 나라들에 뒤지지 않았다. 이 대한제국관은 서양 사람들로부터 기대 이상의 높은 평가를 받았다.

대한제국의 상징인 태극기가 프랑스의 하늘에서 마음껏 펄럭이고 있었다.

전운

이즈음 만주 통화현에 자리잡고 의병을 기르던 의암 부대를 위협하는 사건이 발생했다.

의암은 황제의 명으로 2년 전 귀국해 의병 양성에 필요한 물자와 소요 자금을 가지고 돌아와 신예군 양성에 전력을 다하고 있었다. 한편으로는 강학을 조직해 정착한 한인들을 계몽하며 그들에게 애국심을 고취시켰고 유교적 전통을 회복시키기 위해 노력했다. 저술 활동과 함께 주민들에게 향약을 실시해 가정에서의 효도와 마을에서의 상부상조 정신을 강조하며 국가에 충성을 다하는 것을 근본으로 삼게 했다.

그렇게 2년여 동안 의암은 중국에서 자리를 잡아 가고 있었는데, 1900년 중국인들이 외세를 배척하는 의화단의 난이 일어 의암과 의암을 따르는 의병들은 다시 본국으로 귀국할 수밖에 없었다. 이로써 국외에서 의병을 조직하려던 황제의 바람이 꺾이게 되었다.

대한제국의 근대화는 황제의 뜻에 따라 착착 진행되어 갔지만 이처럼 진짜 문제는 다른 곳에서 일어나고 있었다.

 황제가 러시아공관에 머물던 시기 황제도 모르게 작성된 러시아 공사 베베르와 고무라 간의 각서에 이어 일본은 러시아와 흥정을 벌이기 위해 러시아 니콜라이 2세의 대관식에 참석했다.
 야마가타 아리토모 전직 일본 수상은 비밀리에 로마노프 러시아 외상을 만나 의견을 내놓았다.
 "러시아와 일본이 적국이 될 필요는 없다고 생각합니다. 러시아는 남쪽에 부동항이 필요한 것이니 북위 39도를 기준으로 대동강과 원산만을 경계로 한반도를 러시아와 일본이 분할 보호국화할 것을 제의합니다."
 야마가타는 일본 측이 한 발 물러섰으니 러시아에서 이 제안을 받아들일 것이라 생각했지만 로마노프 외상은 그 의견에 반대의 뜻을 보였다.
 "러시아는 대한제국을 보호국으로 삼을 생각이 없습니다."
 로마노프의 강한 반대에 결국 야마가타는 베베르·고무라 각서를 확인하는 선에서 협정을 체결했다. 그 후 러시아는 중국의 뤼순과 다롄을 조차하면서 만주에 크게 진출하게 되자 대한제국을 일본에 양보해 로젠·니시 협정을 맺었다.
 러시아와 일본의 문제는 청·일 전쟁 후 일본이 차지하게 된 요동 반도를 러시아가 독일, 프랑스와 연합해 돌려주게 만든 일로부터 시작된다. 그 일로 일본 내에서는 러시아를 적국으로 생각하게 되었고 일본은 적국 러시아에 대한 보복을 치밀하게 준비했다.

"우리의 적은 러시아다. 국방력을 키워 보복을 도모해야 한다."
"굴욕을 씻기 위한 방법은 러시아에 대항할 수 있는 군비 확장밖에 없다."
"만일 종래처럼 대한제국의 개혁을 추진한다면 러시아의 방해를 받을 것이다. 우리의 계획은 치밀해야 한다."
"잘못하면 도리어 러시아에게 대한제국을 엿볼 기회까지 허용할 우려가 있다."

일본 외에도 러시아의 남하정책에 반기를 드는 또 한 나라가 있었으니 그 나라는 당시의 최강대국 영국이었다. 영국은 선박을 이용해 아시아와의 무역으로 막대한 이익을 얻고 있었는데, 러시아가 시베리아 횡단철도를 통해 유럽과 아시아를 잇게 되면 영국은 그 이익을 고스란히 러시아에 넘겨줘야 하는 상황이었다. 이에 일본은 영국과 손을 잡고 1902년 1월 30일 영·일동맹을 체결했다. 동맹 협약문은 전문 6개조로 되어 있으며 주요 내용은 다음과 같다.

1. 영·일 양국은 한(韓)·청(淸) 양국의 독립을 승인하고 영국은 청에, 일본은 대한제국에 각각 특수한 이익을 갖고 있으므로, 제3국으로부터

그 이익이 침해될 때는 필요한 조치를 취한다.

2. 영·일 양국 중 한 나라가 전항의 이익을 보호하기 위해 제3국과 개전할 때는 동맹국은 중립을 지킨다.

3. 위의 경우에서 제3국 혹은 여러 나라가 일국에 대해 교전할 때는 동맹국은 참전하여 공동작전을 펴고 강화(講和)도 서로의 합의에 의해서 한다.

4. 본 협약의 유효기간은 5년으로 한다.

 황제는 정보망을 통해 영국과 일본의 동맹 내용을 보고받고 깊은 시름에 잠겼다. 일본이 대영제국과 손을 잡았다는 것은 러시아에 타격을 주기 위한 것이었고, 러시아의 힘이 약해지면 대한제국이 위태로운 상황에 빠진다는 것은 불을 보듯 뻔한 상황이었기 때문이었다.

 황제는 일본의 움직임으로 보아 일본이 러시아와 전쟁을 하려 한다고 결론지었다. 일본이 러시아와 전쟁을 하게 되면 지리적으로 전쟁의 피해를 고스란히 대한제국이 입게 될 것이기 때문에 러시아와 일본의 전쟁에 대비해야 했다.

 또, 나라가 위태로운 지경에 처했어도 대부분의 대소 신료가 일본의 뇌물을 받아먹고 황제의 눈을 가리면서 한편으로는 황제가 하는 일들을 낱낱이 일본에 알리고 있어 황제의 괴로움은 더했다.

"짐이 하는 이야기들을 어찌 저들이 소상히 알고 있단 말이냐?"

"망극하옵나이다."

황제가 비밀리에 전달한 서신이나 밀교가 곧 황제에게 화살이 되어 돌아오곤 하는 걸 두고 말하는 것이었다.

"내 이번에 월남에게 비밀리에 내린 전교가 월남의 임기응변이 없었다면 어찌 될 뻔하였느냐? 아무래도 이 조정에서 일본에서 뇌물을 먹지 않은 자를 골라내기가 어려울 것 같구나."

"망극하옵나이다."

"짐의 밀지를 운반하는 이들을 비밀리에 더 키워 내도록 하라. 러시아와 일본이 전쟁을 하려는 지금 따로 방법이 없구나. 내장원경 그대가 직접 짐의 눈과 귀가 될 인물들을 조련토록 하라."

황제는 전신·전화에 대한 일본의 감시가 심해 모든 업무를 이용익이 키운 밀사들을 이용해 전달할 수밖에 없었다.

"폐하의 뜻 받들겠나이다."

황제는 이제 확실히 이중노선을 취할 수밖에 없어 이용익에게 명해 비밀리에 1902년 6월, 광무 6년에 황제 직속의 첩보기관인 제국익문사를 탄생시켰다.

익문사 훈련생으로 발탁이 되면 첩보원이 되기 위한 과정을 거치는데 이 과정에선 외국어·호신술·검법·사격·기억법·관찰법 등과 함께 암호·변장·미행 그리고, 화학비사법을 이용한 밀서 작성법을 배웠다.

이들의 훈련 과정은 국내에서 활동할 첩보원과 국외에서 활농할 첩보원으로 나뉘었고, 습득 정도에 따라 졸업 시점이 달랐다. 모든 훈련 과정을 마치면 선배 첩보원으로부터 한동안의 실습 과정을 거치고 나서 실제로 임무를 띠고 일을 하게 되는 것이었다.

한성에서 일하는 첩보원들은 통신사로 일을 하는데, 겉으로 보기에는 매일 사보를 발간해 국민들이 보도록 하고 국가의 긴요한 서적도 인쇄하는 통신사였지만, 실제로는 정부고관과 한성 주재 외국 공관원의 동정, 국사범과 외국인의 간첩행위를 탐지하는 것이 주 임무였다. 이를 위해 제국익문사 비보장정*에 비밀활동 지침을 자세히 규정해 따르게 했다.

제국익문사 비보장정에 따르면 통신사를 가장한 황제 직속의 이 비밀 국가정보기관은 한성에 본사를 두고 61명의 통신원을 두는 것으로 되어 있는데 동경·오사카·나가사키·북경·상해·해삼위(블라디보스톡)·여순 등지에 상주하는 외국 통신원도 9인을 배정하고 있었다.

광무황제가 외국 국가원수들에게 보내는 비밀 친서들은 모두 이 밀사들의 손을 거쳐 전달되었다. 밀사들이 올리는 화학비사법으로 처리된 밀지는 특별한 처리 과정을 거치지 않으면 읽을 수 없도록 되어 있었고, 이 밀봉된 밀지는 황제 외에는 누구도 열어 볼 수 없었다.

제국익문사의 첩보원을 기르는 일이나 그들이 올려 보내는 기밀인 밀지의 전달은 모두 이용익이 맡아서 처리했고, 이 모든 것들이 비밀리에 진행되고 있었다.

황제는 이렇듯 비밀리에 첩보원을 길렀고, 그즈음 황제는 황실의 옥새 또한 새로 만들게 해 자신이 직접 관리했다.

---

*이태진, 《제국익문사비보장정》 대한제국 황제 직속 항일정보기관 규정집(1997), 237-252쪽.

이 모든 것은 러·일전쟁의 전운이 감도는 상황에서 일본과 부일배의 눈을 피해 대한제국을 지켜 내려는 황제와 지사들의 노력이었다.

그해 12월, 전 러시아 공사 카를 베베르가 황제를 방문했을 때였다.
"전하, 옥체 강령하시옵니까?"
"어서 오시오."
집무를 보던 황제가 베베르를 반갑게 맞았다.
"짐이 안 그래도 공에게 의논할 일이 있구려."
"그러셨습니까? 제가 잘 왔나 봅니다, 하하하하. 말씀하시옵소서."
"실은 이번 관립노어학교 졸업생 10명을 러시아 군사학교에 입학시키고 싶은데 그게 가능하겠소?"
"전하, 그런 일이라면 이미 대한제국과 러시아 사이에 수교가 되어 있어서 어려운 일이 아닙니다."
"고맙소. 베베르 공."
그렇게 해서 관립노어학교 학생이자 제국익문사에서 배출된 10명이 러시아로 떠나게 되었다.
"러시아로 갈 군사학교 입학생들의 조련이 끝났다고!"
"예, 폐하. 모든 준비를 마쳤나이다."
"짐이 그들을 보고 싶구나."
"대령토록 하겠나이다."
이렇게 해서 해외파견 밀사가 될 10명이 독리와 함께 황제 앞에 부복했다.

"오늘 통신원 10명의 조련이 끝나 데리고 왔나이다."

"고생하였다."

황제의 옥음이었다.

"성은이 망극하옵나이다."

밀사들은 교육받은 대로 황제께 예를 올렸다.

"너희들의 얼굴이 보고 싶구나. 고개를 들라."

"고개를 들라 하옵신다."

곁에 읍하고 선 내관이 말했다.

청년들이 천천히 고개를 들어 황제의 용안을 뵈었다.

"니즈니노브고로드 군사학교로 갈 오운석·구덕선이옵나이다."

오운석과 구덕선이 황제께 예를 올렸다.

"추구엡스키 기병학교로 갈 현홍근·윤일병·윤세년이옵나이다."

현홍근과 윤일병·윤세년이 황제께 예를 올렸다.

"이쪽은 쿠르스크 군사아카데미로 갈 김낙운·강한택·한기수이옵나이다."

독리가 한 사람 한 사람 소개해 올렸고, 청년들의 소개가 끝나자 옆에 섰던 시종무관 김인수가 청년들 옆에 부복했다.

"총 10명이옵나이다."

독리의 소개가 모두 끝나자 황제의 옥음이 울렸다.

"영특해 보이는 자들이로구나."

"황공하옵나이다."

독리가 허리를 굽혔다.

황제가 황좌에서 내려와 청년들의 어깨를 쓰다듬으며 윤음을 내렸다.

"나라의 형세가 어렵기 점점 더 심해지는구나. 어려운 일을 맡기는 짐의 마음을 헤아리기 바란다. 짐이 이 난국을 헤쳐 나가기 위해서는 경들의 도움이 절실히 필요하구나. 제국의 흥망이 경들의 어깨에 걸렸음을 한시도 잊지 말거라."

"성은이 망극하옵나이다."

황제의 간곡함이 실린 윤음에 밀사들은 더욱 고개를 깊이 숙였다.

이들이 강도 높은 훈련을 참아낼 수 있었던 것은 오직 국가를 위해 자신들이 뭔가 보태야 한다는 일념에서였다.

"먼 길 떠나는 이들에게 따뜻한 저녁을 내리라."

기약 없이 러시아로 떠나게 된 이들에게 내리는 황제의 식사였다.

황제는 첩보원을 기르고 첩보원이 활동하는 비용과 국내외에 있는 의병들에게 들어가는 비용을 비밀리에 확보하기 위해 황실 소유의 금광에서 캐 온 금을 숨기기에 이르렀다. 황실과 황제의 일거수일투족이 일본의 감시 대상이고 보니 황제는 점점 더 이중노선을 택할 수밖에 없었다.

"그래 총 얼마나 되느냐?"

"금 85만 냥이옵나이다."

"이는 그냥 금이 아니다. 나라를 부강하게 만들기 위한 자금임을 명심해야 한다."

"예 폐하, 명심 또 명심하겠나이다."

이렇게 황제의 비밀 자금이 황실 재정을 담당하는 내장원경 이용익에게 맡겨졌고, 이용익은 금을 항아리 12개에 나누어 담아 아무도 모르게 인정전 뜰에 묻었다. 그리고 그 일을 아는 모두에게 황제의 명으로 함구령을 내렸다.

그렇지만 이완용의 형 이윤용이 황제 곁에 겹겹이 심어 놓은 첩자가 있어 항아리를 묻은 그 밤 이윤용에게 가서 밀고했다.

다음 날, 이윤용은 하야시 곤스케를 만나 간밤에 황제가 감춘 금괴에 대해서 발설했다.

"흐흠. 그 영악한 늙은이노 금을 감췄단 말이무니까?"

"예, 항아리 12개를 묻었다고 하니 그 금액을 헤아리기 어렵습니다."

"금 12항아리?"

욕심 많은 하야시의 얼굴이 벌겋게 달아올랐다.

"그 늙은이노 그렇게 돈이 많았다는 말이무니까? 요망한 늙은이노, 정부 재정이노 파탄에 이르는데 뒷주머니를 찼다는 말이무니다. 흠. 어차피 그 금이노 이제 우리 손이노 들어오게 되어 있으니. 많으면 많을수록 좋스무니다. 하하하하."

하야시의 욕심에 찬 웃음소리가 방 안에 울려 퍼졌다.

"그 늙은이한테 그 금덩이 말고 어마어마한 비자금이노 더 있을 것이무니다. 남김없이 가져와야 하무니다. 감시노 더 붙이도록 해야 하무니다. 이는 엄연히 국가 재산이무니다."

"예, 알겠습니다."

"그 늙은이노 빼돌린 돈이노 찾게 되면 심심치 않게 보상 하겠스무니다. 한 푼도 남김없이 찾아야 하무니다."

"그렇습니다. 정부 예산이 바닥을 드러냈는데 그 많은 금을 감추다니 말이 안 됩니다."

"그러니까 우리노 찾아와야 하무니다. 으하하하."

그 뒤, 하야시는 황제의 비자금을 찾기 위해 수단과 방법을 가리지 않고 집중 감시망을 넓혀 갔다.

얼마 후, 황제는 또다시 황실 재정으로 들어온 수입 중 금덩이를 제외한 현금을 이용익에게 당좌 개설을 해 입금해 두도록 지시했다. 그 명에 이용익은 10월 2일 제일은행 경성출장소를 찾았다. 제일은행은 일본의 민간은행이었지만 1878년 조선에 진출한 이래로 은행권 발행·국고금 출납 등 사실상 조선의 중앙은행으로 기능하고 있었다.

황실의 광산과 인삼밭에서 나오는 세수 모두 내장원에 귀속되어 있었고, 이용익 자신 또한 함경도와 강원도 일대에 다수의 금광을 소유한 대단한 재산가였기 때문에 공적으로 사적으로 모두 은행의 극진한 환대를 받기에 충분했다.

이용익이 은행에 들어서 은행장을 찾자 일본인 은행원이 허리를 깊이 굽혔다.

"조금만 기다리십시오."

황실 내장원경 이용익이 왔다는 말에 은행장이 직접 나와 이용익을 안으로 안내했다.

"당좌를 개설하러 왔소."

"하이, 저희 은행으로서는 영광이므니다. 금액은 얼마나 하시무니까?"

"이십삼만 원이오."

"힉, 이십삼만 원이므니까?"

은행장이 벌떡 일어나 굽실거리며 예를 표했다.

"감사하므니다."

이날 이용익은 본인 명의로 당좌예금 계좌를 개설하고 23만7519원 74전*을 입금했다. 황제는 러시아와 일본이 전쟁을 할 것에 대비해 만반의 준비를 하고 있었다.

황제는 또, 전쟁이 나면 제네바협정 안에 따라 적십자를 활용하기 위해 프랑스 공사 민영찬을 특파 대사원으로 임명해 적십자 회의에 참석하도록 지시했다. 민영찬은 적십자회의에 참석해 가입 국서를 전달했고, 1903년 1월 정식 가입 허가를 받았다.

3월 황제는 군대 창설과 관련해 징병제 실시를 예정하는 조칙을 내리고 5월 육군과 해군의 창설을 위한 준비를 지시했다. 또, 서양의 징병제와 조선의 5위 제도를 절충하는 군제개혁에 따른 협력을 당부했다. 그 결과 시위대 1만2000 이상의 병력을 갖추고, 용산에 군부 총기제조소를

---

*오늘날의 230억 원보다 훨씬 큰 돈이었음이 분명하다.

건립했다. 황제의 이 모든 노력은 일본과 러시아의 전쟁을 예견한 만반의 준비였다.

또, 황제는 외교적 노력으로 밀사들을 통해 러시아·프랑스·독일 등 세계열강에 친서를 전달해 대한제국 영토 안에서 전쟁이 일어나지 않도록 해 달라고 호소했다. 그렇지만 세계 최강 영국의 동맹에 세계열강은 대한제국 황제의 친서에 침묵으로 답하고 있어 황제의 속은 검게 타들어 갔다.

그러던 차에 4월, 독일의 콘라드 폰 잘데른 대사가 황제를 배알해 독일 황제 빌헬름 2세가 보낸 친서를 비밀리에 전달했다. 이미 작년 황제의 즉위 40주년에 독일 황제 빌헬름 2세가 광무황제에게 축하 친서를 보내려 했지만 당시 대한제국이 콜레라 창궐 등 여러 이유로 황제의 즉위 40년 행사가 연기·축소됐기 때문에 보내지 못하다가 해를 넘기고서야 빌헬름 2세의 친서가 황제에게 당도한 것이다.

요동치는 국제정세 속에서 독일 황제의 밀서는 광무황제를 적극 지지한다는 확신을 주기에 충분했다. 빌헬름 2세의 친서 내용은 "독일제국과 대한제국의 관계가 앞으로 더욱 확고해지기를 바란다"는 것이었고 "황제 폐하의 좋은 친구"라는 말로 친서를 마무리 짓고 있었다.*

황제는 어려운 상황에 빌헬름 2세의 친서를 받고 기쁜 마음이 되었고, 그 얼마 후 황제는 주한 독일대사 폰 잘데른을 다시 황실로 불러 비밀리에 독대를 가졌다.

*2009년 9월29일자 중앙일보 기사

"폐하, 강령하십니까?"

"어려운 발걸음을 해 주셔서 감사합니다."

가비를 앞에 둔 황제가 깊은 심중에 있던 이야기를 꺼냈다.

"공사, 공사께 긴히 부탁이 있어 오시라고 했습니다."

폰 잘데른이 보기에 황제의 얼굴에 수심이 가득해 보였다.

"예, 말씀하시지요."

"짐을 대신해서 독일 은행에 100만 마르크*를 맡겨 주십시오."

"100만 마르크요?"

폰 잘데른이 어마어마한 금액을 듣고는 놀랄 수밖에 없었다.

"폐하 감히 제가 어떻게 대한제국 황실의 돈을 맡기겠습니까?"

"어려운 부탁이라는 걸 압니다. 일본이 모든 것을 감시하는 지금과 같은 형국에 독일인인 공사라면 일본의 의심을 사지 않을 것입니다. 이 돈을 해외에 맡기려는 것은 훗날 나라의 큰일을 도모하기 위해서입니다. 일본이 군대를 앞세워 겁박하니 날로 나라의 형세가 어려워지고 있습니다. 도와주십시오."

광무황제는 독일 황제 빌헬름 2세의 밀서를 가지고 온 폰 잘데른이라면 절대적으로 신뢰할 수 있다고 생각했고, 그에 100만 마르크를 맡겨 달라는 청을 넣기에 이른 것이다.

황제의 간곡한 말에 폰 잘데른 공사는 부탁을 들어주기로 했다.

"알겠습니다. 폐하의 일을 돕겠습니다."

*당시 100만 마르크 환산가 500억 원.

"감사합니다."

폰 잘데른이 일어나 나가며 한마디 덧붙였다.

"저는 전쟁이 일어난다면 최선을 다해 대한제국을 도울 것입니다."

폰 잘데른은 본국에 있을 때, 대한제국은 일본을 보호국으로 갖게 되어 편안히 잘살고 있고, 국민들이 모두 좋아하고 있다고 알고 있었다. 그런데 막상 이곳에 와 보니 일본이 말한 것과는 딴판이었다. 그는 다른 나라들이 대한제국을 돕지 못하도록 모든 것을 일본이 꾸민 거짓이라는 것을 알게 된 것이다.

광무황제와 독대 후 폰 잘데른은 대한제국 곳곳에서 자행되고 있는 일본의 만행을 직접 보게 되었고 이것을 세계에 알려야겠다고 생각하게 되었다.

황제의 부탁에 폰 잘데른은 1903년 비밀리에 100만 마르크가 넘는 돈을 중국 상하이 덕화은행을 통해 독일 베를린에 있는 디스콘토 게젤샤프트 은행에 맡겨 놓았다.

그때 주한 일본 공사 하야시는 폰 잘데른이 황제를 배알하고 나왔다는 보고를 들었다. 두 사람 사이에 무슨 비밀대화가 오갔는지 알 길이 없어 하야시는 폰 잘데른에게까지 사람을 붙여 늘 감시하도록 했다.

일본의 전쟁 준비가 착착 진행되는 가운데 일본 본국에 있는 고무라 주타로 외상은 고도의 첩보전으로 광무황제의 밀사들의 움직임을 파악하고 1903년 9월29일 주한 일본 공사 하야시 곤스케에게 대한제국의 중립국화 노선을 봉쇄하고 비밀리에 일본과 공수동맹을 체결할 방안을 강구하라고 지시했다.

　조선 주재 부영사관·북경 공사관을 거쳐 주한 특명전권 공사가 된 하야시 곤스케는 야심이 있는 인물이었다. 대한제국이 자신의 야망을 실현할 발판이 될 것임을 확신한 그는 본국이 원하는 대로 이 나라를 최고의 식민지로 만들 구상을 실행에 옮기고 있었다. 순한 양처럼 말을 잘 듣는 조정 대신들은 자신이 하나를 던져 주면 둘을 가지고 오니 모든 일이 순조로웠고, 일본의 꼭두각시로 만드는 일이 어렵지 않을 것 같았다. 그렇지만 가만히 보니 황제는 고무라 대신의 당부처럼 절대 만만한 인물이 아니었다. 일본 황실과는 다르게 정국을 주도하는 최고 권력자의 위치에 광무황제가 있었던 것이다. 고로 황제의 팔다리가 되는 대신들을 허수아비로 만들면 황제는 힘을 쓸 수 없게 된다는 결론에 이르렀다. 하야시는 황제의 최측근을 포섭해 일거수일투족을 감시한 뒤 본국에 보고서 형식으로 작성해 올리기도 했다.

　황제는 온 힘을 다해 일본에 맞섰고 세계열강에 자신을 지지해 달라는 밀서 보내기를 멈추지 않았다. 만약 러시아와 일본이 전쟁을 하게 되면 우리나라 영토 안에서의 전쟁을 피할 수 없으니 그걸 막기 위해 대한제국은 중립을 지킬 것이라는 내용을 담고 있었다.*

　황제는 목을 죄듯 점점 전쟁의 그림자가 다가오자 경성은행과 게젤샤프트 은행에 맡긴 거액의 돈 말고도 인정전 뒤뜰에 깊이 묻어 둔 금

---

*1903년 11월23일 이탈리아 황제에게 보낸 친서에서도 대한제국은 중립을 지킬 것이니 이를 지지해 주기를 요청하고 있다.

덩이의 일부를 찾아 쓰기 용이하도록 은밀히 1903년 12월에 금덩이 23개(575kg가량)를 상하이 덕화은행에 예치했다. 이것은 해외에서 활동하고 있는 밀사들과 의병들의 자금줄이었다.

황제는 여차하면 러시아군과 국외에 있는 의병들이 연합해 국내로 진격하고 이를 국내에서 호응하는 작전을 구상하고 있었다.

영국과 동맹을 체결한 일본은 이제 러시아와의 전쟁에 만전을 기해 대량살상무기 개발은 물론 영국과 미국에서 최신의 군함 제조 기술을 도입해 거대 군함들을 보유하게 되었다. 또한 첩보전을 통해 러시아의 개별 함선의 모양과 속도·기능 등 러시아의 군사력을 속속들이 파악하고 있었고 곧바로 동원할 수 있는 50만 명의 병사를 준비시켰다.

이런 상황을 보고받은 러시아는 일본과의 전쟁 충돌을 피하기 위해 처음과 달리 일본의 대한제국 보호국 주장에 대해 한발 물러선 뜻을 보내오기에 이르렀다.

당시 러시아는 시베리아 횡단철도가 미완인 상태로, 육군 병력이 각지에 흩어져 있는 것은 물론 해군도 발트해와 흑해·태평양 세 곳에 분산 배치되어 있어 효과적인 병력 동원이 여의치 않은 상황이었다. 또 극동 지역에 배치된 병사는 고작 4만여 명에 불과했기 때문에 당장 일본과 전쟁을 한다면 승리를 장담할 수 없는 처지였다.

그렇지만 러시아와의 전쟁 준비를 끝낸 일본은 이제 대한제국뿐만 아니라 만주를 손에 넣고 싶은 야욕이 생겨 러시아의 청을 단번에 거절했다. 황제의 우려처럼 이제 일본은 러시아와 전쟁을 하려는 것이었다.

시시각각 다가오는 전쟁의 그림자 앞에서 황제는 대한제국을 구하는 길은 중립국이 되는 길밖에 없다고 판단했다. 황제가 대한제국의 중립을 지지해 달라는 친서를 다시 한번 각국에 보냈지만 열강들은 황제의 친서에 침묵으로 답했다. 전쟁이 임박해 다급해진 상황에 열강의 답을 듣지 못한 황제는 마지막 방법으로 급히 전쟁중립국을 선언하는 내용을 각국에 통보할 수밖에 없었다. 일본이 전신 업무를 통제하고 있어 황제는 1904년 1월16일 밀사를 통해 중국 산둥성 즈푸로 친서를 보냈고, 거기서 프랑스 영사의 도움을 받아 각국으로 발송했다.

결국 황제는 위급한 상황을 타개하기 위해 1월23일 전시중립국을 선언했다. 하지만 이미 일본은 러시아와 전쟁을 하기 위해 영국과 미국으로부터 암묵적인 허락을 득한 상태였고, 대한제국을 보호국화 하는 것에 대해서도 국민들이 좋아하는 분위기에 반기고 있다고 세계열강에 수없이 선전을 해 왔기 때문에 다른 나라의 도움을 받을 수 없었다. 그런 일련의 국제 상황으로 인해 황제의 피나는 노력에도 불구하고 고립무원의 상태에 빠져들고 있었다.

러·일전쟁

 일본은 러시아와의 전쟁을 오랫동안 준비해 온 만큼 전쟁을 피하려는 러시아 측의 요구를 뿌리치고 일본 안에서 목소리를 하나로 모았다.
 "협상의 여지는 없고 담판을 중지해 창과 방패에 호소하는 것 외에는 길이 없다."
 "가을이 되면 러시아는 시베리아 철도가 개통되어 수송 능력이 배가 될 것이다."
 "만약 그렇게 되면 우리 군의 작전 전개를 크게 위협하게 된다."
 1904년 최대 강국 영국과 동북아의 큰 세력으로 등장한 미국의 지원에 힘입어 일본 가쓰라 수상은 2월 4일 러시아에 대해 군사행동을 취할 것을 결정했다.
 러시아와 전쟁을 하기 위해서는 지리적으로 그 사이에 끼어 있는 대한제국의 협조가 절대적으로 필요한 상황인지라 일본은 특사를 보내 어떠한 일이 있더라도 한·일 조약을 체결하도록 지시를 내렸다. 특명을 받은 하야시 곤스케에게 힘을 실어 주듯 본국의 특명을 받은 전 궁내부 고문관 오미와가 러·일전쟁을 위해 북진하는 수만 명의 병력과 함께 대한제국으로 들어왔다. 갑자기 수만 명의 일본 군대가 무장을 하고 들어오니 백성들은 무서워하며 벌벌 떨 수밖에 없었고 궁궐에선 그 정도가 더욱 심했다. 특명을 받은 하야시와 오미와가 무장한 군을 앞세워 황제에게 설득을 가장해 압박했지만 황제는 꿈쩍도 하지 않았다.

하야시는 방법을 바꿔 꿈쩍도 하지 않는 황제 대신 평소 광무황제의 정국 운영에 불만을 품은 고관들을 중심으로 한·일 동맹 지지 세력을 만들기 위해 본국에 1만 원의 로비자금을 요청해 외부대신 이지용, 이근택과 군부대신 민영철 등을 자신의 세력으로 끌어들이기에 이르렀다. 황제와 달리 대신들은 생각보다 더 쉽게 일본 편으로 돌아서는 것을 보고 하야시는 회심의 미소를 지었다.

2월 8일, 오미와와 하야시 그리고 가토 마쓰오는 일본 본국으로부터 전쟁에 돌입한다는 내용을 전달받고 돌아가며 밤낮으로 긴 시간 광무황제를 겁박했다.

"대한제국이 중립 선언이노 했다고 전쟁에서 안전하다고 생각하면 오산이무니다, 폐하!"

"전시 중립 선언은 실제 사태노 벌어지면 아무런 국제적 효력이노 없는 것이무니다."

"속히 철회하십시오."

황제는 며칠간 계속된 오미와 그리고 하야시의 고문과 같은 협박을 받았지만 움직이지 않았다.

그렇지만 그날 밤, 기어이 일본은 뤼순에 정박하고 있던 러시아 함대를 기습 공격함으로써 러시아와의 전쟁을 시작하고야 말았다.

황제는 급박한 상황에 어떻게든 한양만이라도 국외 중립지역으로 만들어 보려 했지만 일본 육군 선봉대 수만여 명이 들어와 북진을 준비 중인 상태였기 때문에 그것마저도 실효를 거둘 수 없었다.

9일, 일본이 또다시 인천 앞바다에 있던 러시아 군함 두 척을 격침시키자 이에 10일 러시아도 정식으로 일본에 대해 전쟁을 선포했다.

이로써 러시아와 일본의 전쟁이 시작되자 러시아 공사인 파블로프는 12일 군사 80여 명에 둘러싸여 대한제국에서 철수하니 황제는 일본과 더욱 외로운 싸움을 할 수밖에 없었다.

가토 마쓰오 궁내부 고문과 오미와는 황제에게 와 또다시 종일토록 한·일 간에 군사동맹을 체결하자고 주장했다.

"짐이 얼마나 더 얘기를 해야 하오!"

황제의 노여움이 극에 달했지만 가토 마쓰오와 오미와는 일본 본국의 특명을 받은지라 물러서지 않았다.

"이미 전쟁이노 시작되었고, 중립이노 아무 소용없다는 걸 왜 모르시무니까? 참으로 답답이노 하시무니다."

"그 소용이 없는 것을 도대체 왜 짐에게 자꾸 취소하라는 것이오?"

"폐하께서 아무리 세계열강에 호소노 한들 누가 들어 주기나 하무니까?"

"더 이상 들을 말이 없으니 물러들 가시오!"

"정이 그러시다면 일본 군사노 전략상 필요한 지점이노 임시적으로 사용할 수 있는 권한만이라도 주십시오."

"그것도 불가하오!"

"폐하께 간청 드리무니다."

"전쟁은 일본과 러시아가 하는 것이고 대한제국은 절대 그 전쟁에 개입할 의사가 없소!"

"폐하, 지난날 제가 궁내부 고문으로노 있을 때 대한제국과 폐하를 위해서 얼마나 열심히노 일했는지 기억나지 않으시무니까?"

"짐이 그 일은 고문에게 감사하고 있소. 그렇지만 이것과 그것은 엄연히 다른 일이오."

"폐하, 제발 일본 군사에게 대한제국의 영토노 임시로 사용할 수 있다는 허락만이노 해 주시옵소서. 간청드리무니다. 평화적인 협약이노 어렵다면 이미 들어와 있는 군이노 수만에 이르는데 이대로 전쟁이노 선포할 수도 있스무니다. 저희 일본군이노 막을 군사가 있으시무니까?"

무장군인을 이용해 황제를 겁박하던 오미와가 일본이 군사 전략상 필요한 지점을 임시적으로 사용할 수 있게 해 달라는 내용의 조약문을 제시했다.

사태가 여기에 이르자 황제는 외부대신 이지용에게 최대한 유리한 조건으로 교섭을 하도록 지시했지만 이미 이지용은 하야시의 계책대로 일본의 뇌물을 받아먹을 만큼 받아먹은 자였다.

일본은 황제에게 제시한 것처럼 군사 전략상 필요한 지점을 임시로 사용한다는 것이 아니라 전략상 필요한 지점을 점유할 수 있다는 내용으로 문구를 수정했다. 이는 한반도를 군사적 강제 점령 상태로 만들겠다는 발톱을 드러낸 것이었기 때문에 내용 수정을 요청했지만 무장한 군인들이 서울 한복판을 가득 채운 상태에서 실효를 거두기 어려워 황제는 부러 시일을 끌었다.

이때, 이용익도 러시아가 승리하게 되면 곧바로 대한제국이 병탄의 이유가 된다며 강력히 반대했고 직접 이지용을 찾아가 일본과 조약을 체결하면 대역 죄인으로 처벌받을 것이라고 엄포를 놓았다.

그런데 이지용은 일본 공사관에서 뇌물을 받은 것이 문제가 될까 봐 도주했고, 도주한 이지용을 일본 공사관 측에서 잡아 한일의정서* 조인을 성공시켰다. 황제가 그토록 백방으로 사력을 다해 노력했지만 결국 2월23일 일본의 뇌물을 먹은 이지용에 의해 어이없이 한일의정서가 체결되고 말았다. 한일의정서 전문(全文) 6개 조의 내용은 다음과 같다.

> 제1조 한·일 양 제국은 항구불역(恒久不易)할 친교를 보지(保持)하고 동양의 평화를 확립하기 위해 대한제국 정부는 대 일본제국 정부를 확신하고 시정(施政)의 개선에 관하여 그 충고를 들을 것.

---

*한일의정서는 일본의 속내를 감추고 대한제국의 안전을 지킨다는 대전제를 빙자하여 한국의 영토를 전략적으로 자유롭게 사용할 수 있도록 함으로 러·일전쟁에 대비하였다. 또, 국가 통치에 있어서 일본의 충고를 받도록 하여 한국의 일에 간섭하였다. 이는 일본이 러·일전쟁 시에 한국을 우군으로 끌어들임과 동시에 한국을 침략할 수 있는 발판을 마련한 것이다.

제2조 대일본제국 정부는 대한제국의 황실을 확실한 친의(親誼)로써 안전·강녕(康寧)하게 할 것.

제3조 대일본제국 정부는 대한제국의 독립과 영토 보전을 확실히 보증할 것.

제4조 제3국의 침해나 혹은 내란으로 인해 대한제국의 황실 안녕과 영토 보전에 위험이 있을 경우 대일본제국 정부는 속히 임기응변의 필요한 조치를 행하며, 대한제국 정부는 대일본제국 정부의 행동이 용이하도록 충분히 편의를 제공할 것. 대일본제국정 부는 전항(前項)의 목적을 성취하기 위해 군략상 필요한 지점을 임기 수용할 수 있을 것.

제5조 대한제국 정부와 대일본제국 정부는 상호의 승인을 경유하지 않고 훗날 본 협정의 취지에 위반할 협약을 제3국 간에 정립(訂立)할 수 없을 것.

제6조 본 협약에 관련된 미비한 세조(細條)는 대한제국 외부대신과 대일본제국 대표자 사이에 임기 협정할 것.

이 의정서의 내용을 3월 8일자 관보에 신자 황제의 생각처럼 온 백성의 비난이 쏟아졌다. 정부의 처사에 대해 반대 운동이 전개됐으며 의정서 체결 당사자 이지용과 통역 구완희를 매국노로 규정하고 그들의 집에 폭탄을 던지는 등의 극한 행동이 전개되었다.

이에 당황한 일본 정부는 추밀원장 이토 히로부미를 한·일 친선 특파

대신에 임명해 3월17일 대한제국에 보내왔다. 다부진 키와 몸에 형형한 안광을 빛내는 이토 히로부미는 10일간 머물면서 일진회를 비롯한 부일배들을 거액의 뇌물을 들여 매수했다. 그는 또 교묘한 말로 친선을 강조하며 흥분해 있는 백성을 진정시켰다.

상황이 이에 이르자 황제의 반대에도 부일배 대신들은 일본 정부에 답례를 해야 한다면서 이지용을 보빙사로 일본에 파송하기까지 했다. 이런 일들로 정계 안에 오직 일본에 아첨하려는 부일배 세력이 더욱 득세하게 되었다.

황제의 우려대로 일제는 의정서에 의거, 군사행동과 수용·강점을 제멋대로 감행했고, 토지를 마음대로 군용지 삼아 점령하며 3월에는 통신기관도 군용이라며 강제로 접수해 버렸다.

일본은 여기서 멈추지 않았다. 대한제국이 그동안 러시아와 체결한 모든 조약과 협정을 폐기시켰고, 러시아인과 러시아회사에 넘겨주었던 모든 권리도 취소하게 했다.

또, 황제가 심혈을 기울여 전 국토를 오가도록 계획한 경부·경의 철도 부설권을 군용이라며 강제로 빼앗아 가 경의선(한성~서울)을 완공했다.

그리고 4월에는 러시아와 전쟁을 하기 위해 북상하던 일본군 중 1개 사단을 아예 한성에 상주시키며 계엄을 선포해 우리 국민의 일세 침략에 대한 저항을 강압적으로 탄압했다.

또, 황제가 러시아군을 안에서 호응하려는 움직임이 포착되자 일본은 러시아와 대한제국의 국경선을 방어했다. 무장군을 동원한 일본의 이 같은 만행은 날이 갈수록 그 정도가 더해 갔지만 국제사회의 도움을 얻지 못한 황제와 황실은 무력할 수밖에 없었다.

성립되지 않은 을사늑약

한편 일본에서는 5월 일본 수상 가쓰라 다로가 대한제국의 실정을 잘 알고 있는 고무라 주타로·이노우에 가오루, 그리고 이토 히로부미와 몇몇 각료를 불러 머리를 맞대었다.

"좀 늦은 감이 있지만 대한제국과 한일의정서를 체결했다는 것은 고무적인 일입니다."

일본 수상 가쓰라가 입을 열었다.

"우리 일본제국의 각고의 노력이 이제야 빛을 보는 것 같습니다."

영·일동맹의 주역 고무라 주타로 외상이었다.

"러시아와의 전쟁도 승기를 잡고 있어 다행이라 생각합니다. 대한제국은 우리 일본의 안위와 직결되기 때문에 단연코 중요합니다."

3월에 대한제국에서 10일간 체류했던 이토 히로부미가 말했다.

"제국이 지난날 청나라와 전쟁을 치른 것도 다 그 뜻 아닙니까?"

고무라 주타로가 이토의 말에 동의했다.

"이번 하야시 공사의 보고서가 아주 일리가 있어요. 조선은 그저 황제를 잡으면 꼼짝 못 할 거라는 말입니다. 내가 보니까 정부 대신들은 돈 몇 푼이면 금방 무너집니다."

이토 히로부미가 다시 말했다.

"그렇다면 황제의 힘을 약화시키면 되지 않겠습니까?"

고무라가 말했다.

"그래서 지금 거액을 들여 황제의 측근 인사들을 포섭하고 있는 것입니다. 그렇지만 계속해서 조선을 보호국으로 만들려고 하는 것에는 한계가 있습니다."

고무라의 말에 가쓰라 수상이 대답했다.

"한일의정서로 어느 정도 실권을 얻었지만 여기서 끝내지 말고 국방·외교·재정 등에 관해 한층 더 확실한 실권을 잡아야 합니다. 그래야 경제상 필요한 이권을 착착 얻을 수 있어요. 조선의 재정과 조선의 외교를 우리가 장악해야 합니다. 이것을 여타 다른 나라에 넘겨줘선 안 됩니다."

이토가 말했다.

"보호국이 아니라 식민지를 만들어야 한다고 생각합니다."

고무라의 다소 과격한 듯한 발언에 모두 고무라를 쳐다보았다.

"식민지요?"

가쓰라 수상이 물었다.

모두들 생각은 하고 있지만 수면 위로 올리지 못했던 말이었다.

"조선이 우리 일본제국의 식민지가 되면 우리의 모든 문제가 일시에 해결될 수 있습니다."

"맞습니다."

"우리는 지금 러시아와의 전쟁으로 많은 군사가 조선에 주둔해 있는 상황입니다. 이전과는 상황이 많이 달라요. 가능한 일입니다. 어차피 만주를 장악하려면 선결되어야 하는 문제입니다."

고무라가 설명했다.

"문제는 황제입니다. 황제가 그리 녹록지 않아요. 군사에도 꿈쩍하지 않아요."

이토가 말했다.

"아까 말했듯이 황제를 묶어 놓는 방안을 연구하세요. 조선엔 황제만 있는 것이 아닙니다. 가까운 데 있는 사람들을 포섭하세요. 그래도 안 된다면 아예 없애 버리세요."

고무라가 말을 이었다.

"이번에 조선에 가 본 결과 그들은 정치가 썩고 부패함이 도를 넘어 길게 독립을 유지하지 못할 것이 뻔합니다. 고무라 공의 말처럼 식민지로 만들어야 합니다."

이토가 고무라의 말에 찬성하고 나섰다.

"우리는 조선에서 정치·군사·경제상 우리의 지위를 확립해 장래 다시 분규를 양성할 우려를 끊고 일본 자위의 길을 온전히 하는 쪽으로 결론을 모아야 합니다."

가쓰라 수상이 말했다.

이날의 각의를 통해 이들은 대한제국을 식민지화하는 데 일치를 보았고, 좀 더 구체적으로는 일본 시민을 더 많이 이주시키기 위한 방법, 제국의 철도 부설권을 가져오는 문제, 재정과 외교권을 장악하는 문제 등을 구체적으로 논의해 1904년 5월 31일 '대한시설강령'을 만들었다.

1. 대한제국의 요소에 일본군을 주둔시켜 방비를 완전히 할 것.
2. 외정(外政) 감독을 위해 외무아문에 고문관을 투입하되 내외의 정서를 감안하여 외국인으로 할 것.
3. 재정 감독에 일본인 고문관을 임명하여 징세법과 화폐 제도 등을 개량하는 한편 대한제국 군대를 점차 감축하여 경상 비용을 줄이고 일본 정부 감독하에 제염·연초 등의 전매 사업을 일으켜 이권을 확장할 것.
4. 철도 사업은 대한제국 경영의 골자이므로 경부 철도·경의 철도·경원 및 원산-웅기만 간 철도·마산-삼랑진 철도 등 교통 기관을 장악할 것.
5. 대한제국 정부로 하여금 전신·전화·우편 사업을 위탁케 해 일본 통신 사업과 공통의 한 조직으로 만들 것.
6. 농업·임업·광업·어업 등에서 척식을 도모할 것.

6개 강령과 세목들로 이루어진 이 지침은 나중에 '시정 개선'이라는 명목하에 순차적으로 모두 실현되었다. 대한제국을 군사적으로 강점한 상태에서 고문관을 파견해 재정·외교 부문을 장악하고 철도·전신·전화·우편 사업 등 제반 경제적 이권을 강탈해 간 것이다.*

광무황제와 근왕파의 고군분투에도 일본은 본토의 방침인 '대한방침'과 '대한시설강령'에 따라 6월 4일에는 '한·일 양국 인민 어로 구역에 관한 조약'을 체결해 충청·황해·평안 3도 연안의 어업권을 빼앗아 갔다.

한일의정서를 체결해 대한제국 안에서 종횡무진 갖가지 이권을 강탈해 가는 일본의 행태에 분노한 송수만·심상진·원세정은 7월에 자신들을 주축으로 하는 항일단체 보안회를 설립했다.

일본은 이번엔 자신들이 허수아비로 만들어 놓은 정부를 통해 대한제국에 들어와 있는 거류민들이 농사를 지을 수 있도록 황무지 개간권을 가져가려 했다. 황무지 개간권은 일본의 과잉 인구를 이주시킬 수 있는 땅을 얻고, 부족한 식량을 공급할 수 있으며 일본 농가를 위해 대한제국을 개방시키는 수단으로 삼고자 한 것이다.

이를 저지하고자 만든 단체가 보안회였으니 분노하고 있던 백성을 등에 업고 일본의 황무지 개간권에 대해 강력히 반대를 표명함으로써 이 땅을 지켜냈다.

국권을 수호하려는 보안회에 맞서 일전에 독립협회 안에서 충실히 부일배 노릇을 했던 송병준·윤시병·유학주가 주축이 된 일본의 앞잡이

*서영희《일제 침략과 대한제국의 종말》2012, 역사비평사

일진회도 생겨났다.

후에 이용구를 매수해 동학의 진보회를 흡수한 일진회는 진보회 덕분에 그 세력이 지방 곳곳에 뻗게 되었다. 이들은 일본을 위한 수송·정탐·노역 등의 대가로 일본 육군성과 이토 히로부미·가쓰라 등 일제 당국자들로부터 지속적으로 기밀보조금과 금품을 받아 쓰며 매국 행위를 자행했다. 일진회는 일본의 특무기관과 통감부에 교묘히 결부되어 일제로부터 재정적인 지원을 받으며 애국지사들과 의병들을 밀고했고, 황실에서 하는 일이 일본이 하는 일에 방해가 될 때마다 일본의 편에서 황실과 정부를 탄핵했다.

하야시 곤스케는 황제의 손발을 묶어 두는 효과적인 방안의 다른 하나로 대한제국에 들어와 있는 외국인 고문들을 제거하려 생각했다. 대한제국이 근대화를 이룬 것은 각각 전문 분야의 외국인 고문 79명이 포진해 광산 개발·철도 부설·무기 제조 등과 관련한 과업을 차질 없이 수행해 왔기 때문이었다. 이제 이들을 몰아내면 황제에게는 허수아비 대신들만 남게 되는 것이었다.

하야시는 황제는 뜻대로 움직여지지 않았지만 황제 곁에 있는 각료들이 자신에게 손쉽게 매수당하는 것을 보고 자신감을 얻었다. 그는 이제 자신에게 때가 왔음을 직감해 웃음이 났다. 이것은 자신에게 온 기회가 분명했다.

하야시의 첫 번째 행동은 황제가 초빙한 기술자들의 높은 임금이 재정상 부담이며 이들이 한·일 관계에 유해한 독설을 퍼뜨려 열강의 간섭을 초래할 우려가 있으니 모두 정리하고 일본인 고문관을 투입하는 것이 옳다고 일진회를 이용해 정부 대신들과 민심을 흔들었다.

그리고 다시 한번 무력을 앞세워 협약을 맺으니 이것이 8월22일에 맺은 제1차 한일협약(한·일 외국인 고문 용빙에 관한 협정서)이다.

이 협약으로 일본은 대한제국의 재정·외교의 실권을 박탈했고, 국토를 강제 점령하는 길을 열었으며 외국인 고문들을 내쫓은 자리에 일본인 고문관·교관·참여관 등을 파견해 내정을 장악함으로써 국정 전반을 좌지우지하게 되었다. 또 의정서와 위배되는 협약을 제3국과 맺을 수 없다는 조항을 넣어 다른 열강이 대한제국과 일본 사이에 끼어들 수 없도록 강제했다. 사실상 대한제국의 모든 권리를 박탈한 것과 다름이 없었다.

하야시는 자신의 계략으로 한·일협약이 성사되자 쾌재를 불렀다. 그리고 하야시는 또 하나의 일에 착수했다. 일전에 한·일 간 군사동맹을 맺으려 할 때 결정적 방해가 되는 인물인 이용익을 납치해 군함에 태워 일본 본국으로 압송해 버린 것이다. 이용익이 대일본제국의 일에 사사건건 방해를 하고 황제의 오른팔 노릇을 톡톡히 하고 있어서였지만 다른 이유가 하나 더 있었다. 부일배 송병준을 통해서 들은 정보로 이용익이 23만 원이나 되는 거액을 제일은행 경성지점에 예치했다는 것이었다. 하야시는 그 예금을 찾기 위해 이용익을 일본에 보낸 것이었고 기다리던 때가 되었다고 생각한 그는 곧바로 제일은행 경성지점을 찾았다.

"나는 하야시 곤스케 주한 공사이무니다. 일전에 이용익이노 예금한 23만 원이노 황실의 공금이무니다. 즉시 황실 예금으로 돌려 놓으십시오."

하야시는 서슬 퍼런 공사답게 은행장에게 강요했다.

"이건 황실 공금이 아닌 개인 명의의 계좌입니다. 당사자의 승낙이 없이는 불가능합니다."

"이보시오 은행장. 이용익이노 황실의 자금이노 관리하는 내장원경이오. 그러니 그자가 입금한 돈이 황실 자금이 아니고 뭐이무니까?"

"이용익 씨는 황실 자금이 아니라도 대단한 재산가입니다. 이 돈이 황실 자금인지 개인 자금인지는 본인이 와서 따져야 할 것입니다."

하야시의 말에 은행장도 지지 않고 맞섰다.

"이건 황실 자금이 분명하무니다!"

"그렇더라도 저희 은행에서는 본인의 허락 없이는 할 수 없는 일입니다."

하야시는 은행이 거절했음에도 계속해서 찾아와 은행장을 괴롭혔다.

"지금 황실의 자금이노 바닥이 나 있으무니다. 그래서 이 자금이노 꼭 필요한데 이용익이 대체 언제 올 줄을 알고 기다리냐 말입니다. 지금 한시가 급하무니다."

갖가지 수단을 동원해 압박해 오는 하야시로 인해 은행장은 급기야 이용익이 예치한 23만 원이 황실의 내탕금인지를 알아보기에 이르렀다.

 은행장은 궁내부 고미야 차관에게 이용익의 예금 23만 원이 황실의 자금인지 물었고, 이 내용을 모르는 고미야는 승녕부 재무이사 조민희에게 물었고, 조민희는 다시 승녕부 총감 이대오에게 알아보았다. 이런 내용을 전해 들은 황제는 직접 어지를 내려 확실하게 못을 박았다.

 "그 돈은 이용익의 개인 재산이니 개인이 자의로 할 것이다. 누가 능히 간섭한단 말이냐. 이용익의 개인 재산을 황실에서 간섭할 필요가 없다!"

 황제의 어지로 모든 것이 일단락되는 듯싶었지만, 하야시는 물러서지 않고 더욱 집요하고 강압적으로 제일은행을 압박했다.

 "황제께서 직접 어지를 내려 이용익의 개인 재산이라고 하는데 공사께서도 이제 그만 단념하시지요!"

 "황제께서는 몰라서 하시는 말씀이무니다. 훗날 문제노 생기면 이 하야시가 전부 책임이노 지겠다는 각서노 써 주겠으무니다. 그러니 황실 예금 23만 원을 바로 돌려 놓으시오!"

 하야시의 집요함에 지친 은행장은 하야시가 책임을 지겠다는 각서에 하야시의 말대로 내장원경 윤웅렬의 명의로 이용익의 예금 23만 원을 돌려 놓았다.

 이렇게 해서 긴 공방 끝에 하야시의 뜻대로 이용익의 예금이 하야시 곤스케의 손으로 넘어가고 말았다.

 주한 일본군 사령관 하세가와 요시미치는 무엄하게도 경운궁 동편에 있는 황실의 영빈관인 대관정을 무단으로 점거하고 사령부 겸 거처로 사용했다. 서양식 2층 건물인 대관정은 황제가 있는 함녕전을 내려다 볼 수 있는 위치에 있었기 때문에 황제의 일거수일투족을 가만히 앉아 감시할 수 있었다. 이것은 황제의 처소 가까이에서 무장군을 거느리고 황제를 감금하고 감시하는 것과 마찬가지로 위협적이었다. 백성들 만나기를 좋아했던 황제는 일본의 감시 때문에 마음대로 신하조차 만날 수 없는 형편이 되고 말았던 것이다.

유폐되다시피 한 황제는 방법을 찾아야 했다.

"아무래도 짐이 거처를 옮겨야 할 듯싶구나!"

창을 통해 대관정에서 황제가 있는 함녕전을 내려다보고 있는 하세가와 사령관과 황제의 눈이 마주쳤다.

"폐하, 전교를 내려 주시옵소서."

병풍 뒤에서 사내의 목소리가 흘러나왔다.

"함녕전을 태우라!"

"망극하옵나이다."

"다른 수가 있느냐?"

"아니옵니다. 폐하의 전교를 받들겠나이다."

그날 밤, 알 수 없는 불길이 함녕전에서부터 시작되어 경운궁의 주요 전각을 불태웠다.

황제는 이 절묘한 수를 둠으로써 일본의 감시에서 벗어났다. 일본은 황제에게 대문만 걸어 잠그면 꼼짝없이 안에 갇히게 되는 창덕궁으로 거처를 옮길 것을 압박했지만 황제는 경운궁을 재건토록 명했고, 거처를 대관정과 멀리 떨어진 중명전으로 옮겼다.

중명전으로 거처를 옮긴 광무황제는 비밀통로를 이용해 가까스로 밀사들에게 명을 내렸고, 또 국내에 들어와 있는 외국 공사들을 이용했다.

광무황제는 독일 공사 폰 잘데른은 외국인이기 때문에 비교적 움직임이 자유롭다는 걸 이용해 대한제국의 실정을 본국과 세계에 알려 달라고 부탁했다.

폰 잘데른은 황제의 말대로 이곳저곳을 돌아보니 일본이 자행하는 만행을 실제로 확인할 수 있었고 이에 분함을 참지 못해 사진을 찍어 본국 외교부에 보냈다.

1904년 10월22일에 함경도 지역에서 철도 물자를 훔쳤다는 이유로 농민들을 붙잡아 처형하고 있는 장면이 담긴 사진과 평안북도 안주에서도 일본군 전신선을 잘라 간 농민을 처형하는 사진 등 8장과 함께 보낸 보고서에는 이들은 모두 정치적 이유가 아닌 생계를 위한 행동이었다는 것과 재판에 회부하지도 않고 농민을 총살한 것이라는 내용이 거짓 없이 담겨 있었다. 또 대한제국 정부가 전국 곳곳에서 자행된 양민 학살에 대한 부당함을 제기했지만 3만 명의 병력을 주둔시킨 일본은 최강 갑의 위치에서 이를 수용하지 않고 양민 학살을 자행하고 있다는 보고서였다.

"일본군은 국제법상의 전시권에 따라 적국의 첩자로 행동했다는 증거가 있으면 중립국인 대한제국 국민이라도 처벌할 수 있다는 근거를 내세웠으나, 처형된 사람들은 러시아에 협력한다든가 하는 정치적 이유가 아니라 생계에 도움이 될 수 있다는 생각에서 저지른 행위"라고 밝혔다.

폰 잘데른은 한 인간으로서 일본의 이 같은 만행에 대해 분개하고 있었다. 그는 보고서를 통해 대한제국의 실상을 세계에 알리고 싶었다. 하지만 독일 본국에서는 일본이 전쟁에서 승기를 잡고 있어 그의 보고서 내용을 그대로 덮어 두었다.

일본이 전쟁상 필요하다는 이유를 들어 대한제국의 토지와 건물을 강제 점령하고 물자를 빼앗아 가니 하루아침에 농토를 빼앗긴 백성들의 생활은 그 참상이 말이 아니었다. 전쟁은 러시아와 일본이 하고 있지만 일본은 전쟁을 핑계로 엄청난 수의 무장군을 주둔시키니 그 힘으로 갖은 죄목을 붙여 무고한 백성을 처형시키니 공포에 떨 수밖에 없었다. 백성들은 그렇게 일본의 폭압 속에 신음하고 있었다.

이듬해, 일본에 억류돼 있던 이용익이 풀려 돌아와 황제를 배알했다.
"폐하, 그동안 강녕하셨습니까…."
부복한 이용익이 흐느꼈다.
"경이 무척 고생했겠구나."
이용익을 보는 황제의 눈에도 눈물이 번졌다.
"어찌 이토록 폐하께서 참담한 지경에 처해 계시옵나이까? 소신을 죽여 주시옵소서."

"경은 그런 소리 말라. 이제부터 경이 할 일이 태산이다. 짐에게 힘을 보태라."

"폐하, 신 이미 죽을 각오를 하였나이다."

이용익은 자신이 일본에 억류된 사이 말할 수 없이 비참한 지경에 빠진 대한제국과 황제를 보고 울분이 끓어올랐다.

이용익이 일본으로 납치되기 한참 전의 일이었다. 부일배 세력들로 많은 문제를 야기하던 독립협회가 강제로 해산되자 얼마간의 안정이 찾아오고 황제가 경운궁 후원을 거닐던 어느 날이었다.

하늘은 맑았고, 후원 안에 부는 바람이 시원했다. 경운궁 안에 아직 긴 공사가 남은 석조전과 새로 보수하고 있는 중명전도 모처럼의 휴일을 맞아 공사를 멈춰 장인들이 보이지 않고 조용한 날이었다.

황제가 뒤따르는 이용익을 의식하며 이야기를 시작했다.

"바람이 좋구나."

황제의 옥음이 바람을 따라 흘렀다.

"그러하옵니다. 모두 폐하의 성덕이옵나이다."

"입에 발린 소리도 할 줄 아느냐? 허허."

황제가 뒤에선 이용익을 보자 어느새 오십 줄에 가까운 이용익이 붉어진 얼굴로 시선을 바닥에 두었다.

"황공하옵나이다."

"독립협회하고 만민공동회를 폐한 것에 대해 불만이 많다지?"

이용익이 고개를 숙였다.

"경도 짐이 실패했다고 생각하느냐?"

"소신 감히 폐하의 깊은 뜻을 알지 못하나이다."

이용익이 고개를 더 깊이 숙였다.

"때가 이르지 않았다. 아직 신식교육의 뿌리가 얕아 이리된 것이니라."

"망극하옵나이다."

"대한제국에도 이제 고등교육기관을 세워야 한다."

"폐하, 지금 나라 안에 수많은 학교가 세워졌고, 또 세워지고 있지 않습니까?"

이용익이 황제의 뜻을 짐작할 수 없어 여쭈었다.

"기초교육과 직업교육을 말함이 아니다. 이제 그보다 더 수준 높은 교육을 할 학교가 필요하다는 것이다. 더 이상 외국에 유학을 가지 않아도 될 만큼의 신식 고등교육을 할 학교를 말하는 것이다."

"망극하옵나이다."

"하하하, 내장원경 그대가 한번 그런 학교를 세워 보겠느냐?"

얼마 동안의 침묵 후에 이용익이 다시 황제께 여쭈었다.

"폐하, 그런 학교를 지으려면 무엇이 필요한 것이옵나이까?"

"하하하, 교육을 담당할 교육자가 필요하고, 기초 지식이 아닌 갖가지 분야의 최고 지식이 담긴 서적이 우선 많이 필요하지 않겠느냐? 우리나라엔 아직 그런 서적이 없으니 외국에서 들여와야겠지."

"폐하의 집옥재에 있는 서적이면 부족하옵나이까?"

"하하하, 부족하다, 부족하고 말고. 신문물을 교육할 교재를 들여와야 한다."

서당에서 한문을 익힌 이용익이었지만 이용익은 그날부터 황제가 구상하고 있는 고등교육기관을 설립하겠다는 생각을 갖게 되었다.

그는 일본에서 10개월 감금되었다 풀려나 본국으로 돌아올 때 신교육에 필요한 서적 600여 권을 들여와 고등교육기관인 4년제 보성전문학교를 설립했다. 보성의 교명은 황제가 기뻐하며 '널리 인간성을 계발한다'는 뜻을 담아 하사한 이름이었다.

이용익은 다시 황제의 밀명을 받아 3년 만인 1905년 1월14일, 제일은행에 10만 원의 거액을 입금시켰다. 제일은행은 이용익이 자리를 비운 사이 하야시 곤스케가 이용익의 계좌에 있던 입금액을 모조리 계좌를 옮겨 빼내 간 사실을 함구했고, 통장에 표시조차 하지 않았다.

이용익은 그간에 있었던 소동을 전혀 알지 못해 그 열흘 후 또다시 2만4000원을 통장에 입금하기에 이르렀다. 한 달 후, 황제는 이용익에게 경상북도 관찰사직을 제수해 관직에 복귀시켰다.

그즈음, 황제의 다섯째 아들인 의친왕 이강이 미국 유학을 마치고 돌아와 황제에게 든든한 힘이 되어 주었다. 수려한 외모의 이강은 서구 열강에 특파대사가 되어 영국·독일·러시아·이탈리아·프랑스·오스트리아 등지를 다녀오기도 했다. 의친왕 이강은 황태자에 이어 광무황제가 특히 신뢰하는 아들이었다.

황제는 황태자가 가비에 든 독을 마신 이후 정상이 아니란 것을 알고는 더욱 이강에게 거는 기대가 컸다.

"아바마마, 소자 유학을 마치고 돌아왔나이다."

몇 년 만에 보는 아들 이강은 키도 훤칠하게 컸고, 이제 청년티를 말끔히 벗은 어른이 되어 있었다. 황제와 아들 이강 사이에 부자지간의 애틋한 정이 흘렀다.

"고생하였다."

"아바마마의 안색이 전날과 다르옵니다."

"나라의 형세가 바람 앞의 등불 같으니 어찌 아비의 안색이 좋기를 바라겠느냐?"

"송구하옵니다."

"네가 이제 돌아왔으니 한편으로 안심이 되는구나. 이제 더는 밖으로 나가지 말고 황태자 곁에서 황태자의 수족이 되도록 하거라."

"예, 아바마마 근심하지 마시오소서. 소자 대한제국과 황실을 위해 충성을 다할 것이옵나이다."

다음 달, 의친왕 이강은 대한제국의 육군부장이 되었고, 또 얼마 후 대한적십자사 총재에 임명되어 대한제국을 위해 소신껏 일했다.

황제는 자신의 든든한 지원자 의친왕과 무사히 돌아온 이용익이 있어 어려운 상황이지만 천군만마를 얻은 듯 힘을 내기 시작했다. 이용익에게 5월 군부대신 직을 내려 중앙정계에 복귀시켜 다시 비밀리에 모든 정무를 처리하게 했다.

러·일전쟁에서 확실히 승기를 잡은 일본은 전 세계에 대한제국 스스로 보호국화를 반기고 있다고 대대적으로 선전했고 이에 고립무원 상태에 빠져 버린 황제는 일본이 쳐 놓은 그 단단한 벽을 뚫어야만 했다. 하지만 대한제국의 모든 통신 기관을 군사적 목적이라는 핑계로 일본이 장악하고 있어 황제가 외부와 연락하는 것이 더욱 어려웠다.

늦은 밤, 황제와 궁내부대신 이재극, 이용익은 일본군의 눈을 피해 밀실에서 대한제국의 현재 상황을 기술한 국서를 작성했다. 러·일전쟁으로 대한제국에서 철수한 주한 러시아 공사였던 파블로프가 상하이에 거주하면서 이학균과 현상건 등 궁내관들을 돕고 있어, 이 밀서가 상하이에 전달되면 그곳에서 이학균과 현상건이 유럽에 가지고 갈 계획이었다.

"가지고 나갈 방법은 있겠느냐?"

황제의 근심어린 옥음을 들은 이용익이 답해 올렸다.

"외국인이라면 능히 일본의 의심을 사지 않을 것이옵나이다."

"각별히 유의하라."

"예, 폐하."

또, 황제는 각국에 나가 있는 외교관들을 동원해 본국이 처해 있는 상황을 알려 도움을 청하라고 칙서를 내렸다. 그렇지만 밀서들을 거의 인편으로 움직이니 연락이 늦을 수밖에 없었다. 그렇다고 현재로서는 날리 방법이 없는 황제였다.

한편 1905년 초, 영국에 주재하고 있는 공사 이한응에게도 황제의 칙서가 도착했다.

영국 안에서 러·일전쟁의 승기를 잡은 일본과 러시아의 평화조약 체결을 논의하고 있을 때였는데, "러시아가 일본의 한반도 점령을 용인할 것이 우려되니 영국에서 이를 막아 달라"는 내용이 담긴 광무황제의 친서였다.

한응이 황제의 친서를 곧바로 영국 외무성에 전달했지만 영국은 '당사국 간 교섭'이라며 냉정하게 거절했다.

그래도 한응은 영국의 대답에 물러서지 않고 조국이 위급한 상황에 처해 있어 이를 타계해 볼 요량으로 매일 영국 외무성을 찾아가 면담을 요청했다. 그렇지만 영국 외무성의 냉담한 반응은 바뀌지 않았다. 피가 마르고 간이 오그라드는 심정으로 영국 외무성에 접촉을 시도했지만 결국 영국은 일본의 손을 들어 주고 있어 일개 약소국의 공사 이한응을 만나 주지 않았다.

그러던 중 5월10일, 그날도 한응은 영국 외무성에 면담을 신청하고 기다리고 있었다. 한응은 몇 시간이고 며칠이고 기다려서 만날 수만 있다면 어떻게든 바람 앞의 촛불처럼 위태로운 조국, 대한제국을 위해 할 수 있는 모든 것을 다 하겠노라 다짐하고 있었다.

이렇듯 홀로 애처로운 한응의 행동을 주욱 지켜본 영국 외무성 직원이 잠시 한응을 불렀다.

"저, 이제 그만 하시지요."

"괜찮습니다. 지난번 우리 황제 폐하의 친서는 전해 올렸습니까?"

"그렇습니다."

"죄송하지만 한 번만 더 면담 신청서를 넣어 주시지요."

한웅이 한 번 더 부탁했다.

"아무래도 만나 주시지 않으실 겁니다."

"무슨 일이 있는 겁니까?"

걱정스러운 얼굴로 한웅이 되물었다.

"그, 그게…."

외무성 직원의 행동이 평소와 다른 것이 뭔가 한웅에게 할 말이 있는 듯했다.

"저, 그러지 마시고 제게 말씀을 좀 해 주시겠습니까? 저도 알 건 알아야지 않겠습니까?"

한웅의 계속된 노력을 가까이서 보아 온 영국 외무성 직원의 마음이 흔들리고 있었다.

"사실은 귀국의 일에 우리 영국은 도움을 드릴 수가 없습니다."

"그건 또 무슨 말씀이십니까? 제가 대사님을 뵙고 말씀을 드리겠습니다. 그러니 면담이 성사될 수 있도록만 좀 도와주십시오."

"이걸 좀 보십시오."

외무성 직원이 누가 볼세라 조심하며 한웅에게 전보용지를 보여 주었다.

"무엇인데 그러십니까?"

전보용지를 읽는 한웅의 손이 떨리는가 싶더니 얼굴빛이 흙빛이 되었다.

"괜찮으십니까?"

한응의 몸이 부르르 떨려 왔다. 손에 쥐고 있던 전보용지를 한 손으로 꾸깃 구긴 한응은 외무성 직원이 부르는 소리도 듣지 못하고 달려 나갔다.

"으아아악! 으아아아악!"

한응이 울분을 토해 내며 소리를 질렀다.

한응이 다시 펼친 종이에는 일본의 한반도 지배를 영국이 용인한다는 내용이 담겨 있었다. 이것은 2차 영·일동맹 초안으로 영국과 일본이 교환한 내용이었다. 이 내용을 읽고 난 한응은 몸에 힘이 하나도 남아 있지 않았다. 다만 몸 안에 불덩이가 가득 차 한응을 태우려 들었다.

한응의 어떤 노력에도 이미 대세를 거스를 수 없었던 것이었다.

'생각하고 또 생각해 보아도 이곳에서 내가 조국을 위해 할 수 있는 일이 남아 있지 않구나. 아아, 도무지 내가 무엇을 해야 한단 말인가!'

한응이 마지막으로 붓을 들었지만 할 말이 너무 많아 더 구차할 것 같아 짧은 두 문장의 유서를 적었다.

'오호라 나라의 주권이 없어지고 사람의 평등을 잃으니
무릇 모든 교섭에 치욕이 망극할 따름이다.
구차히 산다 한들 욕됨만 더할 따름이다.'

"폐하, 폐하의 뜻을 받들지 못한 신을 용서하여 주옵소서…."

한응은 황제 폐하가 있는 곳을 향해 절을 올리고는 준비한 독약을 마심으로써 꺼져 가는 나라의 명운을 붙잡지 못한 신하로서 용서를 구하고자 했다.

이미 영국은 영·일동맹으로 대한제국을 일본의 식민지로 인정하고 있어 광무황제와 주한 공사 이한응의 노력이 전혀 소용이 없었다.

이한응의 시신은 그렇게 먼 타향에서 서서히 식어 갔다.

이한응은 1904년 1월 서리 공사로 처음 임무를 배정받고 영국 정부를 상대로 첫 외교를 펼쳤는데 그는 세계 정세에 대해 영국·프랑스·일본·러시아를 네 꼭짓점으로 하는 사각형 구도 속에 영국과 프랑스가 손을 잡고 러시아와 일본이 손을 잡아 상호 견제하는 구도를 만들어야 전쟁을 막을 수 있고 이 과정에서 동아시아의 정치적 열쇠를 쥔 대한제국의 주권 보장은 필수라고 강변했다. 국제 정세를 탁월하게 읽어 낸 견해였다.

그렇지만 영국은 이미 일본과 영·일동맹을 맺은 후였기 때문에 영국은 "영국의 동아시아 정책은 영·일동맹에 기초한다"며 이한응의 견해에 거부 의사를 밝혔다.

황제는 이한응 공사의 자결 소식을 전해 듣고 시신을 본국으로 운구해 오라고 명을 내려 충신으로서 마지막까지 사력을 다한 한응을 거두었다.

그러던 어느 날 일본 공사 하야시와 부일배 외교 고문 더럼 화이트 스티븐슨이 황제에게 알현을 청했다.

"일본 공사 하야시 곤스케 공과 더럼 화이트 스티븐슨 공 들었사옵나이다."

"들라."

황제의 윤음이 들리고 하야시와 스티븐슨이 내관의 안내에 따라 안에 들었다.

황제는 서책을 보는 척하고 있다가 하야시 일행을 맞아 책을 덮고 자리에 앉았다.

"폐하, 드릴 말씀이노 있어서 들었사옵니다."

"말하시오."

"얼마 전 러시아 황제한테 친서노 보낸 적이 있으시무니까?"

놀란 황제는 애써 아무렇지 않은 듯한 표정을 지었다.

"공이 하는 얘기가 그게 무슨 말이오?"

"폐하께서 러시아 황제한테 친서노 보냈다는 정보가 입수됐스무니다."

"짐은 그런 일 없소."

"폐하, 이미 다 알고 왔스무니다."

"그럼 그 증좌를 가져와 보시오."

황제가 시치미를 뗐다.

"다시 한번 이런 일이노 발생하면 이번처럼 그냥 넘어가지는 않을 것이무니다."

"넘어가지 않는다니? 지금 경이 짐의 궁에서 짐을 겁박하는 것이오! 짐이 일본에게 백번 양보해 전쟁에 소요되는 것들을 지원해 주고 있거늘 경의 방자함이 지나치구려. 이만 돌아들 가시오!"

노기충천한 황제의 옥음이 밖까지 울려 나왔다.

그때 옆에 읍하고 섰던 내관이 말했다.

"돌아들 가시라 하오시오!"

하야시는 황제의 노기 띤 목소리에 황제의 집무실을 물러 나오기는 했지만 이번 일은 그냥 넘어갈 수 있는 문제가 아니었다. 하야시가 이 내용에 대해 육군대장 요시미치와 의논을 해 본국의 이토 히로부미에게 보고하니 이토 히로부미의 답변은 광무황제를 설득해 일본 본국으로 보내라는 내용이었다.

이에 하야시는 여러 차례 황제를 배알해 일본으로 갈 것을 종용했지만 황제는 움직이지 않았다.

이런 내용들을 곁에서 보고 소상히 알고 있는 독일 남작 폰 잘데른은 2월14일 "일본에서 황제를 일본으로 데려가려 한다"는 내용으로 대한제국의 급박한 상황을 알리기 위해 독일 본국에 비밀리에 전보를 쳤다.

이 보고를 받은 독일 황제 빌헬름 2세는 펜을 들어 폰 잘데른의 전보 용지에 메모를 적었다.

'이런 시도가 성공할 리 없잖아!'

그 뒤, 폰 잘데른이 다시 한번 6월2일 독일 본국에 같은 내용의 전보를 쳤지만 반응은 마찬가지로 묵묵무답이었다.

'미국 공사인 모건에게서 들은 내용 – 일본인들이 조선을 보호국화하고 황제를 폐위시켜 일본으로 납치하고자 영국에 문의해 동의를 받았다. 또 미국 루즈벨트는 보호국화에 대한 결정은 유보했고, 황제의 폐위와 납치에 대해서는 비판했다.'

폰 잘데른이 본국에 보낸 전보처럼 광무황제는 신상에 위협을 심하게 느끼고 있었지만 물러서지 않고 더욱 외교적인 노력에 힘을 기울였다.

또, 이용익의 움직임을 늘 감시하고 있던 하야시가 정보를 입수해 불시에 이용익의 자택을 수색하라는 명을 내렸다. 그때 자택 벽장에 보관하고 있던 황제의 비자금 93만 원이 나오자 이용익은 그 돈이 궁내부 경리원의 돈이라고 항의했지만 하야시는 국고로 들어가야 하는 돈이라며 강압적으로 압수했다. 그 돈은 해외에서 사용될 자금으로 밀사를 통해 보내려 했는데 갑자기 빼앗겨 버렸으니 낭패였다.

"혹여 저들이 눈치를 챈 것 같지는 않더냐?"

"그러하옵니다. 돈에 눈이 어두웠을 뿐 알고 온 것은 아니었나이다."

"불행 중 다행이구나. 허나 그렇다 해도 그 큰 자금을 빼앗겼으니 큰일이다. 곧 러시아와 일본의 전쟁이 종결될 터인데 그렇게 되면 일본이 대한제국을 그대로 두지는 않을 것이다. 우리 쪽에서 움직이려면 절대적으로 필요한 것이 자금이다."

"폐하, 신이 부주의하여 발생한 일입니다. 신을 벌하여 주옵소서."

"경의 잘못이 아니다. 저들이 불을 켜고 감시하고 찾으려는데 어찌 부주의해 일어난 일이겠느냐?"

"망극하옵나이다."

"해외에 예치해 둔 자금을 써야 할 때가 온 것이다. 그렇지만 저들의 감시가 점점 더 심해지고 있으니 큰일이 아니냐?"

"망극하옵나이다."

이용익은 모든 것이 자신의 잘못이기라도 한 듯 죄스러운 얼굴로 고개를 들지 못했다.

할 수 없이 이용익은 제일은행에 입금한 돈을 찾으려 했지만 일본의 감시에 큰돈을 인출할 수 없어 예금액 중 3만 원만을 찾았다.

이용익이 확인한 통장 잔고는 처음 이용익이 입금한 23만 원과 그 뒤 입금한 12만 4000원이 고스란히 쓰여 있었지만 실제 잔고는 하야시가 이용익 몰래 찾아간 돈을 뺀 나머지만 있을 뿐이었다. 그렇지만 이용익은 이를 전혀 알지 못했다.

황제는 미국·영국·프랑스·독일·러시아·오스트리아·벨기에·이탈리아·청나라 황제에게 보낼 친서를 적었다. 내용은 대한제국의 실상을 알림과 동시에 독립을 유지할 수 있게 해 달라는 것이었다.

"감시가 심하니 이를 누구에게 맡길 수 있겠느냐?"

"폐하, 하명만 하시옵소서."

이용익이 황제 앞에 엎드렸다.

"이렇게 삼엄한 감시를 뚫고 갈 누가 있느냐?"

"폐하, 신이 직접 다녀오겠나이다."

"경이 직접 다녀오겠다는 말이냐?"

"사안이 중하니 제가 직접 다녀오는 것이 좋을 듯하옵나이다."

"다른 이를 찾아보라!"

황제의 시선이 허공중에서 이용익을 보았다.

"신, 간청드리오니 윤허해 주시옵소서. 신의 발이 빠르다 칭찬하시지 않으셨나이까? 신 폐하의 명을 받들고 빨리 돌아오겠나이다. 국외에 의병을 조직하고 러시아의 협력을 끌어내는 일을 맡을 만한 적임자가 없나이다."

이용익의 목소리가 다른 어느 때보다 비감하게 들렸다.

결국 황제는 이용익에게 비밀리에 육군부장 직을 내려 각국 황제들에게 친서들을 전하고, 또 하나 국외에 의병을 일으켜 러시아와 협력해 국내로 진격해 오도록 명을 내렸다. 이용익의 어깨에 대한제국 국운이 걸려 있었다.

황제는 일제의 눈을 속이기 위해 8월14일 이용익을 강원도 관찰사로 임명함과 동시에 속히 임지로 부임하라는 명을 내렸고, 이용익은 황제의 밀명을 받들어 8월17일 강원도 부임지로 향하는 척하고 비밀리에 상해로 출국했다.

이용익의 품에는 러시아 황제에게 보내는 황제의 친서를 비롯해 많은 친서들이 감추어져 있었다.

이용익이 밀명을 받고 떠난 얼마 후, 미국의 루즈벨트 대통령이 아시아 순방단을 특파해 대한제국에서도 얼마간 머물기로 했다는 소식이 들려왔다. 황제는 어떻게든 순방단을 극진히 대접해 대한제국을 도울 수 있도록 하기 위해 최선의 준비를 다했다.

그렇지만 그 순방단에는 미 육군 장관 윌리엄 태프트와 대통령의 딸 앨리스가 함께 있었는데 첫 순방지인 일본에서 7월29일 태프트가 가쓰라 수상을 만나 이미 가쓰라·태프트 밀약을 맺었던 것이다.

이 밀약으로 미국은 필리핀 지배권을, 일본은 대한제국의 지배권을 갖는 것에 대해 서로 묵인해 주기로 합의한 것이다. 이 순방단은 밀약을 체결하고 중국과 필리핀을 거쳐 9월 대한제국에 도착했다.

일본은 러시아와의 전쟁으로 수많은 인명과 물자를 잃어 더 이상 전쟁이 불가능하다고 판단해 미국 루즈벨트 대통령에게 주선을 부탁해 8월에 미국 포츠머스에서 러시아 대표와 휴전하기 위해 만남을 갖고 있었다.

황제와 대신들이 미국의 순방단 일행에 대해 소홀함 없이 대접했지만 이미 가쓰라·태프트 밀약이 체결되어 있는 상황을 되돌릴 수는 없었다.

결국 그해 9월 러시아와 일본은 루즈벨트 대통령의 주선으로 20개월 간의 긴 전쟁을 종결하는 데 합의했다. 러시아와 일본은 선생을 종결시켰지만 대한제국은 이제부터가 진짜 전쟁이었다. 포츠머스 조약으로 러시아의 동의까지 얻어낸 일본은 대한제국을 식민지화하는 작업에 아무런 방해 없이 착수해 들어갈 것이었다.

 일본은 또, 전쟁에 천문학적인 금액인 20억 엔을 군비로 쏟아 부었는데 러시아로부터 한 푼도 받지 못했기 때문에 전쟁으로 인한 피해를 조선과 만주에서 보상받으려 할 것이었다.

 사태가 이에 이르자 황제는 지체하지 않고 미국인 헐버트에게 직접 프랭클린 루스벨트 대통령을 만나도록 지시했다.

 미국과는 1882년 맺은 조·미 수호조약으로 조선이 타국의 침략을 받을 때 한번의 통지로 반드시 거중조정의 의무가 체결돼 있었는데 이를 촉구하기 위해 헐버트와 민영찬이 긴급히 광무황제의 밀사가 되어 1905년 10월19일 미국으로 떠났다. 황제는 헐버트에게 보낸 밀서의 사본을 러시아 정부에 전달하는 것도 잊지 않았다.

 그런데 그것이 문제였다. 일본이 사방에 심어둔 세작과 간자들로 헐버트의 임무를 일본 정부에서 알게 돼 먼저 손을 쓴 것이었다. 이미 미국의 루스벨트는 일본과 가쓰라·테프트 조약을 체결한 상태였기 때문에 대한제국의 손을 들어 줄 수 없었고, 거기다 일본은 국제사회에 자신들의 거짓이 들통나는 것을 막기 위해 먼저 루스벨트에게 손을 썼다. 그렇지만 어쨌든 루스벨트가 일본이 대한제국을 보호국화 하려는 것이 아니라 식민지로 만들려 한다는 것을 알게 된다면, 미국은 조약에 따라 거중조정을 해야하고 일본은 국제사회의 비난을 면할 수 없게 될 것이었다. 지금으로서는 일본이 할 수 있는 것은 헐버트가 루스벨트를 만나기 전에 광무황제에게 보호국 조약에 도장을 찍게 하는 것만이 최선이었다.

　미국에 도착한 헐버트는 황제의 친서를 가지고 어떻게든 루스벨트를 만나려고 했지만 만남이 성사되지 않았다. 미국은 이미 가쓰라·테프트 조약에 승인했고, 일본이 대한제국과 8월22일 맺은 제1차 한·일협약의 제목이 각서(Memorandum)인 것을 협정(Agreement)으로 바꿔서 미국과 영국에 보냈기 때문에 루스벨트 대통령은 이미 외교권이 없는 나라의 외교사절을 만날 필요가 없다는 이유를 들어 만나 주지 않은 것이다. 일본의 간교하고 치밀한 계략이 이와 같았다.

　또 한 가지, 일본 메이지 천황과 가쓰라 수상은 광무황제의 친서가 각국에 전달될 위기에 놓이자 11월9일 급히 추밀원 의장 이토 히로부미에게 일본 천황의 친서를 가진 특사 자격을 주어 대한제국에 보냈다.

　일본은 이미 그 이전 4월8일의 내각회의를 통해 '대한제국 보호권 확립의 건'을 발표하고 보호조약 실행에 들어가 있는 상태였다. 보호권의 내용은 한국의 외교는 일체 일본이 대행하여 외국과 직접 조약을 체결할 수 없고 한국이 각국과 맺은 조약의 실행도 일본이 책임지며 시정 감독과 재한 일본인의 보호·감독 명목으로 주차군을 파견한다는 것이었다. 실행은 11월 초로 잡고 조약 체결의 전권 대표는 하야시 공사로 하되 동시에 천황의 칙사로 이토 히로부미를 직접 파견하기로 결정했다.

　일본은 치밀하게 대한제국이 반항하면 군사적 행동을 하도록 지시했고 군대 병력도 증파하도록 조치했다. 대한제국 정부가 끝까지 동의하지 않을 경우에는 최후의 수단으로 일방적으로 보호권 확립을 통고하고 열강에게 이 조치에 대한 선언서를 보내는 방안까지 마련한 일본이었다. 이는 무력 그 이상을 사용해서라도 무조건 대한제국의 외교권을 박탈하라는 지시였다.

일본 정부의 이러한 움직임에 국내에서 일본이 대한제국을 보호국화한다는 소문이 돌아 반일 감정이 싹트려 하자 일본은 국내에 있는 부일배 세력 집단인 일진회를 움직였다.

일진회로 하여금 일본인 고문이 기초 작성한 일진회 선언서를 11월 6일 발표하도록 했다. 이 선언서는 "일본의 보호 지도를 받기 위해 내치·외교권을 일본에 일임해야 한다"는 내용으로 일진회의 매국 행위를 이제 감추지 않고 밖으로 공표한 것이었다.

부일배 세력과 친일 세력이 일진회의 선언서에 환영의 뜻을 나타내니 국외와 국내가 이렇게 거대 일본의 힘에 휩쓸렸다.

황제는 아직 국외로 보낸 이용익과 헐버트로부터 어떤 답도 받지 못해 초조한 시간을 보내고 있었다. 그런데 일본 추밀원 의장 이토 히로부미가 일본 천황의 특사 자격으로 자신을 만나기 위해 온다는 것이었다. 이토 히로부미는 일본의 대표적인 정치가이자 외교가로 청나라의 이홍장·프로이센의 비스마르크·영국의 빅토리아 여왕과 함께 '근세의 4걸'로 불리고 있는 세계적인 인물이었다. 궁에 유폐된 황제는 아직 이토 히로부미에게 내밀 아무런 카드도 준비되지 않은 상태였기 때문에 괴로웠다.

마침내 11월9일, 일본 천황의 특사 이토 히로부미가 내한해 11월10일 광무황제를 알현했다. 무장군을 대동하고 당당하게 황제 앞에 앉은 이토는 수삼일 내에 확답을 주시라며 일본 천황의 친서를 광무황제에게 봉정했고 이에 광무황제가 숙독 후 답하겠노라 해 그날이 지나갔다. 그렇지만 일 황제의 친서는 광무황제를 압박했다.

'두 제국 간의 결합을 한층 공고하게 하는 것이 극히 긴요하다!'

짧고 간결한 일 황제의 친서를 읽고 또 읽는 광무황제에게 그들의 속내가 가슴에 비수로 꽂혔다.
'이보다 어떻게 더 결합을 공고히 한다는 말인가?'
광무황제의 용안에 어두운 그림자가 짙게 드리워졌고, 한숨이 새어 나왔다.
일본은 이미 독립과 영토 보존, 황실의 안전을 위해 필요한 경우 충분한 편의를 제공해야 한다는 '한일의정서'를 통해 막대한 토지를 군용지 명목으로 가져갔고, '제1차 한일협약'으로 국가 운영에 반드시 필요한 재정과 외교 분야에 일본인과 친일 성향이 짙은 미국인을 두고 그들의 간섭을 받게 해 대한제국은 막대한 타격을 받았다. 그런 상황에서 이제는 더욱 결합을 공고히 해야 한다는 것은 아예 대한제국의 기능을 박탈하겠다는 의미인가…. 이러한 협박에 거절이 가능하기나 한 것인가! 궁을 겹겹이 둘러싼 군과 국내에 들어와 있는 수만 명의 무장한 군사 앞에 만약 거절을 하게 되면 어떻게 되는 것인가.

고립무원에 처한 광무황제의 고민은 더욱 깊어질 수밖에 없었다. 어찌하다 대한제국이 이런 상황에 처했단 말인가.

황제는 자신의 명으로 떠난 밀사들에게서 아직 회신을 받지 못한 상태에서 어떤 결정도 할 수 없었고, 혹시라도 이용익이 러시아 황제를 만났는지 그쪽에 일말의 기대를 걸고 있었다. 국내의 군만으로는 지금 일본군에 둘러싸여 힘을 쓸 수 없는 지경에 있었기 때문에 국외에 흩어져 있는 한인들이 의병을 조직해 중국이나 러시아군과 연합해 국내로 진격해 들어오면 안에서 호응해 싸우겠다는 것이 황제의 뜻이었다.

이토는 사흘이 지난 13일부터 일본 천황의 친서에 대한 답을 달라며 광무황제와의 알현을 요구하고 들었다.

광무황제는 그사이 다시 가까운 상해와 블라디보스토크에 밀사를 보내고 답을 기다리는 중이라 아프다는 핑계를 대며 계속 접견을 미루었다.

15일 오후 3시, 이토는 더 이상 기다릴 수 없다는 생각에 억지로 광무황제에게 단독 면담을 청해 왔다. 외교술에 능한 이토가 일본 통역 고쿠분 쇼타로·대한제국 통역 박용화만 배석시키고 내관과 상궁·나인들까지 모두 내보낸 가운데 4시간이나 황제에게 조약 체결을 강요했다. 단독 면담이라고는 하지만 접견실 문밖에 무장한 군과 경운궁을 겹겹이 둘러싼 군이 가득한 삼엄한 분위기 속에서 광무황제 홀로 고립된 채 싸우고 있었다.

이토는 본색을 드러내며 본국에서 의결했다는 협약안을 내놓았다.

"일본과 대한제국이 힘을 합쳐 동양의 평화를 지키자는 것이무니다."

"무력을 앞세운 것이 어찌 평화가 된단 말이오!"

"대한제국이노 힘이 약하니 우리 대일본 천황 폐하께옵서 대 일본제국과 함께 보살피고자 하시는 것이무니다. 폐하께서도 이제 그만 답이노 주시지요."

"이미 일본은 한일의정서와 한일협약을 맺어 일본에서 우리의 외교권을 사실상 대리하고 있는데 이것이 굳이 왜 또 필요하다는 것이오?"

"그렇다면 더더욱 문서로 그 내용이노 조약하자는 것이무니다. 그런데 이러실 필요노 있으시무니까?"

"이 내용대로라면 대한제국은 일본의 식민지가 되는 것 아니오? 짐은 이 조약을 인정할 수 없소!"

"우리 대일본제국 천황 폐하의 명이무니다. 조약을 체결하고 안 하고는 폐하의 뜻이무니다. 그렇지만 그 뒷감당이노 하실 수 있으시겠스무니까? 대한제국 안에 지금 우리 대일본제국의 승리군이 얼마나 되는지 아시무니까?"

"지금 짐을 겁박하는 것이오?"

"저희 대일본제국이노 동양 평화를 위해 귀국을 대신해 청나라와 또 러시아와 전쟁까지 불사하지 않았스무니까? 그런데 폐하께오선 우리 대일본제국이노 어째서 적대시하시는 것이무니까? 우리 대일본제국이노 무력이노 행사하고 싶지 않스무니다. 폐하의 뜻이노 따른 것이무니다. 폐하께서 원하시는 것이노 무력이라면 저희노 그걸 못 해 드리겠스무니까?"

표정 없는 이토의 형형한 안광이 빛나고 있었다.

"그렇다면 짐에게 생각할 시간을 좀 주시오."

"천황 폐하께옵서 이미 오래노 기다리셨스무니다. 이제 결정이노 하시지요! 어차피 이렇게노 될 수밖에 없는 일이무니다. 더 시간이노 끌어 봤자 폐하나 폐하의 나라나 좋을 일이노 없스무니다."

공손한 척 오만한 이토가 일어나 집무실을 서성였다.

"폐하께서 지금 혼동이노 하고 계신 듯하무니다. 이건 선택의 문제노 아니라 반드시 따르셔야 하는 일이무니다."

황제의 안전에서 감히 이토의 목소리가 높아졌다.

"그렇다면 외교권에 대해서 내용적으로는 일본에 위임을 한다 할지라도 형식적으로나마 대한제국이 외교권을 유지해 외교사절을 파견하는 일과 각국 영사들이 그대로 주재하는 것을 허용해 주시오."

"폐하, 그것이노 안 될 말씀이무니다. 그렇지만 폐하께서 외교권이노 일본에 위탁이노 하시면 내정이노 대한제국이 완전히 차지할 수 있는 것이무니다. 어떻습니까? 다른 나라와의 일이노 중요하지만 우선 내 나라노 먼저 살펴야 하는 것이노 아니겠스무니까?"

"나라의 외교권을 다른 나라에 위임하는 일은 결국 오스트리아의 헝가리 병합이나 열강의 아프리카 침탈처럼 독립 상실 사태에 이르는 나라의 중차대한 일이라 짐이 혼자 결정할 수 없소. 조정 대신들과 백성들의 의향도 살펴야 하는 일이오. 그러니 말미를 주시오."

서성이던 이토가 황제에게 다가와 언성을 높였다.

"폐하께서 정부 신료에게 묻는 것이노 당연한 일이무니다. 저도 결코 오늘 결재노 하시라고 청하는 것이노 아니무니다. 그렇지만 폐하께서 일반 백성이노 의향을 살핀다는 것이노 기괴하기 짝이노 없는 말씀이무니다. 왜냐하면 대한제국이노 헌법 정치를 하는 나라도 아니고 모두 다 폐하의 친제로 결정하는 군주 전제국가가 아니무니까?"

성난 이토의 목소리가 접견실을 울렸다.

"폐하의 나라는 군주 친제의 전제국가인데 국민이노 핑계로 결정이노 미루신다면 차후 더 큰 불이익이노 있을 뿐이무니다."

이토가 숨을 고르고 다시 이어 말했다.

"그럼 이렇게 하시겠스무니까? 폐하께서 결단이노 내리지 못하시무니까 정부 대신들에게 뜻을 물어보시지요. 대신들이노 더 현명한 판단이노 할 수 있을 것이무니다."

"좋소. 그럼 대신들에게 물어 그 결과를 보겠소. 외부대신에게 조약안을 제출하시오. 정부에서 의논한 뒤 짐에게 재가를 청하게 하겠소."

황제는 결국 안건의 의정부 회의 회부를 허락해 재가를 청하게 하겠다는 칙명을 내렸다.

그에 따라 하야시 공사는 박제순 외부대신에게 조약안을 송부했다.

다음 날인 11월 16일, 이토는 정부 대신들을 자신의 숙소로 불러 모아 조약 체결이 피할 수 없는 대세라고 종일토록 대신들을 붙잡아 두고 강조했다. 11월17일은 오전부터 일본 공사 하야시가 정부 대신들을 일본 공사관으로 불러 또다시 보호조약 체결을 강요하기에 이르렀다. 무장한 헌병들로 둘러싸여 있어 겁을 먹은 정부 대신들은 서로 눈치를 보고 한숨을 쉬는 등 누구도 발언하지 않고 있다가 황제와 의논하겠다며 오후 3시에 궁에 입궐했다.

"나라의 위급이 이에 이르렀다지만 경들은 모두 대한제국의 신하임을 잠시도 잊어선 안 된다. 우리가 이미 저들의 시커먼 속내를 보았으니 외교권을 빼앗기면 우리 대한제국은 영토 뿐이 우리 것이 아닌 것이다. 모두 짐의 말을 명심토록 하라."

"예, 폐하."

고개를 숙인 대신들을 향해 황제가 오래도록 설명하자 한규설만이 고개를 끄덕일 뿐 다른 대신들은 한숨만 쉬고 있었다.

황제와 대신들이 대책을 의논한다지만 겹겹이 포위한 일본군 때문에 큰 숨도 못 쉴 지경에서 황제의 답답함이 더해 갔다. 황제는 궁내부대신 이재극을 이토에게 보내 수삼 일만 연기해 달라는 전갈을 보내는 것으로 마무리를 짓고 대신들을 퇴궐토록 했다.

이토가 밤 8시에 하세가와 군사령관을 동반하고 황제에게 다시 알현을 청해 왔다. 황제는 인후통이 심하다고 핑계를 대고 이토를 만나지 않는 것으로 조약 체결에 대한 시간을 벌어보려 했다.

그렇지만 그날 밤, 이토는 작정을 하고 무장한 일본군 병력으로 경운궁 주위를 삼엄하게 둘러싸도록 명하고 퇴궐한 대신들을 다시 불러들여 중명전에서 마음대로 의정부 회의를 열었다. 그때 총리대신 한규설은 절대로 반대한다는 의사를 분명히 했고, 탁지부대신 민영기도 반대 의사를 표명했다. 법부대신 이하영과 군부대신 이근택은 불투명한 발언을 했고, 학부대신 이완용·내부대신 이지용·농상공부대신 권중현 등은 일부 문구 수정을 전제로 찬성을 표명했다.

을사오적 이완용·이지용·이근택·권중현·박제순이 탄생하는 순간이었다. 총리대신 한규설만이 끝까지 반대하다가 일본군에 의해 골방에 갇혀 버렸다.

조약의 내용은 크게 두 부분으로 나뉜다. 우선 일본 외무성이 앞으로 대한제국의 대외 관계 사무를 지휘·감리하여 대한제국과 각국 간의 기존 조약을 이행할 것이며 대한제국 정부는 일본 정부의 중개 없이는 국제적 성질의 조약이나 계약을 맺지 못한다는 외교권 제한 규정(제1·2조)이다. 다음은 통감·이사관의 직무와 관련하여 일본 정부의 대표자로서 대한제국 황제 밑에 1명의 통감을 두되 '오로지 외교에 관한 사항'만을 관리하며 대한제국의 개항장 및 기타 필요한 지점에 이사관을 설치하여 통감 지휘하에 종래 일본 영사에게 속하던 일체의 직권 및 본 협약 실행을 위해 필요한 사무를 관리하게 한다(제3조)는 부분이다.

늦은 저녁, 이토가 제멋대로 의정부 회의를 열어 황제의 심기가 편치 않았다. 보고를 들으니 대신들이 모두 입궐한 상황은 아니었다. 그렇지만 황제의 용안에 어두운 그림자가 드리워졌다. 황제가 가장 믿고 있는 신하인 이근상 등이 입궐하지 않았으니 이제 황제가 믿는 신하는 한규설뿐이었다.

황제는 신하들이 모두 입궐하지 않은 상태이니 오늘은 넘기겠구나 생각했지만 시간이 지나면서 점점 불안해졌다.

'혹시 저들이….'

그렇더라도 황제인 자신에게 재가를 득해야 하니 황제는 불길한 마음 한편으로 어떻게든 밀사에게서 회신이 올 때까지 조약을 체결하지 않겠다고 결심하고 있었다.

황제는 이런 외로운 싸움을 할 때마다 먼저 간 명성황후가 간절히 그리웠다.

'황후여, 내가 어찌해야 하오. 어쩌다가 이 나라가 이토록 위태로운 지경에 처했는지 도무지 돌파구를 찾기가 어렵구려. 황후여 당신이 여기 있다면 내게 무슨 얘기를 들려주시려오. 내가 이리 나약한 생각에 빠져 미안하구려.'

황제는 잠시라도 감상에 빠져 있을 수 없었다. 황제를 우러러보는 선하디선하고 착하디착한 백성들을 위해 힘을 내야 했다.

결국 그날 밤, 18일 새벽 1시경 하야시와 박제순은 황제국 대한제국의 외교권을 일본에 넘기고 통감을 설치해 식민지로 전락시키는 협약에 도장을 찍었다.

황제는 시시각각 일본 측과 대신들의 상황을 주시하고 있다가 외부대신 박제순이 도장을 찍었다는 보고를 받고 의자에서 일어나다가 쓰러질 듯 의자를 붙잡았다.

"안 된다. 이건 안 된다!"

있을 수 없는 일, 일어나선 안 되는 일에 황제의 몸이 떨려 왔다.

황제는 조약의 체결에 결국 황제 자신의 재가가 있어야만 조약의 체결이 완성되는 것이기 때문에 이토가 황제인 자신을 만나러 왔을 때 조약을 승인하지 않을 요량으로 이토를 만나 주지 않았다. 광무황제 최후의 방법이었다.

이런 조약 체결 과정은 의정부 회의 절차를 어겼을 뿐만 아니라 명백하게 물리적 협박과 강제에 의한 것이므로 국제법상으로도 무효 요건에 해당되는 것이었다. 게다가 당시 대한제국의 주권자는 광무황제였는데 조약문 어디에도 광무황제의 어새나 서명이 들어가 있지 않고 박제순에게 내린 위임장도 없었다.

황제는 몇 명의 신하들의 동의만 갖고 박제순의 서명을 받은 이 조약에 대해 이토에게 뭐라 해야 할지 이 난국을 어떻게 타개해야 할지 고심하느라 새벽이 된 줄도 모르고 있었다. 그런데 그때 궁내부대신 이재극이 황제께로 뛰어와 조약이 체결되었음을 눈물로 고했다.

"폐하, 일본의 이토 특사와 박제순 대감이 조약을 체결하였나이다."

"뭣이! 그게 말이 되느냐?"

이재극이 흐르는 눈물을 소매로 닦으며 말을 이었다.

"폐하, 일본에 체결되었음을 알리고 세계 만방에 조약이 체결되었다고 선포하였나이다…."

이토는 황제의 승낙도 없이 옥새도 찍히지 않은 그 조약이 체결됐다고 새벽에 조약 체결을 본국에 알리는 것과 동시에 대한제국의 통신망을 동원해 세계만방에 선포했다.

황제는 시야가 갑자기 흐려졌고, 아무 소리도 들리지 않았다. 그저 아득했다. 오늘 대신들이 여럿 입궐하지 않았고, 대신들이 의견을 모아 황제인 자신에게 재가를 청하면 그때 황제는 다시 조약에 대해서 승낙하지 않으려 했건만. 갑자기 황제의 재가도 없이 조약이 체결되었다는 것이다.

"어찌 이런 일이 있을 수 있단 말이냐? 장차 이 일을 어찌한단 말이냐?"

황제의 진노는 불같았다.

"국가가 이처럼 위급한 상황에 처해 있건만 대신이란 자들이 입궐하지 않고 이를 피하기만 하는데 너희가 이 나라의 녹을 먹는 신하였더란 말이냐? 너희는 어찌하여 나라를 강탈하는 저들에 대해 분노할 줄도 모르느냐?"

"망극하옵나이다."

"아침에만 해도 조약 체결을 반대하던 너희들이 저들의 회유에 하루 만에 마음이 바뀌었느냐! 하루 만에! 이런 너희들이 어떻게 정부 대신이었느냐?"

시립해 있던 내관과 대신들이 머리를 조아렸다.

"그리고 이 대궐 안이 언제부터 일본 헌병과 경찰로 들끓었느냐? 너희들은 짐의 궁 안에서 대체 뭘 하고 있는 것이야?"

복도를 가득 메운 일본 헌병과 경찰에게 진노한 황제가 물었다.

"저희는 대한제국의 정부 대신들이노 보호하기 위해서 지키고 있는 것이무니다."

헌병들 중 지위가 높아 보이는 자의 대답이었다.

"일본 헌병과 순사, 그리고 대신들은 당장 함께 퇴궐하라! 모두 짐의 눈앞에서 사라지라!"

집무실을 울리는 황제의 옥음이 떨려 왔다.

황제의 불같은 노여움에 모두 뒷걸음질치며 물러갔다.

혼자 남은 황제는 망연자실 오랜 시간 눈물을 흘렸다.

'이렇게 참담할 데가… 이게 바로 청천병력인 것을… 내 어찌 500년 종묘사직을 보존치 못하고 내 나라를 왜의 손에 갖다 바치는 꼴이 되었던고. 하늘이시여, 땅이시여 이 나라를 굽어살피시는 열성조여.'

가슴이 무너져 내리는 참담함에 광무황제의 옥루가 밤새도록 용포를 적셨다.

눈물을 흘리던 황제가 갑자기 가슴이 답답하다 느낀 순간, '헙!' 하고 토혈을 하기에 이르렀다. 선홍색 붉은 피가 황제의 눈물로 젖은 옷을 다시 적시며 붉은 물을 들였다.

황제는 이렇게 눈물로 시간을 허비할 수 없었다. 이대로 왜놈들 손에 나라를 빼앗길 수는 없는 노릇이었다.

황제는 그날 밤 밀지를 써서 각 지방 유생들에게 의병 봉기를 명했다.

'대신들이 모두 일본과 한통속이 되어

짐을 협박하고 조인에 이르렀으니,

짐의 적자들은 모두 일어나 혈비를 함께하라!'

황제의 애통한 밀지

《황성신문》은 '시일야방성대곡'*이라는 사설과 함께 '오조약청체전말'이라는 제목으로 을사늑약의 강제 체결 과정을 자세히 보도했다. 그리고 평소에는 3000부를 찍던 발행부수를 1만 부로 늘려 조약의 부당성을 널리 알리려 했다. 그러나 일제는 오전 5시 신문사를 급습해 미처 배포되지 않고 남아 있던 신문들을 몰수하고 장지연과 직원들을 경무청으로 압송해 구금한 후 황성신문에 무기한 정간 명령을 내렸다.

뒤이어 《대한매일신보》도 11월 21일 '시일야방성대곡'이야말로 모든 대한제국 신민의 통곡이라며 그 내용을 자세히 보도했으며, 11월 27일에는 '시일야방성대곡'을 한글과 영문으로 옮겨 실어 그 내용을 널리 알렸다.

을사늑약 체결 소식은 삽시간에 각종 경로로 퍼져나갔고, 이에 대한제국의 강산은 국민의 분노와 통곡으로 뒤덮였다.

*오늘을 목 놓아 통곡하노라.

일제가 조약을 강제로 체결해 외교권이 박탈되자 원임 의정대신 조병세를 소두(疏頭)*로 백관들과 연소를 올려 조약에 찬동한 대신 5명의 처형과 조약의 파기를 요구했다. 그러나 황제는 유폐되어 비답을 내릴 수 없었고, 일본 헌병들이 조병세를 구금시키고 백관들을 해산시켰다.

그에 이번엔 민영환이 소두가 되어 백관들을 거느리고 두 차례 더 상소를 올리고 궁중에서 물러나지 않았다. 민영환이 강경하게 나오자 일제는 왕명 거역죄를 씌어 구속시켰고, 민영환은 평리원(재판소)에 가서 대죄한 뒤에 풀려날 수 있었다.

민영환은 다시 종로 백목전도가(육의전)에 모여 소청(疏廳)**을 설치하고 항쟁할 것을 의논했다. 그렇지만 민영환은 이런 방식으로는 무장한 일본의 뜻을 꺾을 수 없다는 데에 생각이 미치자 조국과 민족을 위해 결심을 하기에 이르렀다.

'아아, 이대로는 안 된다. 사방에 무장한 일본인들보다 더 무서운 이들이 일본에 아첨하려 드는 부일배들이로구나. 내가 소청과 항쟁에 앞장설 것이 아니라 나라의 죽음을 백성들에게 똑똑히 알려야 하는 것이다. 그래야 백성들이 일어나 일본과 맞서 싸우지 않겠는가. 죽음으로 알려야 하는 것이다! 내 한목숨을 끊어 내 조국이 산다면 무엇이 아깝겠는가!'

이미 쇠한 국운을 느낀 민영환은 죽음으로 국민을 각성하게 할 것을

---

*연명(連名)하여 올린 상소문에서 맨 먼저 이름을 적은 사람
**유생(儒生)들이 모여서 건의(建議) 상소(上疏)하던 집

결심하고 본가에서 세 통의 유서를 쓰고 스스로 목숨을 끊었다.

세 통의 유서 중 한 통은 국민에게 각성을 요망하는 내용이었고, 다른 한 통은 재경 외국 사절들에게 일본의 침략을 바로 보고 대한제국을 구해 줄 것을 바라는 내용이었다. 또 다른 한 통은 황제에게 올리는 글이었다.

'아, 나라의 수치와 국민의 욕됨이 이에 이르렀으니,
우리 민족은 장차 생존 경쟁에서 모두 멸망하리라.
무릇 살기를 바라는 사람은 반드시 죽고,
죽기를 기약하는 사람은 도리어 삶을 얻나니,
나 민영환은 죽음으로써 황제의 은혜에 보답하고
2000만 동포 형제에게 사죄하려 하노라.'

민영환의 자결 소식에 많은 백성이 들고일어났고, 그에 이어 처음 소청을 이끌었던 조병세·홍만식·이상철·김봉학 등도 죽음으로써 을사늑약 체결에 항거했다.

나라의 위급에 죽음으로 항거하는 의로운 사람들이 있는가 하면 나라를 팔아먹은 중죄인인 이들은 부끄러운 줄도 모르고 을사늑약의 공을 세웠다고 일본에서 내린 작위를 받고 또 조약체결 기념사진을 촬영하기도 해 국민의 분노를 샀다.

일본이 강제로 점령한 대관정 앞에서 을사늑약을 무사히 체결하게 된 기쁨을 기념하기 위해 촬영을 하는데 그 속에는 박제순·이완용 등 을사늑약을 체결하는 데 공을 세운 매국노들이 함께했다.

을사늑약이 체결되어 기뻐하는 것은 이들만이 아니었다. 선언서 발표까지 하며 늑약 체결에 힘을 보탰던 송병준과 이용구가 이끄는 부일배들로 구성된 일진회가 기뻐 날뛰었다.

일진회는 창립 당시 300여 명의 회원이던 것이 날이 갈수록 그 세가 늘어 수만에 이르게 되었으니 대한제국 내 곳곳에 부일배 세력의 힘이 미치지 않는 곳이 없었다.

일진회와 정면으로 대립하는 애국단체로 헌정연구회가 있었다. 1905년 5월에 설립된 헌정연구회는 이준·양한묵·윤효정이 주축이 된 계몽단체였다. 이들은 근대적 국가의 특성을 헌정으로 보고, 황실이나 정부라도 헌법과 법률을 준수해야 하며 국민은 법률에 규정된 권리를 자유로이 누려야 한다고 주장했다. 이 헌정연구회에서는 일진회의 선언서에 대해 통렬히 비난했고 을사늑약 체결에 대해 박정양·이명근 등 원로대신에게 칠성판*을 보내 조약 체결에 대해 격렬히 저항하지 않음을 비판했는데 일본이 정치활동 금지라는 명목으로 윤효정을 체포해 사실상 헌정연구회는 해산되고 말았다.

한편 이회영도 나라의 변고에 대해 뜻있는 지사들과 함께 반대운동

---

*'너 잊었느냐 자멸할 대역적, 너 부모를 욕보일 위험한 척신을 잊었느냐. 그 넓고 넓은 고대광실 보석 같은 집에 너 장차 어찌 돌아가려 하느냐?'는 글을 윤효정이 목판에 써 대신들의 집 책상머리에 좌우명이라며 못질해 박았다.

을 전개했다. 이회영은 외무부 교섭국장인 동생 시영을 데리고 조정 대신이자 친구인 보재 이상설의 집을 찾았다.

"보재, 안에 있는가?"

회영이 나지막하게 불러도 막역지간 친구인 회영의 목소리를 금방 알아듣고 나오는 이상설이었다.

"어서 오게."

이상설과 회영·시영, 그리고 마 서방은 밤이 이슥하도록 분한 마음을 털어놓으며 조약 철회와 무효화 운동이 아무리 크게 일어나도 일본의 무력 앞에서는 작은 힘조차 쓸 수 없음을 한탄스럽게 생각했다.

"아무래도 직접 결행을 해야겠네."

"결행이라면…."

이상설이 회영과 눈빛을 교환했고, 회영이 고개를 끄덕였다.

"내 그 매국노 오적을 죽일 암살단을 만들어야겠네."

"암살단을 만드는 데는 우당 자네의 말에 나도 찬성이네. 그렇지만 그게 가능하겠는가?"

"가능하게 만들어야지. 자금이 얼마가 들더라도 내 꼭 만들어야겠네."

"보재 형님, 이미 무관학교 생도 중에 날렵한 이들을 가려놓았습니다. 저희와 뜻을 함께할 겁니다."

시영이 말했다.

"서방님들, 지가 그눔들을 죽이는 일을 하며 안 될까유? 지가 아주 근질근질합니다유."

"마 서방, 내 자네의 마음을 모르는 것은 아니네. 난들 왜 직접 그 매국노들을 처단하고 싶지 않겠는가? 이건 싸움을 잘하고 힘이 센 것으로 할 수 있는 일이 아니라네. 아주 치밀하게 움직이지 않으면 되려 우리 쪽이 위험해질 수 있는 일이네."

"알겠습니다유. 서방님. 지가 지 힘만 믿고 말씀 올렸네유."

"앞으로 마 서방 자네가 해야 할 일이 더 많아질 걸세."

"그려유? 지가 할 일이라면 시켜만 주셔유. 황제 폐하를 위하고 나라를 위하는 일에는 지가 지 몸 사리지 않겠어유."

"고맙네."

"보재 자네하고 아우는 조정 대신들 중에서 우리와 뜻을 같이할 대신들을 찾아 힘을 모으도록 해 주시게."

"알았네."

"알겠습니다."

그리하여 을사오적을 암살할 암살단 조직이 만들어졌는데 기산도를 중심으로 한 조직과 나인영을 중심으로 한 두 개의 조직이 만들어졌다.

37살의 무관학교 생도 기산도는 을사오적을 처단하려 시도했지만 번번이 실패하는 바람에 경무청에 탐지되어 끌려가 혹독한 고문을 당했다. 일본 경무청의 혹독한 고문에도 불구하고 풀려나자마자 기산도는 다시 을사오적에 대한 암살을 시도했다. 기산도는 이번엔 방법을 바꿔 직접 이근택의 집에 들어가 암살하기로 마음먹었다.

1906년 2월16일, 기산도는 동지인 이근철·이범석과 함께 세 번째

오적 암살 계획을 결행했다. 이날 3인의 자객은 변장을 하고 어두워지기를 기다렸다가 이근택의 침실로 잠입해 들어갔다.

"누, 누구냐?"

이근택이 놀라 이불을 들고 기산도의 칼을 막으려 했다.

"이 나라를 팔아먹은 매국노, 너를 죽이려고 우리가 왔다!"

한 명은 이근택의 팔을 잡고 다른 한 명이 칼로 매국노 이근택을 찔렀다.

"죽어라. 이놈!"

"으으윽."

어두워 잘 보이지 않는 중에 몇 번이고 이근택을 찔러 비릿한 피 냄새가 방안에 진동했고 사방으로 피가 튀었다.

"사람 살려! 사람 살려! 밖에 아무도 없느냐?"

이범석이 이근택의 입을 급히 막았다.

"이놈이."

칼을 든 기산도가 이근택을 몇 번 더 찔렀을 때 밖에 이근택의 집에서 일하는 노비가 달려와 소리를 질렀다.

"도둑이야! 도둑이야!"

기산도와 동지들은 노비들이 몰려오자 담을 넘어 도망을 칠 수밖에 없었다.

칼에 수십 번을 찔린 이근택이지만 치명상을 입지는 않아 한 달 정도 치료를 마치고 퇴원하자 기산도와 동료들은 이근택을 그날 죽이지 못한 것을 한스러워했다.

체포된 기산도를 이근택이 이를 갈며 직접 심문했다.

"어째서 너는 나를 죽이려 한 것이냐?"

이근택이 기산도를 노려보며 물었을 때 기산도는 당당하게 오적을 죽이려 한 것을 밝혔다.

"너희 5적을 죽이려는 것이 어찌 나 한 사람뿐이겠느냐. 단지 나는 너를 죽이려던 것이 서툴러 탄로나게 된 것만이 한스럽다. 5적을 모두 죽이려고 시일을 지연시켜 오늘에 이르렀다. 성공하고 실패하는 것은 오로지 하늘에 달렸으니 어찌 묻느냐. 너 역적이 오늘 나를 쾌히 죽이겠구나!"

기산도는 이후 2년 형을 선고받고 구금되었는데 얼마나 모진 고문이 있었는지 2년 뒤에 출소했을 때는 한쪽 다리를 절단해야 했다. 그렇지만 기산도는 그 한쪽 다리를 하고서도 의병에 투신해 일본과의 싸움을 멈추지 않았다.

전덕기·정순만 등도 을사오적 암살계획으로 평안도 장사 수십 명을 모집했지만 일제의 철통같은 감시 때문에 성공하지 못했다.

을사오적을 죽이려는 암살시도는 그 뒤에도 여러 사람에 의해 끊임없이 일어났고 일본은 여전히 대한제국 내 명망 있는 지도층 인사들의 움직임을 주시하며 그들을 두려워하고 있었다.

그래서 일본은 을사늑약에 공을 세운 매국노들이 일본 정부에서 내리는 작위와 하사금을 받아 떵떵거리며 사는 모습을 보여주는 것으로 백성들을 흔들었다.

 일본은 일본에 의해 많은 것을 잃고 굶주린 백성들에게 일본에 아첨하고 협력하면 배불리 먹고 편안히 살 수 있다는 모습을 보여줌으로써 일제에 아첨하려는 자들이 계속해서 늘어나도록 거액을 썼다. 백성들은 당장의 배고픔을 해결할 수 없는 애국보다 배고픔을 해결하고 경제적으로 윤택한 삶을 살 수 있는 쪽을 택해 갔다.

 한편 황제의 밀명으로 상하이에 도착한 이용익은 민영익·현상건·이학균 등을 만나 황제의 친서를 각국에 전달하도록 하고 은행을 돌며 자금을 만들기 위해 시일을 지체했던 것이다. 러시아로 가기 위해 먼저 프랑스에 도착해 있다가 을사늑약 체결 소식을 들은 이용익은 하늘이 무너지고 땅이 꺼지듯 가슴이 저려 왔다.

 "내가 조금만 더 빨랐던들……."

 멀리 타국에서 본국 소식을 들은 이용익은 가슴을 치며 울분을 토했지만 이미 돌이킬 수 없는 현실이었다.

 이용익은 상해에서도 프랑스에서도 또 러시아에서도 자신의 뒤를 미행하는 자들을 능숙하게 따돌리고 무사히 블라디보스토크에 도착해 이범윤을 만날 수 있었다.

 "황제 폐하는 옥체무강 하시옵니까?"

 이범윤이 이용익에게 황제의 안위를 물었다.

 "전 같지 않으십니다."

"나라가 위태로운 지경에 처했으니 폐하의 심사가 오죽이나 괴로우실꼬."

이범윤은 광무황제의 마음을 헤아리며 마음 아파했다.

이용익이 이범윤에게 황제의 친서를 전했고 두 사람은 머리를 맞대고 의논을 시작했다.

"지금 국내에선 무장한 일본군으로 인해 황제께서 큰 뜻을 갖고 만드신 군이 3000여 명 남짓 남았을 뿐입니다. 연해주에 살고 있는 100만 명에 이르는 한인들이 힘을 합쳐 의병을 조직해 국내로 밀고 들어가고 국내에서 호응한다면 어려움에 처한 국내 상황을 타개할 수 있을 겁니다."

이용익이 설명했다.

"사실 여기 러시아에 살고 있는 한인들은 먹고살기 위해 국경을 넘어온 사람들이 대부분이라 수적으로는 100만여 명에 이르지만 국내의 일에 밝지 못합니다."

이용익의 설명에 이범윤이 답했다.

"우선 국내의 소식을 접할 길이 별로 없다는 것입니다."

이용익은 블라디보스토크에 한인들이 많이 살고 있어 국내의 어려움을 함께 해결해 줄 거라 생각했는데 국내의 사정을 소상히 모른다면 이건 이야기가 달라지는 것이었다.

"지금으로서는 의병을 모집한다 해도 많은 사람의 호응을 얻기 어려울 것입니다."

이용익은 블라디보스토크에서 이범윤과 헤어져 상트페테르부르크에 머물고 있는 러시아 주재 공사 이범진을 만났다. 하지만 상트페테르부르크의 사정 또한 블라디보스토크보다 나을 게 없었다.

이용익은 이범진의 도움으로 어렵지 않게 러시아 황제를 만날 수 있었다. 이용익은 대한제국의 흥망을 걸고 광무황제의 특사로서 러시아 황제와 독대를 가졌다.

광무황제의 친서를 전해 받은 러시아 황제는 친절했지만 일본과의 전쟁으로 피폐해진 자국 상황을 해결해야 했고 국제 관계 속에서 대한제국을 위해 연합군을 만든다는 것은 일본뿐 아니라 여러 나라를 상대해 다시 전쟁을 치를 각오를 해야 하는 일이기 때문에 찬성하지 않았다. 다만 연해주 일대에 살고 있는 한인들에 대해서는 내국인과 차별을 두지 않겠다고 다짐받는 선에서 독대를 마칠 수밖에 없었다.

이용익은 러시아 황제에게서 소득을 얻지 못하자 광무황제의 슬픈 얼굴이 떠올라 괴로웠다. 위급에 처한 나라를 구하는 길을 찾기 위해 백방으로 뛰는 이용익이었지만 러시아 황제의 도움이 없다면 현실을 타개하기가 어렵게 되는 것이었다.

이용익은 황제가 연해주 쪽 일에 대해 소상히 알아야 할 것 같아서 자신이 보고 들은 그대로를 적어 품에 넣었다. 그렇지만 이 밀서를 광무황제에게 전할 길이 막막했다.

한편, 광무황제는 을사늑약의 조약 내용에 '대한제국이 부강을 이루고 독립을 유지할 실력을 쌓은 경우에는 조약을 철회한다'는 문구를 넣으라 했지만 일본은 '대한제국 부강의 실제를 인정할 수 있을 때까지'라는 막연한 문구를 넣는 것으로 다시 한번 대한제국을 우롱했다.*

이토는 대한제국의 외교권을 빼앗자마자 주재하고 있던 미국·독일·프랑스 등의 외국 공사들에게 추방 명령을 내렸다. 이에 각국 공사들은 본국으로 돌아가며 광무황제에게 작별 인사를 하러 궁에 들렀다. 궁은 밖에서부터 일본 헌병과 경찰이 보초를 서고 있어 사뭇 위협적인 분위기였다.

각국의 공사들이 돌아가고 광무황제와 독일 남작 폰 잘데른 만이 남았다.

"짐이 잘데른 공과 긴히 할 얘기가 있으니 모두 물러들 가라!"

읍하고 섰던 내관과 상궁들이 물러났지만 일본 헌병들이 물러서지 않았다.

"저희는 이토 각하의 명이 없이는 움직일 수 없으무니다."

"모두 물러가라!"

"폐하, 저희는 폐하를 보호하고자 함이무니다."

"짐이 지금 폰 잘데른 공과 긴히 할 이야기가 있다지 않는가! 모두 물러가라!"

황제의 노기 띤 옥음을 듣고서야 마지못해 헌병들이 문밖으로 물러났다.

*서영희 《일제 침략과 대한제국의 종말》 2012, 역사비평사

폰 잘데른은 겹겹이 에워싼 일본군의 감시 속에서 며칠 사이 많이 상한 황제의 용안을 보며 슬픔이 일었다.

"폐하, 어찌 이런 일이 있습니까?"

"짐이 그동안 공의 도움을 많이 받았소. 고맙소. 잘 가시오."

"폐하, 제가 폐하께 도움이 될 수 있을까요? 도움을 드리고 싶습니다."

황제가 폰 잘데른 남작의 말에 테이블 밑에서 묵과 종이를 꺼내 적기 시작했다. 밖에 늘어선 헌병들이 집무실에서 들리는 소리에 귀를 곤두세우고 있을 것을 염려해 취한 방법이었다.

"짐의 편지를 본국으로 돌아가거든 황제께 전해 주시오. 그리고 이 조약이 무효임을 전해 주시오. 일본 헌병들이 들어와 폭력을 행사하며 외부에 보관 중인 국새를 꺼내 문서에 날인한 것이오."*

"폐하, 그것이 진정입니까? 그건 있을 수 없는 일입니다."

"모두 사실이오. 짐이 지금 처한 상황을 공이 증인이 되어 만국에 알려 주시오."

황제는 글을 써 내려가는 손을 멈추지 않았다. 광무황제의 애절한 눈빛을 폰 잘데른은 놓치지 않았다. 폰 잘데른은 대한제국에 머문 3년간 일본이 얼마나 끔찍한 만행을 저지르는지 지켜보았고, 더하여 한 나라의 외교권을 강제로 빼앗았다고 하니 분노가 치밀었다.

"그러니 공께 부탁하오. 각국의 공사들이 모두 떠나가면 이제 이 나라는 철저하게 고립 상태에 빠질 텐데 짐이 이 난관을 헤쳐 나갈 수 있도

---

*1905년 11월20일 작성한 콘라드 폰 잘데른 보고서.

록 공이 좀 도와주시오."

"제가 할 수 있는 게 있다면 본국에 돌아가서도 폐하를 돕겠습니다."

"고맙소. 부탁하오."

"폐하께서 강녕하셔야 다시 일어서실 수 있나이다. 부디 폐하의 옥체를 보존하소서."

폰 잘데른은 황제의 집무실을 빠져나오며 폭력에 시달리는 가련한 군주라는 생각을 떨칠 수 없었다.

일본은 이렇게 대한제국 주재 외국 공사관들을 추방시킨 것과 마찬가지로 각국에 나가 있는 주재 공사들도 모두 철수하도록 했다. 일본은 특히 러시아 수도에 있는 대한제국 공사 이범진을 요주의 인물로 점찍어 여러 차례 독촉해 국내로 들어오도록 명했다. 그렇지만 황제는 비밀리에 이범진에게 귀국하지 말고 공사로서의 임무를 다하라고 명했고, 이범진은 상트페테르부르크에 있는 공관이 처분되자 시내의 한 아파트에 살면서 비공식 외교활동을 통해 국권 회복에 힘썼다.

황제의 애통한 밀지에 을미년에 일어났던 의병장들이 다시 일어난 것은 물론이요. 을미년에 항일 의지를 표출하지 못했던 유생과 지사들이 을사의병에 대거 가담해 전국에서 함께 거병했다.

러·일전쟁이 발발하고 일본의 강압에 의해 한일의정서, 한일협약이 잇달아 체결되자 반일 의식이 고조되던 중 을사늑약이 체결되고 보니 국민들의 반일 감정이 극도에 달해 성난 의병들이 너나없이 나라를 지키기 위해 전국 각지에서 일어났다. 평생 책을 읽던 선비들과 평생 곡괭이를 잡던 농민들이 대한제국이 쓰러져 가는 것을 보고 위정자들이 하지 못한 일을 하려고 분연히 일어섰다.

을미년에 유인석 휘하에서 활약한 원용석이 제천 등지에서, 민종식이 홍주에서, 안병찬이 수천의 의병을, 74세 노구로 의병을 이끈 최익현이 태인에서, 신돌석과 정환직 부자 그리고 정용기, 이한구, 정순기, 손영각 등이 영남일대에서 크고 작은 의병을 일으켰고 죽산, 안성의 박석여, 양평, 여주의 이범주, 양구의 최도환, 홍천의 박창호, 예안의 김도현, 경주의 유시연 등 계속해서 의병들이 전국적으로 일어나 일본군과 전투를 벌였다.

이강년도 1896년 제천 전투에서 패해 의암과 함께 만주 통화현으로 가 3년을 지내고 돌아와 단양 금채동에서 학문에 전념하고 있었는데 이 같은 나라의 비보를 듣고 격분해 있었다.

"형님, 형님 안에 계시우?"

이 목소리는 분명 3년 전 의형제를 맺었던 김상태의 목소리였다. 목소리를 알아차린 이강년이 밖으로 나와 반갑게 김상태를 맞아 안으로 들였다.

"이보게 백우 아우, 내 안 그래도 아우에게 연통을 하려 했는데 잘 왔네. 잘 왔어."

방으로 자리를 옮긴 김상태가 형에 대한 예우로 이강년에게 절을 올렸다.

"형님, 그동안 잘 계셨수."

"아우도 잘 있었는가?"

"잘 있긴요. 일본 놈들 때문에 하루라도 편할 날이 있었어야죠. 러시아하고 전쟁한다고 땅 빼앗아 가고 농작물 빼앗아 가고 군수물자 나르라고 등짐 지게 하고…. 내 그거 우리 황제 폐하 생각해서 참았수. 그랬는데 이놈들이 이제 상투 끝 잡고 설치니 소식 듣고 분해서 잠을 잘 수가 있어야지요. 그래서 이렇게 한달음에 달려왔수."

"잘 왔네."

"그때 일본 놈들 씨를 말렸어야 했는데…. 오다 들으니까 우리 제천에서 함께 싸웠던 용팔이 형님이 제일 먼저 의병을 일으켰다고 합니다. 우리도 거병을 하십시다. 형님."

"안 그래도 지금 제천에 한동이를 보내 의병을 모집 중에 있다네."

"한동이라면 형님하고 간도까정 다녀온 마한동을 말씀하시는 거지요?"

"맞네. 아마 지금쯤 거반 의병이 모아졌을 걸세. 우리가 더 이상 참아서야 되겠는가? 우리가 앞장서 싸워야 하지 않겠는가!"

"당연히 싸워야지요. 형님, 저는 무조건 형님만 따르겠습니다."

이강년과 김상태는 제천에서 다시 의병을 모아 일본군과 교전을 벌였다.

일본에게는 전국 각지에서 일어난 의병들이 지방행정을 마비시키는 골칫덩어리였다.

의병들은 일본군의 최신식 무기에 맞서 격발하고 시간이 지나야 총알이 발사되는 화승총이지만, 경찰의 초소를 습격했고, 철로를 끊고 전신주를 뽑아 일본의 행정을 방해했다.

그리고 일제에 도움을 준 관리들을 처단했다. 열악한 무기를 들고도 불평 없이 강한 일본군을 상대로 싸우는 의병들의 힘은 오직 나라를 위한 마음에서 우러난 것이었다.

황제가 그렇게 마지막까지 일본의 간교한 계략을 막으려 백방으로 애를 썼지만 결국 이듬해 2월 일제 통감부가 한성에 설치되었고 이토 히로부미가 초대 통감이 되어 들어왔다.

일본의 영향력이 커질수록 부일배 세력 집단인 일진회의 회원이 기하급수적으로 늘어났다. 그전까지 일본군부의 보호하에 있던 일진회가 통감부의 일본인 고문 우치다 료헤이의 수중에 들어가니 일진회는 더욱 기승을 부리며 매국 행위를 일삼았다. 부일배 세력이 이완용 내각에서 승진이 되기도 하고 현금이나 금품을 챙기니 서로 경쟁하듯 매국 행위를 부채질해 갔다. 또, 일진회는 기관지 〈국민신보〉를 발간해 일제의 침략 행위를 적극 옹호하는 여론을 만들었다.

같은 해 4월, 애국지사들은 헌정연구회의 뒤를 잇는 대한자강회를 설립해 일진회와 대립했다. 윤치호가 회장으로 장지연 윤효정이 중심이 된 이 단체는 "대한제국은 자강지술을 강구하지 않아 인민은 우매하고 나라는 쇠퇴하여 마침내 이국의 보호를 받게 되었다"고 분석하고, "그러나 만일 이제라도 우리가 분발하여 자강에 힘쓰고 단체를 만들어 힘을 합한다면 국권의 회복도 가능하고 부강한 앞날을 바라볼 수 있을 것"이라고 주장했다. 독립협회를 이끈 윤치호가 회장이 되어 한 달에 한 번 모여 전반적인 운영과 활동 사항을 결정하고 연설회를 개최해 대중적 기반을 확보해 나갔다.

활동은 서울의 본회가 중심이 되었으며 일반 대중을 대상으로 정기적인 연설회를 개최해 의견을 모아 정부에 건의안을 제출했다. 건의안의 내용은 학부 교과서 편집 문제·의무교육 실시·사범학교 설립·사립학교 연락 건·조혼 금지·부동산 매매시 증명서 첨부·교육기관 증설 및 시설 확대·악질적인 봉건주의 폐습 일소·색의를 입고 단발을 실천할 것 등이었다.

또한 〈대한자강회월보〉를 발행하여 식산흥업의 필요성·국가 재원 증진책·황무지 개간·일제 황무지 개척의 의도·임업의 필요성·토지 개량의 필요성·종자 개량 등에 대한 계몽운동을 함께 전개했다.

전국 33개의 지회에 2000명 이상의 회원을 확보했지만 이 대한자강회는 통감부 영향하에 있다는 한계성 때문에 출발부터 법의 한도 내에서 소극적 온건 계몽운동으로 일관할 수밖에 없었다.

독도

또 하나 기억할 중요한 일이 있다.

황제는 1900년 10월25일에 대한제국 칙령 제41호를 발표함으로써 울릉도와 독도의 관할을 확정지었다. 주요 내용은 울릉도를 울도로 개칭해 강원도에 부속시키고 도감을 군수로 바꾸어 중앙관제로 편입시킨다는 것과 울도군의 관청 위치를 태하동으로 정하고 나아가 울릉 전도와 죽도·석도를 관할하게 한다는 것이었다. 여기서 석도란 독도로 해석하는 것이 일반적이므로 결국 독도를 울릉도의 관할 구역으로 정한다는 것이다.

이미 황제는 1881년 강원 감사 임한수가 일본 선박의 왕래가 빈번하여 이 섬에 눈독을 들이고 있으니 폐단이 없을 수 없다는 장계를 올렸을 때 이규원을 감찰사로 임명해 직접 관련 사항을 수검하기도 했다.

그런데 이후 울릉도 산림채벌권을 갖고 있던 러시아가 항의해 와 황제가 관리들을 보내서 알아보니 울릉도에 수백 명의 일본인이 집단적으로 불법 침투해 촌락을 형성하고 있었고, 울릉도의 산림을 지속적으로 벌채하여 선박을 통해 일본으로 운반해 가고 있었다. 그뿐만 아니라 곡식을 비롯한 각종 재화의 밀무역이 폭력적으로 자행되고 있어 이에 광무황제는 강력하게 일본에 항의하고 칙령을 발표했다.

이렇듯 황제는 외세가 우리의 국권을 침범하는 것에 대해 강경한 입장을 취했다.

그런데 러·일전쟁이 발발하자 일본은 울릉도 일부를 강제로 군용지로 수용하고 러시아 함대의 이동을 감시하기 위한 망루 2개소를 설치했다. 또 일본 군함 '신고오마루'가 울릉도 주민을 대상으로 독도에 대한 탐문조사를 하고 11월에는 군함 '쓰시마마루'가 독도에 상륙해 망루 설치 조사를 실시했다.

1905년 1월 28일에는 일본은 엄연히 대한제국의 영토인 독도에 대해 내각회의에서 "오끼섬으로부터 80해리에 있는 섬을 죽도로 명명하고 시마네현 소속으로 한다"고 결정했다. 이미 대한제국 칙령 41호를 통해 대한제국의 영토임을 확인한 독도에 대해 일본이 기만적으로 2월 22일 누구나 알 수 있는 국가고시가 아닌 지방 소도시 시마네현 고시 40호를 통해 조용히 독도를 자신들의 영토로 편입시켰다.

"북위 37도 9분 30초, 동경 131도 55분, 오키도로부터 서북 85해리(157km)에 있는 무인도는 타국이 이를 점령하고 있다고 인정되는 자취가 없기 때문에 일본 영토에 편입하여 '타케시마'로 명명하고 시네마현 오키도사의 소관으로 한다."

그렇게 대한제국 땅인 독도를 은밀히 갈취한 일본은 아무도 모르게 일본 토지대장에 5월17일 기재를 마쳤다. 독도를 자신들의 영토에 편입시킨 일본은 이제 독도가 자신들의 영토라도 되는 듯이 독도에 러시아 해군을 견제하기 위한 망루를 설치하는 작업에 본격적으로 착수했다. 그 결과 독도에도 일본의 군용 망루가 설치되었다. 이처럼 독도는 일본의 대한제국 침략 과정에서 최초로 일본에 강점된 우리의 영토였다.*

울릉도 군수 심흥택은 을사늑약이 체결되었다는 소식에 울화병이 생길 지경이었다. 2년 전 일본이 군용지라며 울릉도에 2개의 군용 망루를 설치한 데 이어 작년에 독도에도 또 1개의 망루를 설치하고 보니 수시로 일본의 군함과 군인들이 섬을 휘젓고 다녀 어업을 생계 수단으로 삼아 살아가는 섬 주민들이 편히 고기를 잡으러 나갈 수도 없는 형편이 되었다.

또, 러시아인들이 산림을 채벌하던 것을 이제 일본인이 조차해 일본인들이 산림을 채벌해 배로 실어 나르고 있기 때문이었다. 러시아인들과 다르게 일본인들은 산에 나무를 하나도 남기지 않고 베어 가기 때문에 심흥택은 이에 대해 저지시켜 달라는 청을 몇 번이나 상부에 올

*이종석, 〈독도문제의 본질 정세와 정책〉 2012, 10~12쪽

렸지만 받아들여지지 않았다. 그래서 심흥택이 이들을 직접 쫓아내기도 했다.

그런데 1906년 3월28일 독도를 시찰하고 돌아가던 일본 관민 20여 명이 울릉도 본영에 들렀다. 심흥택은 불편한 심기를 드러내지 않으려 이들의 행태를 그냥 지켜보았다.

"우리 다케시마를 시찰하고 돌아가려는데 바다에 바람이노 심해 잠시 울릉도에서 바다가 잠잠해질 때까지만 기다렸다 가려고 하무니다."

오쿠하라 후쿠이치라는 이가 하는 말이었다.

"다케시마가 어째서 우리 다케시마요?"

심흥택이 심드렁하게 오쿠하라의 말을 받았다.

"모르셨스무니까?"

"무엇을 모른다는 말씀이오?"

"다케시마가 무인도가 되어서 우리 천황 폐하께서 일본 땅으로 이미 고시를 하셨스무니다."

심흥택이 놀라 오쿠하라를 보자 오쿠하라는 이제야 심흥택이 자신의 말에 귀를 기울이는 것 같아 침을 튀겨 가며 말했다.

"독도를 일본 땅으로 고시를 하다니 이게 무슨 얼토당토않은 말이오?"

"작년에 고시를 했스무니다."

심흥택이 이건 일본이 군용지로 사용하고 어업권을 가져가는 것하고는 차원이 다른 중대 사안이라 생각해 이들을 돌려보내고 곧바로 강원

관찰사 서리 춘천 군수 이명래와 조정에 이 내용을 담아 급히 서신을 띄웠다.

일본은 이제 을사늑약으로 외교권까지 박탈했으니, 대한제국 주재 외국공사들은 추방하고, 외국에 주재한 공사들든 소환령을 내린 후에는 아무 거리낌 없이 대한제국의 영토인 독도를 비밀리에 차근차근 일본 영토로 편입시켰고 자기네 영토가 되었다고 알려 온 것이다.*

울릉도 군수 심흥택이 정부에 긴급으로 올린 '보고서 호외'에 대해 의정부 참정대신 박제순은 5월20일자 지령 3호를 통해 지시했다.

"독도가 일본 땅이라는 것은 전혀 근거가 없는 것이다. 독도의 형편과 일본인들이 어떻게 행동하였는지 재조사하여 보고하라."

그 뒤 박제순의 지시에 따라 심흥택이 장문의 보고서를 올렸지만 울릉도 군수 심흥택이 올린 보고서는 일본이 독도를 자기네 영토로 편입시키는 데 방해가 되는 서류라 모두 없애 버렸다. 러·일 전쟁이 발발하고 1905년 4월 한·일 통신기관협정서가 체결돼 우편·전신·전화 사업이 모두 일본의 손에 있었기 때문에 일본은 자신들에게 불리한 독도에 관한 서류 일체를 없애 버린 것이다. 또, 일본은 완전범죄를 위해 '비변사등록(備邊司謄錄)' 중 안용복의 공초나 울릉도 귀속문제(소위 '竹島一件')가 실려 있는 숙종 22년 1월에서 24년 12월까지의 기록까지 없애는 치밀

*송병기 〈울릉도와 독도〉 단국대학교 출판부

함까지 보였다.

　울릉도 군수 심흥택은 자신이 장계를 올려 일본인들의 만행이 저지될 것이라 여겼지만 이미 일본에 장악당한 조정에서는 아무런 후속 조치를 취해 주지 않았다. 심흥택은 앉아서 기다리기만 할 수 없어 직접 독도를 지키려 했다.

　"이 쪽바리 미개한 놈들이, 어디 우리 땅을 함부로 넘보고!"

　심흥택은 독도에 올라가 손수 태극기를 달아 걸었다.

　"여기는! 대한제국 땅이다! 이 나쁜 놈들아! 어디 우리 땅을 넘보느냐!"

　심흥택이 일본 쪽에 대고 고래고래 소리를 지르고 씩씩 거친 숨을 내쉬었다.

　독도는 우리나라 최 동쪽에 위치해 있는 물 위로 솟은 2개의 섬이다. 전라도 방언에 돌을 독이라 부르는 그 이름처럼 돌로 이루어져 있는 섬이라 사람이 모여 살기에 적합하지는 않지만 우리 조상 대대로 내려온 우리 땅, 우리 섬이다.

해외 독립군기지

 을사늑약이 체결되어 대한제국은 외교권이 박탈되었고, 황제는 무장한 군에 둘러싸여 고립무원의 상태에 처해 있었다.
 광무황제를 찾는 이들은 일본 통감부의 감시 대상이 되었기 때문에 황제를 만나기가 점점 더 어려워졌다. 그런 중에 이회영은 늘 이들에게 넉넉하게 뇌물을 썼기 때문에 쉬이 광무황제를 만날 수 있었고 이들의 감시망에서 벗어날 수 있었다.
 요즘은 밀사들이 보내오는 밀서조차 광무황제에게 제대로 제때에 전달되지 못하고 있는 실정이었다. 그런 중에 회영이 자주 광무황제를 찾아가 기꺼이 황제의 눈과 귀가 되어 주고 있었다.
 오늘도 회영이 황제를 배알하며 이용익이 보내온 밀서를 전해 올렸다. 성충보국이라 선명한 도장이 찍힌 이용익의 밀서는 화학비사법으로 처리되어 있어 황제가 촛불에 비추며 읽어 내려갔다. 이용익이 연해주 쪽의 사정을 꼼꼼하게 적은 장서였다.

황제가 밀서를 끝까지 읽고는 잠시 생각에 잠긴 동안 회영은 조용히 황제의 옥음이 들리기를 기다렸다.
　"국외로 나갈 지사들을 알아보라!"
　"국외입니까?"
　"이제 연해주 쪽과 간도 쪽에 지사들을 보내 그쪽에서 의병을 조직해 국내로 들어와 일본 세력을 몰아내야 할 것이다. 국외에 살고 있는 백성들이 국내의 일을 소상히 알 수 있도록 한글 신문을 보급하고 그들의 힘을 하나로 모아야 한다. 독립협회 간부였던 이들이 그곳에 간다면 무엇이 필요한지 알 수 있을 것이다. 그들을 현지로 보내는 방안을 상의토록 하라!"
　"예, 폐하!"
　일본을 상대로 외롭게 싸우는 심흥택처럼 한성에서도 애국지사들이 국권 회복을 위해 일본과 그에 동조하는 부일배 세력을 상대로 싸우고 있었다.
　애국지사들이 무엇을 결행하든 계속해서 일본의 반대에 부딪혀 모든 계획이 실효를 거두지 못하고 있는 마당에 광무황제의 판단은 정확했다. 황제의 뜻처럼 애국지사들은 이제 국외에 나가 국권 운동을 하는 것을 논의했다. 황제는 연해주 쪽은 이범진과 이범윤 형제에게 상의토록 하고 간도 쪽은 의암이 터를 닦아 둔 통화현 일대를 독립군 기지로 삼도록 명했다. 황제는 연해주와 만주 일대에 이주해 있는 백만 백성들에게 기대를 걸고 있는 것이었다.

애국지사들의 논의 결과 이동녕·이상설·여준·장유순·유완무 등이 한인들이 많이 이주해 살고 있는 만주에 독립운동을 위한 군사기지를 설치할 것을 결정했다. 이들은 위급에 처한 국가를 위한 일이라 지체할 것 없이 곧바로 실행에 옮겼다.

의암을 데려다준 일이 있는 마 서방이 길 안내를 맡아 이상설·이동녕·여준·정순만·김우용·박정서·황달영·홍창섭 등과 함께 길을 떠나게 되었다.

"서방님, 아무 걱정도 하지 마셔유. 지가 길눈이 좋구먼유."

"걱정 안 하네. 마 서방 자네가 함께 가니 무척 든든하네."

"지는 서방님이 걱정이구먼유. 지난번 맹키로 다치실까 베."

마 서방이 자신이 간도에 다녀왔을 때 회영이 부일배 세력에게 맞아 다쳤던 일을 기억해 한 말이었다.

"이제 그럴 일 없네!"

회영이 머쓱해져서 단번에 잘라 대답했다.

"서방님 앞일은 장담 못하는 거라니까유. 제발 이제 저한테 싸움을 좀 배우시라구유. 지가 쉽게 알려 드린다니께유."

마 서방은 그날 이후로 틈이 날 때마다 회영에게 호신술을 익히자고 졸라대는 중이었다.

"알았네. 알았어. 내 한번 생각해 봄세."

"지가 옆에 없을 때가 걱정스러워 그러는 것이구먼유. 그럼 지는 냉큼 다녀올 거구먼유."

"조심하게."

마 서방과 함께 떠난 애국지사들은 황제의 어지에 따라 블라디보스토크로 가서 노우키에프스크(연추)에서 황제의 밀명을 받들고 있는 이용익과 이범윤을 만나 국권회복운동을 협의하고 의암 선생이 미리 터를 닦아 두었던 통화현으로 향했다.

얼마 후, 마 서방이 돌아와 회영이 다시 황제를 배알했다.
"폐하, 통화현으로 떠난 일행이 무사히 통화현에 당도하였답니다."
"그래 고생하였다."
"여기 블라디보스토크에서 보내온 전갈이옵나이다."
회영이 블라디보스토크에 있는 이범윤에게서 마 서방이 받아온 서신을 황제에게 전해 올렸다.

광무황제가 이범윤에게서 온 편지를 읽어 내려갔다.

러시아 공사 이범진과 그 동생 이범윤은 광무황제와 6촌지간인 인척간이었다. 그래서 황제는 사석에서는 이들에게 조카라는 호칭을 사용하기도 했고, 그런 까닭에 이범진과 이범윤은 광무황제의 뜻을 더욱 적극적으로 돕고 있는 충신들이었다.

이범윤의 서신에는 황제의 안위를 걱정하는 마음이 절절히 담겨 있었다. 국내에서 온 지사들과 많은 이야기를 나누었고, 연해주와 간도의 사정을 소상히 알려 그들이 어렵지 않게 기지를 만들 수 있도록 돕겠다는 내용이었다. 또한 광무황제가 서신에서 지시한 대로 지사들과 함께 학교 설립과 신문을 만드는 일에 착수하겠다는 것과 연해주 일대의 뜻 있는 한인들을 모아 회를 조직하겠다는 내용이었다.

암살

  국경 일대에 독립군 기지를 만드는 일 외에 황제가 또 하나 한 가닥 기대를 걸고 있는 것은 바로 2차 만국 평화회의였다.

  1899년에 있었던 제1차 평화회의에는 참석하지 못했지만 1902년 2월16일자로 네덜란드 외무장관에게 평화회의 가입을 신청해 놓았기 때문에 1906년 6월의 2차 회의가 열리기만을 고대하고 있었다.

  황제는 이 평화회의 건으로 러시아에 있는 이용익에게 3000루블을 보내 헤이그 평화회의 참석에 대한 전권을 부여했다.

  한편, 이용익은 프랑스에 있을 때 광무황제에게 긴급으로 전보를 치기 위해 공사관에 부탁을 했지만 이미 일본 측에서 첩자들을 통해 이용익의 움직임을 보고받은 일본은 이용익의 임무를 막으려 들었다. 그에 일본은 프랑스 공사관에 이용익에게 어떠한 협조도 하지 말라는 명령을 내려 이용익은 황제께 전보를 칠 수 없었다. 이용익은 황제에게 전해야 하는 긴급사항을 전할 수 없어 답답했다. 이용익은 하는 수 없이 공사관을 빠져 나왔지만 미행이 붙어 있었다.

그 후, 이용익은 모든 수단을 동원해 미행하는 자를 따돌리고서 상트페테르부르크에서 이범진을 만나 논의하고 황제의 친서를 받았다. 그런데 이용익에게 다시 미행이 붙은 것이었다. 그자는 노련한 이용익보다 민첩했고, 수단이 좋은 자였으며 이용익의 동선을 이미 파악하고 있었다.

이용익은 이대로라면 황제의 밀명을 받들지 못할 것으로 생각되어 속이 타들어 가는 듯했다. 어떻게든 황제에게 이 사실을 알려서 광무황제가 다른 조치를 취하게 해야 했지만 집요하게 따라붙은 밀정을 따돌릴 방법이 막막해져 갔다. 이용익은 자신을 미행하는 자를 따돌리기 위해 필사적이었다.

"헉헉헉헉."

늦은 밤, 이용익이 상트페테르부르크의 골목을 따라 뛰었다. 숨이 턱에 찼지만 자신이 가슴에 품고 있는 광무황제의 친서가 저들의 손에 들어가게 되면 모든 것은 끝이었다. 친서에는 독립군 기지 창설에 대한 소상한 내용과 함께 애국지사들의 명단이 들어 있었다. 만약 이 친서가 저들의 손에 들어가게 되면 광무황제와 애국지사들 모두가 위험에 빠지게 되는 것이었다. 그것은 바로 대한제국의 진정한 종말일 터였기 때문에 이용익은 필사적일 수밖에 없었다.

"헉헉헉헉."

그때, 골목을 따라 뛰고 있는 이용익의 앞을 가로막는 그림자가 있었다.

"어딜 그렇게 급히 가시오? 내장원경 양반."

"헉헉, 너… 넌 누구냐?"

"나요? 나, 대 일본제국의 경무국 김현토요."

"네 놈이 대한제국의 말을 하는 같은 나라 동포이거늘 어찌 일본의 앞잡이가 되어 나의 뒤를 밟는 것이냐?"

"나야, 명에 따르는 거 아니겠수. 같이 좀 가셔야겠소!"

"내가 어딜 간단 말이냐?"

이용익이 가슴 깊이 숨긴 황제의 친서를 들킬까 등에서 식은땀이 흘렀다. 이용익은 천천히 뒷걸음을 치다 돌아서서 달렸지만 어느새 김현토라는 사내가 이용익의 덜미를 잡았고, 이용익은 그 사내와 몸싸움이 붙었다. 치고받기를 몇 차례. 사내의 거센 발길질에 이용익이 바닥에 나가떨어져 몸을 웅크렸다.

"함께 가서 실토를 하시지요."

'실토라니…, 이자는 지금 내가 황제의 친서를 가지고 있다는 것을 아직 모르는 것이다.'

이용익은 걸어차는 김현토라는 사내의 허점을 노려 그 사이에 일어나 다시 비좁은 골목길을 달렸다.

그때 김현토는 이용익의 뒤를 따라 뛰다가 갑자기 휘파람을 불었다.

'휘익, 휘익, 휘익.'

김현토가 분 휘파람이 바람을 가르며 상트페테르부르크의 하늘에서 울렸다.

그 휘파람 소리에 어디서 나타났는지 2명의 사내가 더 붙었고, 이용익이 전력 질주를 해서 막 골목길을 벗어났을 때였다.

탕, 탕, 탕.

고막을 찢는 세 발의 총성이 울렸고 이용익이 쓰러졌다. 쓰러진 이용익 주변으로 러시아인 몇 명이 모여들었다. 이용익의 귀에 낯선 러시아인들의 목소리가 들리고 러시아인들이 더 많이 모여들자 김현토와 사내들이 물러서 가는 것을 이용익은 가물거리는 중에도 끝까지 눈으로 쫓았다. 그들이 사라진 후에야 이용익은 정신을 잃었다. 총을 맞은 자리에서 피가 흘러나와 이용익*이 누운 자리를 붉게 적셨다.

*한말의 정치가. 보부상 출신이며 황실의 재정을 담당. 국가 재정을 강화하기 위해 경제 정책을 주도했고, 개혁당을 조직하여 친일파와 맞섰다. 보성학원(고려대학교)을 설립했으며 해외에서 구국 운동을 펼치다 블라디보스크에서 사망했다. 탁지부 대신, 군부대신, 내장원경, 중앙은행 부총재, 헌병사령관, 육군부장, 경상북도 · 강원도 관찰사 등 굵직굵직한 직책을 소화해 낸 황제의 최측근 인물이었다.

만국평화회의 특사

을사늑약이 있기 한 달 전, 러시아 정부는 이범진 주 러시아 공사를 여전히 합법적인 공사로 인정하고 있으며, 그에게 10월3일자로 평화회의 초청장을 전달했다고 통지했다.

그럼에도 황제가 불어 학교 교사였던 마르텔을 베이징 주재 러시아 공사에게 파견해 러시아 측으로부터 "러시아는 대한제국의 주권 불가침을 인정하며 국제회의에서 그 견해를 밝힐 수 있도록 헤이그 국제회의에 대한제국 대표를 초청한다"는 의사를 받아 둔 상태였다.

평화회의에서는 네덜란드 정부에 가입 의사만 표시하면 '국제 분쟁의 평화적 처리조약' 가맹국이 되는 것이었고, 그 자격으로 평화회의에 참석하면 대한제국 문제를 중재재판소에 제소할 수 있었다.

황제는 어떻게든 1906년 6월로 예정된 회의에 참석하는 것만이 우리가 일본으로부터 얼마나 무력으로 핍박받고 있으며 자주 주권을 위협받고 있는지를 세계에 알릴 수 있는 길이라고 생각해 그날만을 손꼽아 기다리고 있었다. 그런데 황제의 바람과 달리 러·일전쟁으로 인해 평화회의가 1년 연기된 것이었다. 만국평화회의에서 광무황제가 자신들의 만행을 폭로할 것을 두려워한 일본이 참여국들을 설득해 1년을 연기시킨 것이었다.

평화회의에 모든 기대를 걸고 있던 광무황제에게 회의 연기 소식은 깊은 상실감을 맛보게 했지만 그래도 포기할 수 없었다. 할 수 없이 황제는 길고 긴 1년을 더 기다릴 수밖에 없었다.

1907년이 되어 황제가 이상재·이회영 등과 헤이그에 밀사로 누구를 보내느냐에 대한 비밀회의를 하고 있던 때에 블라디보스토크에서 비보가 날아들었다. 내장원경이었고 지금은 자신이 직접 밀사가 되어 육군부장직을 수행하고 있던 이용익이 상트페테르부르크에서 괴한들의 총에 맞아 중상을 입은 몸으로 블라디보스토크에 와 그곳에서 숨졌다는 것이었다.

황제의 슬픔은 이루 말할 수 없이 컸다. 일본이 전제군주 국가인 대한제국의 모든 중심인 황제의 팔다리를 자르는 데 혈안이 되어 있을 때 밀사들을 기르고 자신이 직접 밀사가 되어 몸을 돌보지 않고 뛰어 준 이용익이었다. 황제는 자신의 팔이 한쪽 끊어져 나간 듯 괴로웠다.

"폐하, 이럴 때일수록 심기를 굳건히 하오소서."

회영이 황제의 용안에 슬픔이 서린 것을 보며 위로했다.

"어쩌다가 그리됐다고 하더냐?"

황제가 소식을 가져온 내관에게 물었다.

"상트페테르부르크에서 괴한의 총을 맞았다고 하옵나이다."

"밀서는 전했다고 하더냐?"

"그러하옵나이다. 폐하."

"물러가라."

황제의 말에 내관이 물러가고 이상재·이회영과 황제는 다시 하던 이야기를 이어 갔다.

"이제 밀사를 지휘할 이용익이 없으니 지휘는 러시아에 있는 이범진에게 맡길 것이다."

황제의 목소리에 힘이 없었다.

"그럼 총지휘는 전 러시아 공사 이범진으로 하고 전 의정부 참찬 이상설을 정사로, 전 평리원 검사 이준을 부사로 하겠나이다."

월남 이상재가 황제의 의향을 물었다.

"두 사람만 가지고 되겠느냐?"

"러시아 공사 이범진의 아들 이위종이 러시아어는 물론 영어·프랑스어 등에도 능숙하다고 하오니 그를 함께 동행하게 하는 것이 좋을 듯하옵니다."

이회영이 여쭈었다.

"그리 하라."

황제의 하교에 이상재가 다시 황제께 여쭈었다.

"폐하, 북간도에 있는 이상설과 러시아에 있는 이위종은 문제가 없사온데, 모든 문서를 국외로 가지고 나갈 이준 부사를 이 삼엄한 경비 속에서 어찌 내보낼지 그게 문제이옵나이다."

"그렇습니다. 일본 헌병들이 의병을 색출한다고 아무 상관없는 유생과 백성들까지 검문을 하고 잡아가기 일쑤입니다."

이회영이 걱정스러운 얼굴이 되어 대답했다.

"저들의 감시망을 뚫고 안전하게 국경까지 가는 것이 문제라면, 그렇다면 호위를 붙여서 보냄이 어떠한가?"

황제의 윤음에 회영이 대답했다.

"그렇습니다. 폐하, 블라디보스토크까지만 가면 그 이후에는 문제가 없을 것이옵나이다."

"알겠습니다. 폐하, 호위를 붙여서 함께 떠나게 하는 것이 좋을 듯하옵니다."

"그래, 그럼 함께 갈 만한 누가 있느냐?"

"무사를 선발하겠나이다."

"육로와 해로에서 모두 능한 자라야 할 것이다."

"예, 폐하."

"그럼 이 일행의 경로는 감시가 삼엄한 내륙이 아니라 부산까지는 감시가 좀 덜하니까 부산까지 가서 해로로 블라디보스토크에 도착해서 만주 통화현에서 온 이상설과 합류합니다. 그 두 사람이 함께 러시아 상트페테르부르크로 가고 거기서 다시 이위종이 합류를 하고 그곳에서 폐하의 친서를 이범진이 러시아 황제 폐하께 전해 헤이그 참석이 허락되면 이들이 헤이그로 갑니다. 그곳에서 헐버트 경과 다시 합류해 평화회의에 참석해 임무를 완수하는 것입니다."

이상재가 헤이그에 밀사를 보내는 내용에 대한 전체적인 설명을 했다.

"한치의 틀림도 없어야 할 것이다."

"예, 폐하 그리고 전국 곳곳에서 의병들이 일어나 일본군에 맞서 싸우고 있으니 곧 좋은 소식이 있을 것이옵나이다."

황제의 하교에 회영이 대답했다.

"무릇 사필귀정이라 했으니…."

황제의 내탕금

이용익이 죽자 하야시는 다시 한번 이용익의 예금*에 손을 댔다. 아무렇지 않은 듯 제일은행을 찾아가 이용익이 그 후 예금한 나머지 돈을 궁내부 외사과장 유찬의 당좌예금으로 옮기라고 지시하며 하야시는 유유히 그 돈을 찾았다.

하야시는 이 노른자 땅인 대한제국이 너무나 마음에 들었다. 무엇이든 자신이 원하는 것은 다 얻을 수 있고, 빼앗을 수 있었다.

"으하하. 으하하하."

기분이 하늘을 날 것처럼 행복해 웃던 하야시가 누가 볼 세라 입을 막았다. 그렇지만 계속해서 터져 나오는 웃음을 참기는 어려웠다. 하야시에게 제일은행은 비밀을 지켜 달라며 철저하게 약속을 받기를 원했고, 그것은 하야시야말로 원하던 바였다. 그렇게 해서 지난번에 인출한

---

*1922년 1월26일 일본 중의원의 야당인 헌정회 대표 아라카와 의원은 "1905년 이용익이 제일은행 경성출장소에 맡겨 둔 예금 33만 원이 행방불명됐으니 일본 정부는 내막을 철저히 규명하라"고 말했다. 이는 하야시가 이용익에게서 강탈해 간 예금을 개인재산으로 착복했다고 볼 수 있는 내용이다.

것과 이번에 인출한 거액이 모두 하야시의 개인재산이 되어 하야시는 아무도 모르게 거부가 되었던 것이다.

하야시처럼 이토 히로부미도 광무황제의 비자금을 찾기 위해 각국 외무성에 공문을 보내 대한제국 정부에서 맡겨둔 돈이 있는지 은밀히 알아보고 몰래 빼돌렸다.

1907년 2월, 상해 덕화은행에 황제의 비자금이 입금돼 있다는 소식을 입수한 이토는 나베시마에게 그 돈을 찾아오라고 지시했다. 이토는 황제의 측근이었던 이윤용을 대동하게 했고, 강탈한 광무황제의 어새까지 내주는 치밀함을 보였다.

상하이 덕화은행에서 독일 게젤샤프트 은행으로 연락했고, 그 연락은 독일 외무성을 통해 1903년 황제의 대리인 자격으로 100만 마르크를 입금했던 폰 잘데른 남작에게 취해졌다.

"일본 외무성에서 광무황제의 비자금은 황실 소속이고 황실 소속의 돈은 이제 일본에서 관리하게 되었으니 돈을 찾아가겠다고 합니다."

"안 됩니다. 그것은 절대적으로 대한제국 황제의 돈입니다. 일본인에게 주어서는 안 됩니다."

폰 잘데른은 자신이 대한제국을 떠난 뒤로 더욱 어려움에 처하게 된 사실을 알고 광무황제를 도울 방법을 찾아봤지만, 이미 일본이 수많은 경로를 차단해 놓았기 때문에 황제를 도울 방법이 없어 늘 안타깝게 여기고 있었다.

"그렇지만 저들은 자신들이 대한제국의 황제를 대신해서 왔다고 합니다."

"그들이 뭐라 해도 그 돈을 내주어서는 안 됩니다."

"그렇다면 대한제국 황제에게 직접 연락을 취할 방법은 없을까요?"

"지금 일본이 대한제국의 외교권을 가지고 있어서 연락을 취할 방법이 없습니다."

"그렇다면 더욱 난처하군요. 저희는 은행이 정한 서류의 요건만 맞으면 돈을 내주게 되어 있습니다. 황제를 대리해서 왔다는 일본인들이 황제의 어새를 가지고 있습니다. 그래서 은행에서는 돈을 내주지 않을 방법이 없습니다."

폰 잘데른이 광무황제에게 연락하려면 일본 외무성을 통할 수밖에 없으니 답답하기만 했다.

"그들이 100만 마르크를 다 인출하려고 하던가요?"

"아닙니다. 이 사람들은 예치되어 있는 금액은 모르고 있는 것 같습니다."

"그렇다면 제가 황제의 돈을 대리 입금한 본인으로서 보증을 서는 것으로 하고 예금 잔액이 50만 마르크라고 해 주십시오. 부탁드립니다."

"그런 책임을 지면서까지 꼭 그렇게 해야 하는 이유가 있습니까?"

"저는 대한제국의 황제가 꼭 필요한 곳에 쓰고자 그 돈을 예치해 둔 것임을 잘 알고 있습니다. 비록 지금 그들의 외교권이 일본에 있다고는 하나 그 돈의 주인인 광무황제가 원하는 곳에 사용할 수 있도록 돕고 싶습니다. 그리고 황제도 그것을 원할 것입니다."

"알겠습니다. 폰 잘데른 공께서 그렇게 말씀하시니 은행에서는 예금 잔액을 50만 마르크로 해 일본이 50만 마르크만 찾아가도록 조치하겠습니다."

"그리고 남은 50만 마르크는 대한제국 황제의 정당한 대리인이 오면 그때 인출하도록 해 주십시오."

"알겠습니다. 그렇게 조치하겠습니다."

폰 잘데른의 보증으로 다행히 황제의 100만 마르크 중 50만 마르크만 일본의 손아귀에 들어가게 되었다.

독립운동

　날이 갈수록 을사오적의 매국 행위가 심해지는 가운데 그들을 향한 애국지사들의 암살 시도도 계속해서 이어지고 있었다.
　기산도의 이근택 암살 시도가 실패하자 나철(나인영)과 오혁에 의해 '감시의용단'이 조직되어 이홍래가 또다시 이근택 암살을 시도했다. 이 시도로 이홍래가 체포되면서 '감시의용단'이 강제로 해체되었다. 그렇지만 암살단은 여기서 활동을 멈추지 않았다.
　1907년 2월 나인영은 대대적으로 을사오적을 암살할 목적으로 '자신회'를 설립해 회원 200명을 확보했다. '자신회'는 단체 결성의 취지서와 을사오적의 암살을 알리는 포고문을 작성해 매국노 처단의 정당성을 주장했다.
　1907년 3월25일 이들은 6개 조로 나뉘어 본격적으로 을사오적 암살에 나섰다. 을사오적 중 권중현이 치명상은 아니지만 총에 맞았다. 그렇지만 을사오적이 미리 물샐틈없이 대비하고 있어 나머지는 모두 실패하고 말았다. 권중현을 저격한 강상원이 체포되었고, 이에 나인영과 오기호는 행동대원 강상원의 석방을 주장하며 스스로 자수해 이 사건의 관계자 30명이 체포되어 5년에서 10년의 유배형을 선고받았다.

이 일을 보고받은 황제는 그들에게 황제의 직권으로 특별사면을 내려 그해 12월에 관계자 전원을 석방시켰다.

이 모든 암살 계획에 이회영은 자금을 아낌없이 지원했지만 을사오적은 이미 자신들의 매국적 행위에 보복이 있을 것이 두려워 철저하게 방비를 하고 있었기 때문에 암살 계획은 성공할 수 없었다.

계속된 실패에 〈대한매일신보〉와 '상동교회'를 중심으로 애국계몽운동을 전개하던 세력과 서북지방과 서울 등지의 신흥 시민 세력·문관 출신 세력 그리고 미주 지역에 있던 공립협회 등의 단체들이 하나로 뜻을 모아 신민회를 출범시키기에 이르렀다. 이들은 부일배 세력을 제외한 독립협회 청년 회원들이 대부분이었고, 여기에 속하지 않은 인사로는 동학당에서 출발한 김구와 그 외 몇 명이 있었다.

이들의 목적은 전국적인 규모로 국권을 회복하는 것이었다. 양기탁을 총감독으로 안창호·전덕기·이동휘·이동녕·이갑·유동열 7인이 창건위원이 되고, 노백린·이승훈·안태국·최광옥·이회영·이시영·이상재·윤치호·이강·조성환·김구·신채호·박은식·임치정·이종호·주진수 등이 중심이 되어 만들어졌다.

신민회엔 저명한 애국계몽 운동가들이 거의 다 회원으로 가입했는데 이들은 대부분 신흥 시민층과 신지식인층에 기초를 둔 약 800명 정도였다.

신민회의 운동은 여섯 가지로 그 큰 제목만 보면 교육 구국 운동, 계몽 강연·학회 운동, 잡지·서적 출판 운동, 민족산업 진흥 운동, 청년 운동, 무관학교 설립과 독립군 기지 창건 운동으로 나누어 볼 수 있다.

얼마 후, 헤이그에 밀사로 가게 된 이준은 해적이라 불리는 대한제국 육군대장 이능권의 호위 덕분에 일본군의 감시망을 뚫고 4월 22일 서울을 떠나 부산을 거쳐 러시아의 블라디보스토크에 무사히 당도할 수 있었다.

"고맙소."

이준이 이능권에게 말했다.

"제발 임무를 완수하고 돌아오시오."

"그렇게 하리다."

"만국평화회에서 일본 놈들이 얼마나 잔악한지 모두에게 똑똑히 알려 주시오."

블라디보스토크까지 오는 동안 내내 몇 마디 말이 없던 이능권의 눈에 애절함이 담겼다.

"이미 대한제국과 황제 폐하를 위해 내 목을 내놓았소."

"나는 고국에 돌아가 성공 소식을 기다리고 있겠소."

뜨거운 손을 맞잡았던 이준의 모습이 멀어질 때까지 이능권은 그 자리에 서서 지켜보고 있었다.

'그대의 양어깨에 대한제국의 국운이 걸려 있구려.'

그 무렵 간도의 이상설은 통화현 부근 용정촌에 있는 최병익의 집을 매입해 1906년 신식 학교인 서전서숙을 세워 교육에 전념하고 있었다. 교통의 요지인 통화현은 1896년 의암이 의병들을 이끌고 와 그 터를 이미 닦아 둔 곳으로 조선인들이 많이 살고 있어 학교를 설립해 교육으로 독립 사상을 심어 주고 있었다. 교과목으로는 역사·지리·수학·정치학·국제공법·헌법 등을 가르쳤다.

그러던 어느 날 광무황제의 밀사가 이곳 통화현까지 와서 밀지를 전했다.

"대한제국의 자주독립은 세계 각국이 인정한 바이고 각국과 조약을 체결했으니 열국 회의에 사절을 파견하는 것이 도리이다.
1905년 11월18일 일본이 공법을 위반하여 외교 대권을 강탈하여 열국과의 우의를 단절시켜 놓았다. 특사단은 헤이그 평화회의에 가서 우리의 고난을 피력하고 외교 대권을 회복하기 바란다."

광무황제의 윤음이 들리는 듯 절절한 밀지를 받은 이상설은 곧 블라디보스토크에서 이준과 합류했다.

이준과 이상설은 서둘러 상트페테르부르크로 가 6월4일 또 한 명의 특사 이위종과 이범진을 만났다.

"어서들 오시오."

러시아 주재 공사관이 문을 닫은 상황이라 이들은 이범진의 아파트에서 만나 러시아 황제에게 광무황제의 친서를 전하고 협조를 받아 낼 논의에 들어갔다.

우선 이범진과 이상설이 황제의 친서를 가지고 러시아 황제 니콜라이 2세를 알현해 확답을 받기로 하고 외무성과 교섭을 벌였다.

"대한제국은 러·일전쟁 이전에 이미 중립을 선언하여 세계가 중립국임을 다 알고 있는데

(…)

일본이 1905년 11월 18일 늑약 이후 우리나라에 가한 모욕과 기만에 대해 심히 민망하던 차에 헤이그에서 평화회의가 열린다는 말을 듣고 전 의정부 참찬 이상설과 평리원 판사 이준·주러시아 공사관 참서관 이위종을 위원으로 특파하여 일본의 불법 행위를 각국 위원에게 알리고자 하니, 세계가 모두 대한제국의 고난을 알고 공법에 의거하여 공의로써 다시 대한제국의 국권을 찾을 수 있도록 도와주십시오."

얼마 전 이용익이 황제의 친서를 가지고 와 황제를 알현한 데 이어 현상건이 다시 황제의 친서를 가지고 러시아에 매달렸지만 러시아는 국내 문제로 더 이상 대한제국을 도와줄 수 없다는 입장이었고, 이후 러시아 외무성은 일본의 대한제국에 대한 정책에 일절 관여하지 않는 것으로 입장을 정리했다.

이런 상황이고 보니 이범진과 이상설·이준·이위종은 헤이그 만국평

화회의 날짜는 다가오는데 니콜라이 2세를 만날 수 없어 점점 불안해지기 시작했다.

오히려 러시아는 일본과 비밀 합의를 통해 외상 이즈볼스키가 헤이그 평화회의 의장인 넬리도프에게 전문을 보내 대한제국 특사단에게 협조하지 말라고 지시를 내려 둔 상태였으니 특사들은 러시아의 도움을 받을 수 없었다.

헤이그 만국평화회의 시작이 6월15일이었는데 특사단은 러시아 황제를 만나 확인을 받으려고 시간을 지체했기 때문에 19일에야 상트페테르부르크를 출발해 겨우 베를린에 들러 공고사*를 인쇄하고 6월25일에야 헤이그에 도착할 수 있었다.

밀사들보다 먼저 도착해 있던 헐버트가 일행을 맞았다. 헐버트는 회의가 시작되어 진행되고 있는데 대한제국의 밀사들이 나타나지 않아 애타게 그들을 기다리고 있었다.

44개국이 참여한 평화회의가 시작된 지 열흘이 지난 터라 특사단의 회의 참석은 불가능했다. 특사단은 평화회의 의장인 러시아의 넬리도프를 비롯해 미국·프랑스·영국·독일 등 주요국 위원들과의 면담을 요청했지만 모두 거절당했다. 겨우 평화회의 부회장인 네덜란드 드 보포르를 만날 수 있었는데 그는 "러시아는 대한제국의 운명을 전적으로 일본에 위임했으며 대한제국의 저항은 쓸모없는 것"이라는 러시아 측 입장을 전달했다.

*항소서안과 같은 것.

그 대답에 실망하지 않고 특사단은 미리 준비해 온 공고사를 각국 대표에게 보내고 탄원서를 발표하고 〈만국평화회의보〉 지면을 통해 일본의 국제법 위반 행위를 폭로했다.

을사늑약은 일본이 무력을 행사해 황제의 동의 없이 체결했으며 열강에 의해 보장되고 승인된 대한제국의 자주권을 일본이 국제법을 무시하고 무력을 사용하여 침해한 점을 밝혔다.

이런 일본의 국제법 위반 행위에 대해 각국 대표단에게 공정하게 판단해 줄 것을 호소했고, 대한제국과 열강의 외교관계 단절은 대한제국의 뜻이 아닌 일본의 음모와 독단의 결과라는 점을 분명히 밝힌 것이다. 그러면서 각국 대표가 중재하여 일본을 탄핵함으로써 대한제국의 권리를 회복할 수 있도록 도와달라고 호소했다.

이 공고사의 내용은 〈만국평화회의보〉뿐만 아니라 〈런던 타임즈〉 〈뉴욕 헤럴드〉 등에도 전문이 게재되었으며, 특사단 중 이위종이 7월8일 각국 신문기자단 국제협회에 참석해 연설한 대한제국 특사단의 호소도 언론에 대서특필되었다.

하지만 이러한 노력에도 각국 대표들이 공례를 빙자하며 대한제국의 청원에 공감하지 않자, 이준은 끓어오르는 분격을 금하지 못하고 연일 애통해 하다가 7월14일 멀고 먼 타국에서 한을 남긴 채 급작스레 순국하고 말았다.

이준의 순국 후, 이상설과 이위종은 싸늘히 식은 이준의 시신 앞에 참아왔던 슬픔을 토해냈다.

"이준 공… 이렇게 원통하게 가시다니… 이 먼 타국에서 혼백으로 구천을 떠도시렵니까. 나라가 이렇게 위태로운데… 어찌합니까."

이상설은 흐르는 눈물을 닦지도 못하며 말을 이었다.

"만국 평화회의가 1년 연기되지 않았다면 우리나라의 문제는 당연히 만국의 중재 재판 대상이 되었을 것입니다…. 그렇다면 나라의 명운이 달라졌을 것인데…."

이상설의 절규가 무겁게 방 안을 채웠다. 옆에 서 있던 이위종도 참지 못하고 오열했다.

"맞습니다, 일본은 우리가 평화회의에 참석하는 것을 막으려 집요하게 외교적 압력을 넣었어요. 결국 회의가 1년 미뤄져서…."

슬픔에 목이 메어 잠시 말을 멈춘 이위종의 목소리가 갈라졌다.

"분해서 죽을 지경입니다. 우리를 참석 못하게 해 놓고, 허허허허혁. 44개국 만장일치라니요."

"작년 예정대로 회의가 열렸어도, 아니 이번에 우리가 참석만 할 수 있었어도."

울음을 토해내던 이상설이 가슴을 치며 탄식했다.

가슴을 뜯던 이위종의 갈라진 목소리가 거칠어졌다.

"그렇게만 되었더라면 얼마나 좋았겠습니까. 일본의 악랄한 책략과 열강의 무관심을 우리는 이번에 똑똑히 보았습니다."

옆에서 울던 헐버트가 슬픔에 찬 두 사람에게 다가왔다.

"황제 폐하께서 이 사실을 아시면 얼마나 슬픔이 크시겠습니까. 우리에게는 이대로 슬퍼할 시간도 없습니다. 어떻게든 일본의 만행을 세계에 알리고 우리 대한제국의 자주권을 되찾아야 합니다."

헐버트가 이준의 차가운 손을 함께 붙잡으며 결연히 말했다.

"이준 공의 죽음이 헛되지 않도록, 우리는 만국을 향해 더욱 강력히 진실을 알려야 합니다. 두분 제발 힘을 내십시오."

절망과 비통함으로 방 안의 공기는 슬프고도 무거웠다. 눈물로 얼룩진 이상설은 창밖 먼 곳을 응시하며 다시 한번 깊은 한숨을 내쉬었다.

"그래야지요. 만국에 진실을 알려야지요."

이준의 순국 이후에도 이상설·이위종은 헐버트와 함께 영국·미국의 여러 도시를 순방하며 대한제국의 독립에 대한 지지를 호소했다.

강제퇴위

1907년 7월1일 헤이그에 나타난 대한제국의 밀사 3명이 만국평화회의 참석을 요구하며 1905년에 일본이 대한제국과 맺은 조약이 무효라고 주장한다는 긴급 전문이 일본 외무성에서 이토 히로부미에게로 보내져 왔다.

"하하하, 이거 차라리 잘되지 않았습니까?"

살기등등한 이토의 얼굴과 달리 하야시는 회심의 미소를 짓고 있었다.

"공, 지금 사태가 여기에 이르렀는데 그게 무슨 말이오? 저들이 지금 우리 대일본제국 얼굴에 먹칠을 하고 있잖소. 평화회의를 망치려고 밀사를 보내지 않았소."

"각하, 아무 심려 마십시오. 아무도 저들의 말에 귀를 기울이지 않을 것입니다."

"그건 알지만 만에 하나 모르는 일 아닌가?"

"그보다 각하, 이참에 그 요망한 늙은이를 자리에서 끌어내릴 수 있지 않겠습니까?"

"그 늙은이를 끌어내린다고 끝인가? 황태자가 있지 않은가?"

"황태자는 걱정 마십시오. 언젠가 독을 마신 후론 심신 미약 상태에 있어 일본에 해롭지 않은 인물입니다. 하하하."

"그렇다면야 시일을 끌 필요가 없지!"

하야시의 얼굴에 어린 비열한 웃음을 읽은 이토가 서서히 하야시처럼 웃음을 흘렸다.

"하하, 역시 하야시 공이구나. 우리 대일본제국에 하야시 공이 있어 다행이다. 공이 대일본제국과 척 지고 있는 나라의 대신이었다고 생각하면 아찔하구나."

"각하의 그 말씀 칭찬으로 듣겠습니다."

"칭찬이다. 칭찬, 하하, 이제야 때가 왔다. 대한제국에 대해 국면 전환을 위한 조치를 취할 좋은 기회다."

"요망한 늙은이가 스스로 무덤을 팠습니다, 각하."

"이제야 허울뿐인 보호국이 아니라 조세권·병권·재판권을 가져올 수 있겠구나. 즉각 조취를 취하도록 하자. 으하하하."

"하이, 각하!"

야비한 하야시와 이토의 웃음이 허공에서 뒤엉켜 퍼져나갔다.

이토는 헤이그 밀사 사건으로 심기가 불편했다가 사사건건 걸림돌이 되는 광무황제를 황제의 지위에서 끌어내릴 다시없는 기회라고 생각하니 기분이 좋아졌다.

통감 이토 히로부미는 붉으락푸르락 노기 띤 얼굴로 일본해군 장교들을 대동하고 경운궁 안에 유폐된 광무황제를 찾았다.

"도대체 무슨 꿍꿍이로 이딴 일이노 꾸미는 것이무니까? 이와 같은 음흉한 방법으로 일본에 대한 거부권을 행사하려는 것이노 차라리 일본에 대해 당당히 선전포고를 함만 못하다는 걸 모르시무니까? 이미 대한제국의 외교권이노 우리 대 일본제국에 있으무니다. 그런데 협약이노 무시하고 이런 행동을 하는 것이노 분명한 국제법 위반이무니다. 이 일에 대한 책임이노 전적으로 폐하가 져야 하무니다. 그리고 이런 행동이노 일본에 대해서 공공연히 적대적 의도가 있다는 것이노 밝힌 것이므로 협약 위반임을 면할 수 없으무니다. 그러므로 일본이노 조선에 대해 전쟁이노 선포할 권리가 있다는 사실이노 총리대신으로 하여금 통고케 하겠스무니다."

무엄하게도 광무황제의 궁 안에서 이토의 목소리가 궁 밖까지 쩌렁쩌렁 울렸다.

또, 이토는 이완용을 불러 추궁했는데 이완용은 자신이 한때 친러파 인물이었다는 것 때문에 의심을 받을까 싶어 더욱 일본에 아첨하려 했고, 이번 헤이그 밀사 사건은 황제의 단독 범행이고, 내각에서는 전혀 관여치 않았다고 극구 변명하며 선처를 빌었다.

일본의 행태도 보아주기 힘들거늘 대한제국의 신하라는 자들의 행위는 더욱 한심했다. 이 문제로 황제를 압박한 사람들은 일본뿐이 아니었다. 이토가 새로 임명한 이완용 내각에서도 광무황제의 밀사 사건을 놓고 이일은 그냥 넘어갈 수 없는 일이라며 일본보다 한술 더 떠 황제를 압박했다.

이토는 이것을 기회로 삼아 일본 총리대신에게 황제의 폐위를 건의했고, 이완용 내각은 7월 6일 어전회의를 소집해 황제에게 일제에 대해 사죄해야 한다고 협박했다.

일본은 헤이그 밀사 사건으로 국제적 망신을 당한 보복을 하려 한성 안에 수많은 일본군을 풀어 백성을 불안케 하고 또 무엄하게도 남산에 대포를 설치해 경운궁을 겨냥해 황제를 위협했다. 일본의 이 같은 군사적 압력 앞에서도 황제가 침착함을 유지하자 이토 히로부미는 더욱 거품을 물었다. 급기야 8일부터는 통감부가 궁금령(궁궐 출입을 제한하는 법령.)을 실시하며 황제를 감금하고 17일 이완용·송병준 등을 시켜 황제에게 퇴위를 압박하게 했다.

한편, 이회영은 어떻게든 황제를 배알하기 위해 경운궁 안으로 들어가려 했지만 겹겹이 둘러싸고 있는 무장 군 때문에 안으로 들어갈 수 없었다. 평소 같으면 뇌물을 써서 언제 어느 때고 궁 안으로 들어갈 수 있었지만 궁금령이 내려진 이후 궁을 자유롭게 드나들던 회영조차도 황제를 배알할 수 없었다.

"어쩝니까유."

마 서방이 걱정스러운 목소리로 물었다.

"폐하께 무슨 변고가 생길까 걱정이네."

회영이 상동교회 쪽으로 길을 잡아 걸으려 할 때 어마어마한 수의 무장한 군인들이 경운궁으로 들어가는 모습이 보였다.

"어서, 가세!"

회영이 상동교회 쪽으로 뛰기 시작하자 마 서방도 함께 뛰었다.

회영이 상동교회 안으로 뛰어 들어가고 마 서방이 교회 앞에서 망을 보았다.

상동교회 지하에는 크지도 작지도 않은 방이 몇 개 있었고, 회영이 그중 가장 안쪽 방의 문을 열고 들어섰다.

긴 테이블 양옆으로 전덕기 목사·이동녕·이시영·이갑·노백린·윤치호·윤효정이 앉아 이야기 중에 있다가 회영을 보았다.

"먼저들 와 계셨습니까?"

회영이 숨을 고르며 말했다.

"어서 오세요. 오시는데 검문은 없었습니까?"

전덕기 목사가 회영에게 말을 걸었다.

"다행히 검문은 없었지만 한성 거리에 무장한 군이 가득합니다. 경운궁은 말할 것도 없구요. 그리고 지금 궁 안으로 어마어마한 수의 무장군이 들어가는 것을 보았습니다."

"큰일이군요. 황제 폐하는 어찌하고 계시답니까?"

이동녕이 회영에게 물었다.

"황제 폐하께서는 궁금령으로 며칠째 갇혀 계시고 경비가 삼엄해서 도무지 궁 안으로 들지는 못했습니다. 여러 경로를 통해 폐하를 알현할 방도를 찾고 있지만 경비가 워낙 철통같아서 접근이 어렵습니다. 무장한 군이 경운궁을 겹겹이 둘러싸고 있어 비밀통로조차 출입할 수가 없습니다."

"이대로 있다가는 저들이 원하는 대로 퇴위가 진행될까 두렵습니다."

이동녕의 말에 이어 전덕기 목사가 말했다.

"저는 오늘 대한문 앞에 저들이 기관총을 걸어 놓는 것을 보았습니다. 이것이 무엇을 뜻하는지 모를 사람이 있겠습니까?"

이동녕이 흥분해서 말을 이었다.

"지금 또 일본과 배가 맞은 내각에서 폐하께 온갖 핍박을 가하고 있을 게 분명합니다."

"이대로 가만히 계시겠습니까? 싸워야지요. 폐하께서 양성한 군이 있지 않습니까? 비록 저들에게 미치지는 못한다 할지라도 친위대와 시위대가 있지 않습니까? 또 군에 십만 개가 넘는 탄약이 있습니다!"

윤효정이 답답하다는 듯이 말하자 회영이 말리고 들었다.

"위험합니다. 저들이 지금 폐하를 감금하고 있으니 군이 움직였을 때 폐하께 무슨 변고가 생길까 그게 제일 걱정입니다. 지금 폐하 곁엔 아무도 없어요."

시영이 형 회영의 말에 동조하고 나선다.

"또, 군은 대원수이신 황제 폐하와 원수인 황태자 저하의 명이 없이는 움직일 수 없습니다. 폐하께서 감금되어 계셔서 군을 통솔할 사람이 없습니다."

"지금 저들을 막을 무엇도 없다니 참담합니다."

윤효정이 말했다.

"설마 큰일이야 있겠습니까?"

"을미년 같은 일이 또다시 생기지 않으리라는 법이 없지요. 저들의 야만적인 잔혹함을 이미 보시지 않았습니까?"

전덕기와 이회영이 하는 말에 윤효정이 흥분을 감추지 못하고 자리에서 일어섰다.

"우선, 시민군을 만들어서라도 퇴위를 막아야 합니다!"

"시민들이 함께할 겁니다."

전덕기 목사도 일어서자 이상재가 말했다.

"내일 종로에서 시작하겠습니다. 어떻게든 우리가 힘을 모아 황제 폐하의 퇴위를 막아야만 합니다!"

"지사들과 시민들이 힘을 합치면 저들의 뜻을 꺾을 수 있습니다."

회영의 말에 모두 고개를 끄덕이며 뜻을 모았다.

종로 거리의 가게들은 모두 문을 닫았고, 수천 명의 군중이 밀집해 있는 가운데 연단에 이상재가 올라 연설 중이었다. 군중 속에 이회영·이동녕·윤효정·이갑 등이 보이고 또 다른 쪽에 안중근이 있었다.

"대한제국이! 대한제국의 황제 폐하께서 이처럼 참담한 지경에 빠져 계시는데 우리 국민이 두 손 놓고 가만히 보고만 있어야겠습니까? 양위는 우리 황제 폐하의 뜻이 아닙니다. 우리 폐하께서 강제로 저들에 의해 양위를 하셔야겠습니까?"

이상재의 목소리가 종로 거리를 울리자 곳곳에서 군중들이 목소리를 높였다.

"안 됩니다!"

"싸웁시다!"

다시 단상에 선 이상재의 목소리가 울렸다.

"황제 폐하께옵서 간악한 을사년 오적에게 핍박을 받아 결국 일본으로 가기 위해 어가를 움직이신다면 저는 그 어가 밑에 깔려 죽겠습니다!"

이상재의 연설에 성난 군중들이 우~우~ 목소리를 높이며 움직이기 시작하더니 경운궁 쪽으로 걷기 시작했다.

"궁으로 갑시다!"

"매국노 이완용을 죽입시다!"

"을사오적을 죽입시다!"

움직이던 군중 속의 누군가가 대한제국 애국가를 부르기 시작하자 군중이 한목소리가 되어 함께 부르며 걸었다.

'상제여 우리나라를 도우소서
반만년의 역사 배달민족 영영히 번영하야

해달이 무궁하도록 성디 동방의 원류가 곤곤히
　상제여 우리나라를 도우소서.'

　걷는 군중 속에 대한제국 군복을 입은 무장한 군인들도 보였다. 이 군인들은 대원수인 황제 폐하의 명에만 움직일 수 있었는데 일본에 의해 궁금령으로 황제 폐하를 뵐 수 없게 되자 탈영해 시위대에 합류한 것이었다.
　군중이 시위대가 되어 걸어 걸어 대한문 앞까지 오자 경운궁을 겹겹이 둘러싼 일본 경찰들이 이들을 막기 시작했다.
　어디서부터 시작됐는지 일본 경찰과 시위대가 맞붙어 격렬하게 충돌하기 시작했다.
　"니 놈들이 멋담시 우리 황제 폐하께 양위를 하시라 마라 지랄들이여."
　"이 쪽바리 놈들아, 니들 나라로 돌아가라. 황후 폐하를 시해하고, 이제 우리 황제 폐하를 어쩌려고 그러느냐?"
　그때 일본군 쪽에서 총을 쏘기 시작했다.
　투탕탕탕탕.
　"이 쪽바리 놈들이 어디서 총질이여! 이 나쁜 놈들아 나가 오늘 여기서 니들 죽여 버리고 나도 죽을란다!"
　일본군이 쏜 총에 군중들이 피를 흘리며 쓰러지자 나머지 군중들이 화가 나 일본군을 향해 들불처럼 달려들며 더욱더 거세게 맞섰고, 대한제국 군인들도 일본군을 향해 총을 쏘았다.

탕 탕 탕.

총격전과 육탄전으로 거리는 삽시간에 아수라장이 되었다.

일본으로부터 거액의 뇌물을 받아먹어 왔던 송병준과 이완용은 낮에 입궐해 황제에게 양위를 해야 한다며 새벽이 되도록 물러가지 않고 있었다.

"폐하, 이번 밀사 사건으로 인해 대일본 천황 폐하께서 그 얼마나 참담하셨겠습니까? 폐하께서 동경에 직접 가서 사죄를 하시든지 하세가와 사령관을 대한문 앞에서 맞아 면박의 예를 갖춰야 할 줄로 아룁니다."

송병준이 말한 면박의 예는 죄인임을 자처하는 자가 두 손을 등 뒤로 묶고 무릎걸음으로 상전 앞에 기어나가 죄를 청하는 것을 말하는 것인데 이는 황제의 신하로서 감히 입에 담을 수 없는 말이거늘 송병준이 이제는 황제에 대한 예도 잊고 무엄하게 어전회의에서 이 같은 망발을 서슴지 않고 뱉어 내고 있었다.

"이번 일은 대역죄에 해당하는 죄로 그냥 넘어가기는 어려울 것 같습니다. 일본 천황 폐하께 사죄하는 뜻에서 양위를 하는 것이 마땅하다고 사료됩니다."

이완용과 송병준은 누가 먼저랄 것 없이 일본에 아첨하기에 바빠 자신들의 황제를 업신여기고 있었다.

몇 시간이 지나도 황제가 양위의 뜻을 밝히지 않자 이완용이 말했다.

"폐하, 폐하 한 사람 때문에 이토록 나라가 위급에 처해 백성이 도탄에 빠졌건만 폐하께서는 그까짓 황제의 자리가 중요하다는 말씀입니까?"

"폐하 때문에 대러시아 제국과의 전쟁에서도 이긴 일본과 우리 대한 제국이 전쟁을 치러도 좋다는 말씀이십니까?"

새벽 3시가 지나고 있을 때 부일배 송병준이 급기야 입에 담을 수 없는 망언을 입에 올렸다.

"폐하께서 자결해야 국가가 살 것입니다!"

송병준의 말에 황제는 입술을 깨물었다.

"…경은….."

황제는 부들부들 떨려오는 몸을 간신히 움직이며 한마디를 했을 뿐이었다.

"…누 …구의 신하인 것이냐?"

일본이 하는 행동과 말보다 황제 자신이 애지중지 길러 낸 신하들이 하는 말이 그 어떤 칼날보다 더 깊숙이 황제의 마음을 아프게 찔러 왔다.

7월 20일, 황제와 국민의 거센 반대에도 부일배들과 일본에 의해 경운궁 중화전에서 비통한 대한제국 황제의 양위식이 거행되었다.

통감 이토와 일본에 아첨하려는 부일배 세력들이 지켜보는 가운데 거행된 황제 양위식에는 양위할 광무황제도 보이지 않았고, 양위 받을 황태자의 모습도 보이지 않았다.

다만, 양위하는 광무황제의 의복을 대신 입은 내관과 양위를 받는 황태자의 의복을 입은 내관들이 우스꽝스러운 모습으로 대리하고 있었다. 일본이 얼마나 저질스럽고 대한제국을 얼마나 우습게 업신여겼는지 알 수 있는 대목이다. 내관들에게 억지로 옷을 입혀 대리하게 해 놓고는 마치 진짜 양위식이 치러진 듯 일본은 대한제국의 모든 것을 뒤바꾸어 놓았다.

마침내 일본은 그동안 자신들의 일에 정면으로 반기를 들고, 그것도 모자라 뒤로 일을 꾸미는 눈엣가시 같던 광무황제를 일본 군대의 포위 속에 양위의 형식을 빌려 사실상 폐위시킨 것이다.

자신의 재가도 없이 치러진 양위 의식 소식을 들은 광무황제는 대노했지만 이미 일본이 황제의 양위 소식을 전 세계에 전한 뒤였다.

지난날 우리나라 유일의 러시아 통역관이던 김홍륙이 러시아와의 통상에서 거액을 착복한 사실이 드러나 황제가 김홍륙을 전남 흑산도로 유배를 보냈는데, 그 원한으로 광무황제와 황태자의 가비에 다량의 아편 독소를 넣었다. 그때 황제는 가비 냄새가 좋지 않아 마시지 않았지만 황태자는 그 가비를 마시고 몇 날 며칠 사경을 헤맨 일이 있었다.

그 후 황태자는 며칠간 혈변을 보고 멀쩡한 치아를 18개나 잃었고 뿐만 아니라 후사를 볼 수 없는 몸이 되며 심신 미약 상태가 되었다. 그전까지 황태자는 흥선대원군의 손자답게 힘 있는 서체를 뽐내며 그림에 뛰어난 재능을 보였고, 영민하기도 해 황제에게 명성황후의 빈자리를 채워 주던 아들이었다. 그런데 지금 심신 미약 상태에 있는 황태자가 황위를 잇는다면 대신들은 물론이고 일본이 온 나라를 휘저어 이 나라 꼴이 장차 어찌 될지 앞이 캄캄했다.

황제는 자신이 죽어 이 나라가 산다면 백번 죽어도 좋다고 생각했지만 뒤를 이을 황태자가 지금 온전치 못하니 종묘사직을 보존할 수 없을 것 같아 죽을 수도 없었다. 억지 양위식 이후 곧바로 일본 통감부에 의해 함녕전에 유폐된 황제는 머리를 찧으며 괴로워했지만 이 난국을 타개할 방법이 떠오르지 않았다.

'내가 내 나라 백성들의 얼굴을 본 것이 언제였던고!'

이미 러·일전쟁 전부터 마음대로 대신들조차 만날 수 없는 유폐된 생활을 하게 된 황제였다. 비통한 마음을 누르고 황제는 붓을 들어 자신이 입고 있던 옷에 '거의(擧義)'라 적어 밀사에게 주었다.

"이걸 급히 왕산에게 전하라!"

황제가 유폐되어 있는 동안 곳곳에서 황제의 강제 퇴위에 대해 상소가 빗발쳤고, 을사조약 반대 운동에 더해 한국군이 궐기하고 나섰다. 왕산 허위 또한 광무황제의 강제 양위 소식에 태산이 무너져 내리는 듯 울분을 금치 못하던 차에 황제의 의대조를 받고 보니 서둘러 거병치 않을 수 없었다.

왕산은 김규식·연기우·권중설과 경기도 북부에서 의병을 모아 철원·양주 등지를 거쳐 강화를 향해 내려가며 일본군을 무찔러 경기 의병의 이름을 사방에 크게 떨쳤다.

　광무황제를 강제로 퇴위케 했음에도 일본 통감부는 분이 풀리지 않는지 자신들의 간담을 서늘하게 했던 특사들을 재판에 회부해 궐석재판으로 이상설에게 교수형을, 이위종에게 종신형을 선고했다. 그리고 그뿐 아니라 이미 죽은 이준에게조차 종신형을 선고했다.
　그리고 황제의 우려대로 일본은 자신들의 발톱을 여지없이 드러냈다.
　황제와 황태자의 윤허도 없이 강제로 광무황제를 퇴위시키고 황태자를 황제의 자리에 앉히니 황태자가 꿈쩍도 하지 않아 황제의 자리는 공석으로 있었다.
　그것을 이용해 24일 일본은 이완용에게 전권을 위임하게 해 한일신협약을 체결토록 했다.
　7월24일 밤, 이토와 이완용은 이토의 사택에서 누구의 방해도 받지 않고 7개 조항으로 된 신협약을 체결, 조인했다. 각 조항의 시행 규칙에 관해 비밀조치서가 작성되었는데, 대한제국 군대의 해산·사법권의 위임·일본인 차관의 채용·경찰권의 위임 등을 주요 내용으로 담고 있었다. 이 중 가장 중요한 항목은 대한제국 군대의 해산이었다. 수만의 군사를 헤아리던 황제의 군이 이제 일본의 계략에 의해 3000이 남았을 뿐인데 이제 이마저도 남기지 않겠다는 것이었다.
　〈한일신협약〉 내용은 다음과 같다.

제1조 한국 정부는 시정 개선에 관하여 통감의 지도를 받을 것.

제2조 한국 정부의 법령 제정 및 중요한 행정상의 처분은 미리 통감의 승인을 거칠 것.

제3조 한국의 사법사무는 보통 행정사무와 이를 구분할 것.

제4조 한국 고등 관리의 임면은 통감의 동의로써 이를 행할 것.

제5조 한국 정부는 통감이 추천하는 일본인을 한국 관리로 고용할 것.

제6조 한국 정부는 통감의 동의 없이 외국인을 한국 관리에 임명하지 말 것.

제7조 1904년 8월22일 조인한 한일외국인고문용빙에 관한 협정서 제1항을 폐지할 것.

일본의 한국 식민 정책은 정미7조약에서 멈추지 않고 이제 마지막 남은 대한제국의 군대를 자신들 마음대로 해산시키기에 이르렀다.

황제는 1894년 10월4일 칙령 제10호 반포 이후 군대 계급을 서양식으로 바꾸었고, 대한제국 선포 후 1899년 원수부를 설치해 원수는 황태자로, 대원수는 황제로 하는 대한제국 최고 군령 기관을 만들었다. 황제는 대원수로 군기를 총람하고 육·해군을 통령하며, 대한제국 육·해군의 통수권자로서 황제는 서양식 군복*을 평상복으로 입었다.

또, 광무황제는 1903년과 1904년에 거대 군함인 양무호와 광제호를

---

*검은색 군복의 오얏꽃 문양 단추는 대한제국 군복의 복제이며, 대한제국 시대의 황제 조칙을 통해 옷깃의 별 5개는 대원수 군복에 부착하였다.

구매해 대포를 장착했고, 대한제국의 군함에 자랑스러운 태극기를 달았다.

 이렇게 황제는 자주 국가에 걸맞은 군을 양성해 그 군의 수가 수만에 이르게 되었다. 그에 1903년 5월 광무황제는 러시아 황제에게 보낸 친서에서 군사동맹을 맺어 일본과 대적하고자 하기도 했다.

 이렇듯 황제가 공들여 만들어 놓은 대한제국의 군을 일본은 축소시키기를 거듭하다 이제는 해산시키기에 이르른 것이다. 한 나라에서 군이 해산되면 사실상 외세에 대항할 아무런 힘도 남지 않게 되는 것이었다.

남대문 전투

1907년 8월 1일의 일이었다.

일본은 광무황제에게서 황위를 물려받은 융희황제의 조칙을 위조해 군인 장교들을 한자리에 불러 모아 군대 해산을 통보했다. 얄팍한 수로 장교들은 그대로 두겠다는 말과 함께, 군인들에게 맨손 훈련과 공로금을 지급한다고 속여 한자리에 모아 군대를 해산하겠다는 것이었다.

그날 아침 1대대 박승환 대장은 뭔가 느낌이 좋지 않아 중대장을 대신 보냈다가 이 소식을 들었다. 그렇게 해서 내막을 알지 못하는 대부분의 군인이 명령대로 무기를 반납하고 맨몸으로 훈련원으로 향해 갔다. 무기를 소지하고 간 군인들도 무기를 반납해야 했다.

"이 시기에 무슨 맨손 훈련을 한다는 것이야?"

"포상금도 준다던데?"

"뭔가 불안하지 않은가?"

"황태자께서 부르시는 것이니 별일 없을 것이네. 아, 참 이제 황제 폐하시지."

"아무래도 이상하이."

"가 보면 알겠지!"

군인들은 불안해하면서도 황제 폐하의 명인 줄 알고 모두 훈련원으로 모여들었다.

한편, 제1대대는 대장 박승환의 명으로 훈련원으로 가지 않고 있었다. 군인으로는 대원수인 융희황제의 명이라는데도 대장이 명령에 불복하며 훈련원으로 가지 않으니 1대대 군인들은 술렁거리고 있었다.

대장 박승환은 오래도록 앉아 깊은 생각에 잠겼다.

'아, 진정 큰일이 아닌가! 국가를 보호할 군대를 해산한다니 이보다 더 큰일이 있는가… 나는 지금껏 대한제국의 군인으로 살아왔다. 저 도적놈들이 이제 대한제국을 도륙하려는데 내가 할 수 있는 일이 무엇인가? 무엇으로 우리 군을 하나로 모을 수 있단 말인가! 우리 황제 폐하를 강제로 퇴위시킨 저들은 강하다. 지금 군의 최고 통수권자인 황제 폐하가 없는 우리 군의 마음을 저들보다 강하게 하나로 모을 수 있는 방법이 무엇인가. 그 방법이 있다면….'

그때 대원들이 문을 두드리며 들어와 박승환에게 물었다.

"대장님! 우리 군이, 우리 군이 해산됩니까?"

"중대장님께 다 들었습니다. 그래서 우리 대대는 훈련원에 가지 않는 것입니까?"

울먹이며 박승환에게 묻고 있는 대원들을 향해 박승환이 일어나 결의에 차 말했다.

"대한제국의 군인인 너희들은 잘 들어라! 군인은 국가를 위해 존재하는 것이다. 그런데 이제 일본이 침략하고 있음에도 군대를 해산하니 이는 우리 황제 폐하의 뜻이 아니오, 적들이 황명을 위조함이니 내 죽을지언정 명을 받지 않을 것이다! 군인으로서 나라를 지키지 못하고 신하로서 충성을 다하지 못했으니 만 번 죽은들 무엇이 아깝겠느냐! 너희는 군인의 본분을 다해 나라를 지키도록 하라!"

대장 박승환은 자신이 휘하에 둔 군인들이 총을 들고 결연히 싸우도록 만들기 위해 자결을 택했다. 그는 모두가 보는 앞에서 자신의 머리에 총구를 겨누고 방아쇠를 당겼다.

타앙.

고막을 찢는 총성과 함께 대장은 자신이 자결함으로써 부대원들의 가슴 속 애국심에 불을 붙이려 했다.

"대장님께서 자결하셨다! 우리 대장님께서 자결하셨다!"

"대장님! 대장님!"

대원들의 울음이 대대 안에 울려 퍼졌다.

"대장님. 우리 대장님이 아까 하신 말씀이… 우리더러 나라를 구하라는 말씀인 거야!"

"싸우자. 우리가 일본 놈들 다 쓸어 버리자!"

"우리 황제 폐하께서 우리 군을 얼마나 애지중지 키우셨는데 군을 해산한다니 우리가 지금 이렇게 손 놓고 있으면 안 되지!"

"가자! 일본 놈들 쓸어 버리러 가자!"

대장의 자결로 군인들 안에 싸우려는 의지가 솟아나 너도 나도 일본군에 맞서 싸우기 위해 손에 무기를 들었다.

군인 하나가 큰 소리로 외치자 한마디씩 보태며 나아갔다.

"우리는 위급에 빠진 나라를 구하는 군이다! 우리 군은 끝까지 나라를 지킨다!"

"가자! 싸우러 가자!"

"우리는 대한의 군사다! 황제 폐하를 위해. 대한제국을 위해!"

"일본과 부일배 세력을 몰아내자!"

"쪽바리 개새끼들아, 오늘 니들 죽고 또 니들 죽는 줄 알아라."

"가자! 와아아아아아아아."

1대대 군의 사기가 하늘을 찌를 듯했다. 이들은 일본이 장악한 무기고 일부를 습격해 총을 나누어 가지고 남대문으로 향했다.

1대대처럼 2대대도 훈련원으로 가지 않고 있다가 1대대와 합류해서 남대문에서 일본군과 대치했다.

일본군은 대한제국군이 반항할 것에 대비해 미리 화력 좋은 기관총을 준비해 두고 있었다.

투탕탕탕탕.

탕탕탕탕탕탕.

훈련원에 모여든 군인들은 남대문 쪽에서 들려오는 총소리에 웅성거렸다. 아무것도 모르고 훈련원 안에 모여든 군인들은 겹겹이 둘러싼 일본군으로 살벌한 분위기 속에서 도검류를 반납하고 은사금(임금이나 상전이 은혜롭게 베풀어 준 돈)을 받아들였는데 일본군 측에서 황제의 조칙이라며 군대 해산 조칙을 읽어 내려가자 격분했다.

군인들이 웅성웅성 항의하는 소리가 높았다.

"이건 말도 안 됩니다!"

"황제 폐하의 명이시다. 정부 예산*이 바닥나 있어서 더 이상 군을 유지할 수가 없다."

"이것이었어? 이런 개자식들을 봤나!"

화가 난 군인들이 받아든 돈을 찢으며 일본군에게 달려들어 몸싸움이 붙어 훈련원 안이 아수라장이 되었다.

그때, 일본군이 덤벼드는 대한제국군의 머리에 총구를 겨누었다.

순간 다 함께 멈칫했지만 자신의 머리에 총구가 겨눠진 군인은 거침없이 말했다.

"오호, 직접 쏘려고 하느냐? 쏴 봐라. 어디 쏴 봐!"

일본군이 총의 방아쇠를 당기려 할 때 옆에 있던 다른 군인이 돌을 던져 총알이 다른 쪽으로 발사되고 그때 총을 쏘려던 일본군을 덮쳐 육탄전이 벌어졌다.

*대한제국에 들어와 있는 일본인 고위 관리가 2080명에 이르렀고 일본 헌병의 경찰권을 강화한다며 병력을 크게 늘렸는데 이 모든 일본인들의 급료를 대한제국 정부의 재정에서 충당했다.

같은 시각, 제1대대와 제2대대 군은 일본이 장악하고 있는 무기고를 습격해 얼마간의 무기를 가지고 남대문에서 일본군과 전투를 벌였다. 남대문 일대는 치열한 전투만큼 고막을 찢는 총성과 화약 냄새가 가득했다.

탕탕탕탕탕.

일본군과 우리 쪽에서 서로 쏘아대는 총질 소리가 사납게 들렸다.

타타타타타탕.

그때 총격전이 벌어지는 한 가운데로 사람들이 탄 전차가 들어오고 있었다.

"위험합니다. 중대장님 어떻게 하죠?"

김창환이 물었다.

"민간인을 최대한 보호하라! 전차를 멈춰라!"

"멈춰, 멈춰!"

우리 군이 전차를 멈추려 했지만 전차는 총격전이 벌어지는 쪽으로 그냥 들어오고 있었다. 그 전차를 향해 일본군이 무자비하게 총질을 해 전차 안에 있는 사람들이 위험에 처했다.

탕탕탕탕탕탕탕.

"저 개새끼들이 전차에 총질을 합니다!"

우리 측 군인들이 총을 쏠 수 없는 상황에 일본군은 전차를 향해 마구잡이로 총질을 해댔다. 전차가 겨우 멈췄지만 일본과 우리 군이 총격전을 하는 가운데에 서 버렸다. 일본군이 쏜 총에 맞아 전차 안에 사상자들이 생겨났지만 일본군의 총질이 멈추지 않아 전차 안에 타고 있던 사람들이 전차에서 내리지 못하고 두려움에 떨었다.

"전차를 엄호하라!"

"전차를 엄호하라!"

중대장의 말에 창환이 고함을 쳤다.

타타타타타탕.

탕탕탕탕탕.

우리 군이 전차를 엄호하자 안에 탔던 사람들이 두려워하며 모두 내려 흩어져 도망가고 있었다.

"전차에서 내리는 사람들을 엄호해. 엄호하라. 엄호하라!"

중대장의 고함 소리와 비명 소리가 총소리 사이로 들려왔다.

전차에서 내리던 몇 명이 총에 맞아 쓰러졌고, 머리에 흰 수건을 두른 아주머니 하나가 도망가다 일본군이 쏜 총에 등을 맞아 쓰러지자 아이가 울었다. 어느 여학생이 아이의 손을 잡고 뛰어 달아났고, 갓 쓴 아저씨·양복 입은 남성·남녀노소 모두 도망쳐 뛰어갔다. 그렇지만 일본군의 총격이 멈추지 않아 우리 쪽 군에서 이들을 방어하며 일본군을 향해 총을 쏘았다. 총알이 전차에 박히는 소리가 맑게 울렸다.

팅팅 팅팅 팅팅.

전차 안에 탄 사람들이 모두 안전한 곳으로 피해 가자 우리 군은 이제 전차를 방패 삼아 일본 쪽에 총을 쏘았다.

총격전 중에 군인 하나가 어깨에 총을 맞았다. 창환이 어깨에 총을 맞은 군인을 전차 뒤로 옮기고 앞을 향해 총을 쏘았다. 어디선가 방향이 다른 쪽에서 날아온 총알에 우리 군사들이 정통으로 맞아 쓰러지는 것을 본 창환이 여러 방향으로 고개를 돌려 총알이 날아온 쪽을 찾았다.

멀리 떨어진 높은 곳에서 일본군이 혼자 총을 쏘고 있었는데 그가 쏘는 총에 우리 군사가 쓰러지고 있었다.

창환은 일본군을 이리저리 피하며 때로 총을 쏘며 일본군에게 다가갔다. 총을 쏘던 일본군이 창환을 보았다. 일본군이 막 총을 겨눠 창환을 쏘려 했지만 창환이 한발 빨라 일본군의 총을 발로 차서 떨어뜨렸다. 총이 바닥에 떨어지자 창환과 일본군은 육탄전으로 싸우게 되었다. 그때 다른 일본군이 다가와 창환에게 총을 겨눠 위험한 상황이었지만 일본군과 창환이 엎치락뒤치락 싸우게 되자 총을 쏘지 못했다.

콰쾅 콰쾅콰쾅콰쾅.

갑자기 곁에서 폭탄이 터지며 연기에 아무것도 보이지 않았다.

얼마 후, 창환이 총을 쏘던 일본인의 목을 비틀어 죽였고, 다른 일본군이 폭탄에 죽어 쓰러져 있었다. 창환이 발을 떼려는 순간 창환의 등 뒤에 총구가 겨눠지는 것이 느껴졌다.

"이 조센징!"

창환은 이제 죽었구나 싶어 눈을 감았다.

타앙.

순간, 쓰러진 것은 일본인으로 누군가 창환에게 총을 겨눈 일본군을 쏘아 죽인 것이었다.

창환이 놀란 가슴을 쓸며 우리 군 쪽으로 가려는데 갑자기 어마어마한 수로 밀려오는 일본군이 보였다.

창환이 갑자기 두려운 생각이 들어 우리 군 쪽을 보자 우리 군은 일본 쪽에 열심히 총을 쏘며 싸우고 있었다.

무장한 일본군이 우리 군 앞에 몇 겹으로 도열하는 사이 해산식에 갔던 군인들이 1000여 명쯤 합류해서 우리 군도 수가 많아졌다.

우리 군인들은 전열을 가다듬느라 사상자를 뒤로 보내고, 총알을 채워 넣으며 준비를 했다.

투탕탕탕탕탕탕.

일본군이 기세 좋게 총을 쏘아댔다.

전차 뒤에 몸을 숨긴 우리 군 세 명이 위험해 보였다. 총을 쏘려 몸을 움직일 때마다 총알이 타타타탕 전차에 박혔다. 우리 군이 옴짝달싹 못하는 사이 전차는 벌집이 되고 있었다.

우리 군 측도 만만치 않게 총알을 쏘아대 서로 간에 맹렬한 총격전이 벌어졌다. 우리 군인 서넛이 서로 눈빛을 교환하고는 연달아 일본 쪽에 폭탄을 던졌다.

콰콰콰쾅쾅쾅.

콰콰쾅.

일본군이 많이 쓰러지고 집들이 화염에 싸이자 우리 쪽 군인들이 서로 기뻐했다. 그런데 잠시 후 연기가 가시면서 일본군이 위협적으로 보이는 기관총 두 대를 앞으로 배치하는 모습이 보였다.

또 다른 한쪽인 숭례문 성루에서도 배치되어 있던 기관총이 불을 뿜기 시작했다.

일본군이 비열한 웃음을 흘리며 기관총을 돌려대자 사나운 총성과 함께 총알이 사방으로 날아가 박혔다. 기관총에서 뿜어 내는 총알에 우리 군이 속수무책으로 여기저기서 장렬히 쓰러졌다.

사나운 기관총의 무차별 공격에 사방에 피를 튀기며 죽어가는 군인들을 안타깝게 지켜보는 안중근의 몸이 떨려 왔다.

군인들에게 명령을 내리기 위해 고함을 치는 장교, 기관총에 맞아 팔이 잘린 군인, 얼굴에 피 칠갑을 한 군인, 탄약이 떨어져 대응하지 못하는 우리 군인들의 모습이 중근의 가슴에 박혀 들어왔다.

중근이 기관총에 맞아 우리 군인들이 쓰러져 죽어 가는 이 참혹한 광경에 어찌할 바를 모르고 있을 때, 빨간색 적십자 마크가 선명한 조끼를 입은 안창호가 중근을 불렀다.

"안 선생! 안 선생!"

"예…, 예."

"이제 전투가 소강 상태인 모양이오. 부상자들을 옮깁시다."

안창호가 부르는 소리에 정신을 차린 중근은 안창호·김필순과 미국 의사 몇 명과 함께 부상자들을 들것에 실어 근대식 병원인 제중원에 옮기는 일을 도왔다.

3시간여의 치열했던 전투는 어이없게 우리 군의 탄약이 떨어지는 바람에 백병전으로 끝까지 항전했음에도 결국 일본군의 승리로 끝나고 말았다. 일본군은 우리 군이 전투를 벌일 것에 대비해 우리 군의 탄약고를 장악하고 그것으로 전투를 벌여 이길 수 있었던 것이지 일본군이 우세하고 우리 군이 부족해서가 아니었다.

아침나절 시작된 전투가 점심때가 되어 끝이 났을 때는 참혹한 광경이 차마 눈을 뜨고 볼 수 없을 지경이었다. 아직 불씨가 꺼지지 않아 마지막까지 타고 있는 집들, 여기저기 널려 있는 시체들과 부상자들이 매캐한 화약 냄새 속에서 조금 전에 있었던 치열한 전투의 현장을 증언하고 있었다.

일본군은 이제 여기저기 숨어 있는 군인들을 색출하니 그 포로로 잡힌 수가 500여 명이 넘었다.

군인들의 항전이 있은 후, 그동안 계몽운동으로 일관해왔던 '대한자강회' 또한 황제의 강제 퇴위·정미 7조약과 군대해산 등으로 나라가 위급에 처하자 국채보상운동에 이어 격렬하게 광무황제 퇴위 반대 시위를 주도해 나갔다. 일진회의 방해 공작과 통감부의 감시에 실패를 거듭하던 대한자강회의 애국 운동은 결국 1907년 8월 이완용 내각의 지시에 따라 강제로 해산당하는 것으로 종지부를 찍고 말았다. 이후 대한자강회를 이끌었던 대부분의 애국지사들은 일본의 강제 해산에도 뜻을 굽히지 않고 비밀조직인 신민회와 대한협회에 가입해 비밀리에 애국 운동을 이어 나갔다.

술시가 지났을 무렵, 의친왕 이강이 함녕전에 유폐되어 있는 광무황제를 배알했다. 의친왕은 울분을 참아 가며 광무황제에게 낮에 있었던 일본군과 한국군 사이의 전투에 대해 전했다.

"아바마마, 더 이상 눈뜨고 지켜볼 수가 없나이다…."

"짐의 군을 저들이 마음대로 해산하였더란 말이냐! 이 일을 이제 어떻게 한단 말이냐?"

"아바마마, 소자가 어찌해야 하옵니까? 이를 그냥 지켜봐야만 하는 것이옵나이까?"

의친왕 이강이 아버지 광무황제 앞에 엎드려 울분을 참지 못해 울음을 토해 냈다.

"강아, 잘 듣거라."

한동안 아들의 등을 쓸어내리며 아무 말을 하지 않던 황제가 입을 열었다.

"이제 평화적인 방법으로는 안 된다. 네 형인 황제나 나는 전혀 겉으로 드러나는 행동을 할 수가 없다. 모든 것을 국제법적 조약으로 묶어 놓았기 때문에 비밀리에 움직일 수밖에 없구나. 이제 나와 황제를 대신해 네가 움직여 줘야 한다."

"소자 너무나 잘 알고 있사옵나이다."

의친왕이 눈물이 가득한 눈을 들어 광무황제를 보았다.

"그래 그래야지. 그리고 항상 저들이 너를 감시하고 있다는 것을 잊어선 아니 된다. 그러니 각별히 몸조심 하거라!"

"명심하고 있나이다. 지금도 제 뒤를 밟는 세작이 족히 서넛은 되는 듯하였나이다. 소자, 요즘 기방 출입을 하는 방법으로 저들의 눈을 따돌리고 있나이다. 그러니 염려 놓으소서!"

광무황제에게는 융희황제와 의친왕에 이어 10살 난 영친왕이 있었는데 융희황제가 후사가 없자 그 뒤를 이을 황태자로 나이 어린 영친왕을 삼았다. 순서로 친다면 의친왕이 융희황제의 뒤를 잇는 것이 당연했지만 이완용과 이토 히로부미는 의친왕보다는 나이 어린 영친왕이 자신들의 말을 순순히 들을 거란 생각에 영친왕을 적극 지지했다. 결국 의친왕을 밀어내고 영친왕이 융희황제의 뒤를 이을 황태자가 되었다.

"강아."

광무황제가 은근한 목소리로 평상시와 다르게 의친왕의 아명을 불렀다.

"예, 아바마마."

"은을 황태자로 삼은 것에 대해 서운해 하지 말거라."

광무황제가 의친왕을 그윽하게 바라보며 말했다.

"소자가 어찌 아바마마의 결정에 서운한 마음을 갖겠나이까?"

"내가 은을 황태자로 삼는 것을 윤허한 것은 다른 뜻이 있어서였느니라. 황태자가 미령하고 은은 아직 어려 저들에게 위협적인 존재가 못 되기 때문에 저들이 마음을 놓을 것이다. 허나 네가 황태자가 된다면 그땐 다르다. 지금처럼 세작 서넛이 너를 따르는 것이 아니라, 너의 모든 것이 감시의 대상이 될 것이다. 내가 지금 믿을 사람이라곤 너뿐이구나. 강아, 네가 무너져 가는 500년 종묘사직을 일으켜야 한다."

"소자, 이미 아바마마의 뜻을 알고 있나이다. 대한제국을 위해 저는 황태자가 아니어도 왕자가 아니어도 괜찮나이다. 소자는 그저 아바마마의 뜻에 따라 대한제국을 일으키는 데 보잘것없는 저의 힘이나마 보태고 싶을 따름이옵나이다."

"그래 그래, 강아, 이런 때에 네가 있어 다행이구나."

그때 내관이 황급히 밀서를 품고 와 광무황제에게 전했고, 황제가 오얏꽃 황실 문양과 성충보좌가 새겨진 밀봉 서류를 뜯었다. 흰 종이에 아무것도 쓰여 있지 않았으나 곧 광무황제가 불에 종이를 가까이 갖다 대자 불빛에 쬐인 부분이 글자로 나타났다. 밀서를 읽는 광무황제의 용안이 점점 어두워져 갔다.

"태우라."

내관이 몸을 숙여 광무황제에게서 서류를 건네받아 한쪽에서 불을 붙여 태우자 일순 밝게 빛나다 이내 사그라들었다.

내관이 다시 광무황제 옆으로 돌아와 읍하고 섰다.

다시 황제의 옥음이 들린 것은 얼마간의 시간이 흐른 뒤였다.

"안중근을 들이라!"

"예, 폐하."

대한제국을 구하라

 황해도 해주에서 태어난 안중근은 가슴과 배에 7개의 점이 있어 북두칠성의 기운에 응하여 태어났다 해서 아명이 응칠이다. 가문은 5대조 안기옥 대부터 조부 안인수 대까지 무과 급제자만 7명이 나올 정도로 명망 있는 무반 가문이었다.

 그러다가 진해 현감이었던 조부가 미곡상 경영으로 황해도에서 두세 번째를 다투는 부자가 되었고, 선동이라 불렸던 진사 벼슬의 아버지 안태훈에게 배워 중근은 어려서부터 한학과 무술에 뛰어났다.

 15살에 이미 포수들 사이에서 백발백중의 명사수 소리를 들은 중근은 1905년 을사조약이 체결되는 것을 보고 1906년 상점을 팔아 삼흥학교와 돈의학교*를 세워 구국 영재를 기르고자 민족 교육에 힘썼다.

---

*안중근 3형제가 부친의 유지를 받들어 진남포에 삼흥학교를 세웠고 진남포 천주교에서 운영하던 돈의학교도 인수하여 구국영재 교육기관으로 만들었다. 삼흥학교와 돈의학교는 명문 학교로 번창하여 평안남·북도와 황해도 3도의 공·사립학교 연합수능대회를 개최했을 때 60여 학교에서 5000여 명이 한자리에 모여 학과 연합경기를 벌였는데 삼흥학교와 돈의학교가 1위의 압도적 성적을 냈다. 중근은 거기서 멈추지 않고 대학 설립을 계획하기도 했다.

또, 서우학회에 가입해 민족 운동을 주도하는 사회적인 명사였던 안창호·이동휘·김종한과 사귀었다. 자신보다 한 살 많은 안창호의 연설을 듣고 감명받아 수차례 함께 배일 연설을 하기도 했고, 국채보상운동이 일어났을 때는 국채보상기성회의 관서지부장의 책임을 맡아 아내 아려에게 장신구 전부를 헌납케 하며 재산을 내놓았다.

그런 중근이 평양에 있을 때, 나라의 위급함을 듣고 급히 한성에 들어와 있다가 일본군과 대한제국군이 벌인 전투를 보게 된 것이었다.

중근은 그날 밤, 낮에 있었던 일들이 떠올라 심란함에 잠을 이루지 못했다. 그날 있었던 교전으로 남상덕 등 78명이 죽고 100여 명의 부상자가 났으며 500여 명 이상이 포박되었다.

피비린내가 진동했고, 팔다리가 잘리고 부러진 사람들 속을 뛰어다닐 때는 오랜 포수 생활로 몸에 밴 동물적 감각이 중근의 몸을 움직였지만 잠자리에 누운 중근은 낮에 보았던 그 참상이 머릿속에 떠올라 잠을 이루지 못했다. 그때 중근의 예민한 귀에 무술을 익힌 사람들의 발자국 소리가 들려왔다.

'도대체 누가? 왜? 나를?'

중근이 소리 없이 몸을 일으켜 벽에 몸을 밀착시키고 늘 지니고 있던 권총을 들었다. 가만가만히 들으니 중근이 있는 집을 에워싼 듯싶었다. 명사수 중근이지만 도무지 몇 명인지 알 수 없었다. 중근은 뒷문으로 도망을 치는 것이 상책 일 듯싶어 뒷문 쪽으로 몸을 움직여 문을 열고 담장을 넘었다. 얼마쯤 벗어났을 때, 앞에 한 사내가 서 있어 중근은 흠칫 놀랐다.

"황제 폐하께옵서 모셔오라고 하셨습니다."

뜬금없는 사내의 목소리가 청명한 밤하늘에 울렸다.

"황제 폐하라면…."

"쉿!"

중근이 놀라서 큰 소리를 내자 사내가 말렸다.

"따르시지요."

중근을 앞서 걷는 사내가 손으로 휘파람을 불었다. 필시 중근의 집을 에워싼 자들에게 보내는 신호일 터였다.

사사사사사사삭.

민첩하게 움직이는 발소리가 바람소리처럼 들려왔다.

중근은 폐하의 부름이라는 말에 순한 양이 된 듯 사내의 뒤를 따랐다. 보이지는 않았지만 멀찍이서 사내와 중근을 따르는 발자국 소리가 가늘게 들렸다.

사내는 경운궁의 높은 담장 사이에 가려진 통로를 통해 중근을 궁 안에 들였다.

중근의 머릿속은 뒤엉켜 갔다.

'황제 폐하께서 나를 어찌 아시고 부르셨단 말인가?'

궁금증이 더 이상 뻗어나가기 어려운 상황이 되었을 때쯤 사내가 데리고 간 곳은 황제가 있는 함녕전이었다.

"알리시게."

사내의 말에 읍하고 서 있던 내관이 안에 고했다.

"안중근, 들었사옵나이다."

"들라."

깊은 밤, 황제의 옥음이 밖으로 새어 나왔다.

이전까지 멀쩡하던 중근의 몸이 떨려오기 시작했다. 중근은 황제를 알현할 때의 법도를 알지 못해 사내를 따라 안으로 들어가 고개를 숙이며 부복했다.

"진사 안태훈의 장남 중근이옵나이다."

사내가 중근을 황제에게 소개해 올렸다.

이윽고, 옥좌에 좌정해 있던 황제의 옥음이 들렸다.

"고개를 들거라."

"…."

"고개를 들라 하오신다."

읍해 있던 내관의 목소리를 듣고 나서야 중근은 천천히 고개를 들어 광무황제의 푸근한 용안을 뵈었다. 죽는 순간까지 하늘처럼 우러를 황제의 용안이었다.

황제와 시선이 마주쳤을 때 중근은 황급히 고개를 숙였다.

"영민해 보이는구나."

"황공하옵나이다."

"제국의 형세가 날로 위급하다."

광무황제가 몸을 일으켰다.

그날 밤, 광무황제와 28세 안중근의 역사적인 만남은 그렇게 비밀리에 진행되었다.

"과인이 오늘 특별히 경을 부른 까닭은 나라가 위급한 때를 지나 이름마저도 보존할 수 없을 지경에 이르렀으니 이것을 타개하기 위함이라."

"망극하옵나이다."

"대한제국을 위해 일해 주겠느냐?"

"폐하, 성은이 망극하옵나이다."

"가비를 들라."

황제는 안중근과 가비를 앞에 두고 긴 이야기를 시작했다.

이미 밀사들로부터 입수된 정보로 중근에 대해서 소상히 알고 있는 황제였다. 황제의 이야기를 듣고 있노라니 중근은 실로 놀라울 따름이었다.

"이제 더는 이 나라 안에서 대한제국을 구하기가 어렵게 되었다."

"폐하, 망극하옵나이다."

"눈물을 거두라. 그대가 해야 할 일이 있다."

"어떤 일이든 하겠사옵나이다."

"그대를 대한의군 참모중장에 임명하고자 한다."

"폐하, 제가 어찌 그 큰 소임을 감당하겠나이까?"

"갑오년의 일을 기억하느냐?"

황제의 질문에 중근의 머릿속에 갑오년 겨울, 원용일의 동학군과의 치열했던 결전이 생생히 떠올랐다.

당시 중근은 갓 혼례를 올린 열여섯 살의 소년이었다. 한겨울 매서운 추위 속에 갑자기 동풍이 불어 큰비가 쏟아졌고, 동학군의 갑옷이 젖어 추위를 견디지 못해 마을에서 십 리쯤 떨어진 곳으로 물러나 진을 친 날이었다.

그때 아버지 안태훈은 이만 명을 상대로 고작 70명 뿐인 군사들을 엄숙하게 바라보며 명령을 내렸다.

"이대로 내일까지 기다리면 우리는 완전히 포위될 것이다. 우리는 수가 적어 저들을 감당할 수 없으니, 오늘 밤 우리가 먼저 나가 기습 공격을 하는 것이 유일한 살길이다."

안태훈은 정예병 마흔 명을 뽑아 전투에 나서게 하고, 나머지 서른 명에게는 본진을 수비하게 했다. 중근은 정탐독립대 일곱 명 중 하나로 선발되어 적진 근처로 잠입했다.

숲속에 엎드려 살피니, 동학군 진영의 불빛은 대낮같이 밝지만 깃발이 어지럽게 휘날리고 소란스러웠다. 기강은 무너지고 없었다.

"지금이 기회입니다. 당장 기습하면 승리를 거둘 수 있습니다."

그러나 정탐대원들은 망설였다.

"우리 7명으로 저 많은 저들을 상대할 수 있겠느냐?"

"적을 알고 나를 알면 백 번 싸워도 지지 않습니다. 저들은 오합지졸에 불과합니다. 우리가 힘을 합쳐 기습하면 반드시 무너뜨릴 수 있습니다. 날이 밝기 전에 공격해야 합니다. 제가 작전을 짜겠습니다."

중근의 자신 있는 말에 대원들은 용기를 얻었고, 곧 작전이 실행됐다. 동학 지휘부를 향한 갑작스러운 총성은 벼락처럼 울렸고, 동학군은 혼비백산하여 도망치기 바빴다. 그러나 시간이 흐르자 전세가 불리해졌다. 사방이 포위된 정탐대원들은 죽음을 각오하고 결전을 치렀지만 살길이 보이지 않아 절망하고 있을 때였다.

"중근아, 아버지가 왔다!"

안태훈이 이끄는 지원군이 후방 한쪽으로 돌진해 공격해 오고 있었다. 죽음의 무턱까지 갔던 정탐대원들이 울며 기뻐한 것은 물론, 안태훈의 지원군은 곧 전장을 장악했고, 두 부대의 합세로 동학군은 크게 무너져 달아났다. 그날의 승리는 중근에게 깊이 각인되어 있었다.

안중근은 그날의 기억을 떠올리며 황제를 바라보았다.

"위태로운 대한제국을 구하라."

황제의 용안을 살피니 가히 자신에게 주어진 임무의 무게를 짐작할 수 있었다.

"황공하옵나이다, 폐하. 이 몸 기꺼이 대한제국을 위해 죽겠사옵나이다."

새벽 여명이 밝아 오고 있었다. 밤사이 중근은 사나이 대장부로서 몸 안에 불덩이가 이는 듯, 형용할 수 없는 무언가가 자신을 휘감아 오는 것을 느꼈다.
"묵과 종이를 들이라."
황제의 윤음에 읍하고 섰던 내관이 종이와 묵을 들였다. 황제가 붓을 들어 글자를 써 내려가는 것을 중근이 숨죽여 지켜보았다.

'대한의군 참모중장. 안중근.'

중근의 가슴이 떨려 왔다.
"과인이 비록 비밀리에 행하는 것이지만 경을 대한의군 참모중장에 임명한다. 곧바로 연해주로 가서 군을 지휘하라. 그리고 서둘러 국경을 넘어 한성으로 진격해 오라!"
황제의 윤음은 태산을 움직일 듯 중근의 가슴에 들어와 박혔다.
"성은이… 성은이 망극하옵나이다."
중근이 바닥에 엎드려 황제께 큰절을 올렸다.

한편, 이강년과 김상태가 이끄는 의병 부대는 7월 제천에서 일본군과 교전한 것을 비롯해 싸릿재·죽령·고리평·백자동에서 큰 전과를 올렸다.
일본에 의해 강제로 해산된 군인들은 의병 부대에 동참해 일본군과 맞서 싸웠다. 의병에 합류한 해산 군인들은 정식으로 군사훈련을 받은 사람들이었기 때문에 의병 부대들이 전투력과 기동성을 갖추게 되어 곳곳에서 치열한 전투를 벌였다. 또, 의병들은 일본인 농장이나 우편취급소·금융조합·헌병 보조원·순사·세무관 등을 공격함으로써 일본 통치를 중단시키고자 했다.

8월, 일본은 제천이 의병들의 총사령부 격이라며 제천으로 쳐들어갔는데, 이강년의 휘하 의병들이 보기 좋게 왜병들을 섬멸했다. 이강년이 이끄는 의병 부대는 제천 지리에 밝아 전투에서 유리한 고지를 점령했고 엄격한 군율로 지방민들의 절대적인 지지를 받고 있던 터라 일본군이 가장 두려워 한 의병 부대였다.

이강년의 부대에 연속으로 패하기만 한 일본군은 이강년부대가 빠져나간 제천 마을에 대규모로 다시 쳐들어가 민간인들에게 그 보복을 가했다. 민가를 불태우고 일반 백성들을 작두와 총칼로 처형하는 등 도륙을 자행하고는 제천 시가지를 완전히 불태워 버리는 만행을 저질렀다. 1907년 8월23일의 일이다.

취재하던 영국 데일리지의 매켄지 특파원은 긴급히 기사 원고와 불바다로 변한 제천시의 사진을 보낸다.

"오늘 제천시는 세계 지도에서 사라졌다. 그리고 항아리 하나 남지 않았다."

한동이 이강년의 명으로 일본군을 정탐하러 마을에 왔다가 이 참혹한 광경에 부르르 몸을 떨었다.

한동이 의병들에게 주먹밥이며 김치를 갖다 주던 영수네와 순덕이네 식구를 찾았지만 시름에 빠진 마을 사람들 틈에서 이들을 찾을 수가 없었다.

"이보시오. 남산 초입에 사는 영수네를 못 보셨소?"

"영수 아버지·어머니가 의병을 도왔다는 이유로 총살당했다네. 의병을 도운 집들은 그렇게 죽임을 당했다네."

"아아…, 죄송합니다."

한동의 볼을 타고 뜨거운 눈물이 쏟아졌다.

"죄송합니다…."

"의병들 잘못이 아니네. 이보게 우리 마을 사람들은 의병들을 도운 걸 후회하지 않네."

한동의 주변으로 마을 사람들이 모여들어 도리어 눈물로 한동을 위로했다.

"울지 마시게."

한동이 울고 마을 사람들이 울어 소리 없이 눈물바다를 이루었다. 더는 눈물이 나올 것 같지 않았던 마을 사람들이 의병인 한동을 보자 참았던 눈물이 다시 터진 것이었다.

"꼭 저들을 물리쳐 주시게. 저들은 사람이 아니라네. 저들은 악귀같이 마을 사람들의 목을 작두로 자르면서도 웃더구만. 제발 저들로부터 우리를 지켜 주시게나."

"우린 이제 빗자루 하나 남지 않은 이곳에서 살 수가 없으니 떠나야 하네. 또 언제 일본 놈들이 다시 쳐들어올지도 모르고."

"아이고, 아이고, 살아서 다시 제천 땅 밟을 수 있으려나, 아이고. 젊은 사람 살려 주시고 나 같은 늙은이나 데려가시지, 아이고."

한동이 두 주먹을 불끈 쥐며 다짐하듯 말했다.

"꼬옥 저들을 우리 땅에서 몰아내겠습니다!"

"부탁하네."

마을 사람들이 한동의 손을 잡고 애원했다.

일본이 의병 부대에 패해 민간 마을에 가한 보복은 그 잔인하기가 이루 말할 수 없었다. 하루아침에 가족과 이웃·삶의 터전을 잃고 남은 거라고 목숨뿐이었다. 이들이 택할 수 있는 건 그저 마을을 떠나는 것뿐이었다.

"아이고, 아이고."

울다 울다 눈물조차 말라 버린 마을 사람들은 일본군이 다시 오지 않을까 마음을 졸이며 떠나갔다.

한동이 이강년과 김상태에게 제천 마을에 대한 보고를 하자 이강년과 김상태가 이를 갈며 격분했다.

"이 갈아 마셔도 시원치 않을 놈들! 내 이놈들을!"

"어찌 민간인을 그토록 잔인하게 죽인답니까?"

"우리는 그들의 죽음을 헛되게 만들어선 안 된다! 기필코 일본군을 섬멸해 그들의 마음에 보답해야 하는 것이다!"

황제의 명으로 망명길에 오른 중근은 부산을 거쳐 원산을 지나 블라디보스토크로 가는 동안 황제와의 독대를 생각했다.

"블라디보스토크 등지에 대한제국인 백만여 명이 살고 있으니 그곳을 거점으로 잡아서 군을 통솔해 국내 진공 작전을 펼치도록 하라."

무겁고도 무거운 황제의 명에 중근은 기꺼이 자신의 황제와 대한제국을 위해 목숨 바쳐 일하겠노라 굳게 결심했다.

연해주에 도착한 중근은 먼저 북간도 관리사 이범윤을 만났다. 이범윤은 그동안 황제의 명으로 그곳에 뜻있는 지사들을 모아 의병을 준비 중에 있던 터라 황제가 보낸 안중근을 반갑게 맞았다.

안중근과 이범윤은 황제의 자금*으로 1907년 11월 전재덕·김영선·김모·엄인섭 등과 국외의 첫 의병 부대인 대한의군을 창설했다. 총대장을 맡은 이범윤이 나이 오십이 넘었던 터라 중근이 실질적으로 의병 부대의 지휘를 맡았고, 이범윤은 한인들에게 국내 소식을 전할 수 있는 한글 신문을 발간하는 일에 착수했다.

또, 국내에선 이완용이 이토 히로부미와 함께 황태자가 된 영친왕을 일본에 볼모로 데려가기 위한 계략을 진행시키기에 이르렀다. 이토 히로부미의 주장은 이은 황태자가 영민하니 일찌감치 신학문을 배워야 한다는 것이었다. 여기에 모든 실권을 휘두르고 있는 국내의 실세 이완용이 합세하니, 광무황제의 반대에도 결국 이토 히로부미의 뜻대로 통

*쌀 10만 석을 살 수 있는 금액

감 이토 히로부미가 태자태사, 총리대신 이완용이 태자소사에 임명되어 영친왕 이은의 일본 유학이 진행되었다.

이렇게 해서 12월 주권을 빼앗긴 힘 없는 나라의 어린 황태자 영친왕은 이토 히로부미의 손에 이끌려 일본에 볼모로 가게 되었다.

러시아에 의병 부대가 창설된 것에 발맞추어 해를 넘긴 1908년 국내에서도 48개의 의병 부대를 연합해 '13도 창의군'을 만들어 서울 진공 작전을 펼칠 준비를 갖추었다. 이에 국내 각지에 흩어진 의병들을 모으니 그 수가 도합 만여 명에 이르러 이인영을 총대장으로 삼고, 허위는 병술과 전략이 뛰어나 군사장(작전참모)이 되었다.

이강년과 김상태도 '13도 창의군'에 합류해 대대적인 서울진공 작전에 참여했다.

허위의 작전계획에 따라 각 의병대는 일본군의 포위망을 뚫기 위해 분산하여 서울로 향하되 같은 날 동대문 밖에 집결하기로 약속되어 있었다.

이리하여 허위는 몸소 결사대 삼백 명을 인솔해 서울 성문 밖 30리 지점에 이르렀고, 이어서 다른 부대가 뒤따라 도착했다. 그러나 이 작전은 〈대한매일신보〉 같은 신문들이 앞다투어 대서특필하는 바람에 일본은 양주에서 내려오는 의병의 진로를 차단하는 한편 한강의 선박 운항을 일절 금지하고, 동대문에 기관총을 설치하기까지 했다.

삼엄한 경계에도 허위의 선착 부대는 세검정을 거쳐 자하문 밖에 이르렀는데 후속부대가 도착하기 전에 일본군의 기습을 받아 패하고 말았다. 또 총대장 이인영이 부친의 부음을 듣고 뒷일을 허위에게 맡기고 귀향하니 의병의 주력 부대는 흩어져 물러서게 되었다.

의병들의 서울 진공 작전이 성공하기를 바랐던 이회영은 거사가 실패로 돌아가자 비밀리에 이상설을 만나러 만주로 떠났다.
이상설에게 운영을 맡긴 서전서숙은 이상설이 헤이그로 떠나게 되자 여준에게 맡겼지만, 일본의 간섭과 자금난으로 1907년 10월 문을 닫을 수밖에 없었다.
"이보게 보재, 잘 있었는가?"
회영이 이상설의 집 사립문 가에서 이상설을 불렀다.
"아니, 이게 누구신가? 이 먼 곳까지 어떻게 왔는가?"
이상설이 이회영을 반갑게 맞았다.
"하하하, 내가 자넬 만나러 산 넘어 물 건너 왔네."
낯빛이 뽀얀 회영이 밝게 웃으며 농을 건네자 뒤에 섰던 마 서방이 얼굴을 내밀며 말했다.
"지가 모셔왔구먼유."
"하하하, 마 서방이 또 고생을 하였구먼."
세 사람은 방 안에 들어 이야기를 이어 갔다.
"폐하의 명으로 망명한 안중근과 간도 관리사 이범윤·최재형이 작년에 연추에 대한의군을 창설했네."

"대한의군에 대해 나도 들었네."

"국내 군이 일본에 의해 강제로 해체되지 않았나? 폐하께서 일본과 이제 진짜 전쟁을 준비하고 계시다네. 그래서 내가 그 명을 받들고 온 것이라네."

"안 그래도 내가 연추로 가 자세한 사항을 들으려고 했었네. 그럼 〈해조신문〉이 발행된 것도 모두 폐하의 뜻이었구먼."

"맞네. 국내의 모든 상황이 막혀 있어. 폐하께서 국외에 있는 한인들을 움직이려 하시는 것이라네. 내 그 문제로 왔네. 자네의 힘이 필요하네. 자네가 다시 한번 폐하를 도와주시게."

"그야 당연하지 않은가?"

"자네라면 그리할 줄 알았네. 작년에 국내에선 지사들이 뜻을 모아 신민회를 발족했네."

"신민회? 못 들어 보았네."

"이제 일본의 감시가 더 심해져 이번엔 비밀리에 만들었네. 회원이 800명 정도 된다네. 그동안 여기저기 뿔뿔이 흩어져서 각기 따로 움직이던 지사들이 하나로 뜻을 모은 것이지. 부일배 세력이 들끓는 정부가 아닌 신민회를 중심으로 폐하와 함께 국가를 재건하려는 것이라네. 교육 구국운동, 계몽 강연·학회 운동, 잡지·서적 출판 운동, 민족산업 진흥 운동, 청년 운동, 무관학교 설립과 독립군 기지 창건 운동을 할 걸세. 국내외에서 힘을 합친다면 제아무리 일본이 강하다 해도 우리를 꺾지 못할 걸세."

"듣던 중 반가운 소식이네."

"여기는 어떤가?"

"여기는 연추 쪽과 연락하기도 용이하고 한인들이 많이 살고 있어 적격이네. 문을 닫은 서전서숙의 뒤를 이어 용정시 명동촌에 명동서숙이 신학문을 가르치고 있는데 신학문을 가르칠 학교를 더 세워야 하네."

"역시 자넬세."

"어차피 나는 국내에 들어가게 되면 사형을 당할 몸 아닌가? 국외에서 국내를 지원할 지원병을 키우겠네."

"자네가 이처럼 국외 활동을 하고, 국내는 내가 맡겠네."

"대찬성이네."

보재 이상설과 우당 이회영은 뜨겁게 손을 맞잡고 앞으로의 일을 의논했다.

한편, 국내의 의병을 이끌고 있는 이강년과 김상태는 서울진공 작전에 합류했다가 다시 2월 용소동 전투·갈기동 전투 또 3월에는 백담사 전투, 4월에는 안동 서벽 전투 등 강원도 충청도·경상북도를 오가며 그 일대의 일본군을 닥치는 대로 무찔렀다.

그러다가 6월 청풍·장성에서 벌어진 결전에서 이강년 대장이 일본군이 쏜 총에 발목을 맞는 사건이 생겼다.

"으윽!"

이강년의 발목에서 선홍색 붉은 피가 뿜어져 나왔다.

"형님! 형님!"

여기저기서 대포가 터지고 총알이 쏟아지는 가운데 김상태와 마한동이 이강년에게 달려왔다.

"형님 괜찮으슈?"

김상태의 눈에 이미 눈물이 차올랐다.

"괜찮다. 나는 괜찮으니 아우가 이 의병들을 이끌도록 해라!"

"아니우, 형님. 어서 내 등에 업히슈."

김상태가 이강년에게 등을 내밀었다.

"백우, 네가 지금 이 형을 욕보이고자 함이더냐! 난 이미 걸을 수 없으니 아우가 의병들을 독려해 어서 이 산을 빠져나가거라! 한동이는 뭐하고 있느냐? 어서 부대장을 데리고 가지 않고!"

이강년은 발목의 총상에도 불구하고 흔들림 없는 목소리로 추상같이 명했다.

"형님, 그래도…."

"어서!"

산 밑에서 이미 일본군이 까맣게 가까이 다가오는 것이 보였다.

"어서 가시지요. 일본군이 몰려오고 있습니다."

한동이 소매로 눈물을 훔치며 김상태를 잡아끌었다.

"형님, 내 꼭 이길 것이우."

말을 마친 김상태가 앞으로 달려 나가며 외쳤다.

"퇴각하라! 퇴각하라!"

이강년이 멀어져 가는 김상태와 한동의 뒷모습을 보며 옷을 찢어 상처를 동여매다가 일본군에 붙잡혔다.

"잡았다!" "의병대장을 잡았다!"

일본군은 그동안 자신들을 그토록 물 먹였던 의병대장 이강년을 잡았다며 환호했다. 그동안 이강년을 잡겠다고 눈에 불을 켰던 일본군이었다.

이강년과 풍찬노숙을 함께하며 의형제를 맺은 김상태는 이강년이 서울의 일본군 헌병사령부로 압송되어 가는 모습에 눈물을 뚝뚝 흘렸다.

"형님, 형님."

김상태가 이강년의 호송 행렬을 따르려 했다.

"이거 놔라! 내가 형님께 가 봐야 한다! 일본 놈들이 형님을 그냥 두겠느냐?"

"안 됩니다. 대장님께서 잡히신 마당에 부대장님께서 이러시면 저희 의병들은 모두 어떻게 합니까?"

"형님을 이대로 저들 손에 돌아가시게 둘 수는 없다. 놔라!"

"대장님께서 원하시지 않으실 겁니다."

한동이 사력을 다해 김상태의 허리를 안고 놓아 주지 않았다.

"우리 형님 이대로 잡혀 가시면 죽음을 면치 못하실 것이다. 이거 놓으란 말이다."

"부대장님까지 저들에게 잡히는 날이면 우리 의병들은 다 죽은 목숨입니다. 제발 이러지 마십시오."

한동이 울며 말렸다.

"제발, 힘을 내셔야 합니다."

김상태가 맥없이 자리에 주저앉아 말했다.

"내가 우리 형님과 한날한시에 죽자고 의형제를 맺었건만 이렇게 생이별을 해야 하니 가슴이 찢어진다."

김상태의 눈과 한동의 눈에서 굵은 눈물방울이 쉼 없이 흘러내렸다.

"우리가 대장님의 몫까지 싸워야 하지 않겠습니까? 이러다가 김 대장님마저 일본군에 붙잡히면 우리 의병들은 어찌 됩니까?"

"내 형님의 몫까지 일본놈들의 뿌리를 뽑겠소!"

김상태가 멀어져 가는 이강년의 호송부대를 보며 다짐했다.

한편 1908년 3월23일 미국 샌프란시스코 여객선 선착장에서 대한제국 고문으로 일본의 앞잡이 노릇을 하던 스티븐슨이 총상을 입는 사건이 생겼다.

이 일이 있기 3일 전인 3월20일, 스티븐슨은 신문기사 '일본의 한국 지배는 한국에게 유익하다(Japan's Control, A Benefit to Corea)'라는 제목의 왜곡된 친일 성명서를 발표했다. 스티븐슨 고문은 그동안 1905년 을사늑약과 1907년 정미7조약 등 대한제국 식민지화 조약을 체결하게 하는 데 공헌한 일제의 앞잡이였다.

그런 스티븐슨의 이 같은 망언에 대해 우국 망명자 중심의 공립협회와 대동보국회의 정재관·최정익·문양목·이학현 등이 스티븐슨을 찾아가 정정을 요구했다. 그렇지만 스티븐슨은 망언을 쏟아 냈다.

"대한제국에는 이완용 같은 충신이 있고 이토 같은 통감이 있으니 큰 행복이요, 동양에 대행이다. 내가 그 나라 형편을 보니 광무황제께서 실덕이 태심하고 완고당들이 백성의 재산을 강도질하고 백성이 어리석어 독립할 자격이 없으니 일본서 빼앗지 아니하면 벌써 러시아에 빼앗겼을 터이다."

이를 듣고 있던 정재관 등이 울분을 참지 못하고 스티븐슨을 폭행한 일이 있었다.

이 후에도 스티븐슨이 망언을 멈추지 않자 공립협회와 대동보국회에서는 그런 간적을 살려 보낼 수 없다는 분위기가 팽배했고, 스티븐슨은 위험에서 벗어나기 위해 급히 서울을 빠져나가 23일 오전 9시30분 오클랜드 부두에 도착했다.

스티븐슨이 막 페리 빌딩에 들어가려는데 전명운이 스티븐슨을 향해 권총을 쏘았다. 그런데 애석하게도 실탄이 총열과 맞지 않아 불발하고 말아 다급한 전명운이 스티븐슨과 육탄전을 벌였다.

"너는 무엇 때문에 우리 원수인 일본을 도우며 우리를 핍박하느냐!"

그때였다.

탕, 탕, 탕.

세 발의 총성이 울리며 어깨에 불이 붙은 듯 뜨겁게 타들어 가는 고통이 정명운을 엄습해왔다. 장인환이 스티븐슨을 암살하기 위해 왔다가 육탄전을 벌이고 있는 스티븐슨을 향해 총을 쏘았는데, 그중 첫 발이 전명운의 어깨를 관통했던 것이다.

장인환이 쏜 총은 전명운의 어깨에 관통상을 입히고 스티븐스의 등과 허파, 그리고 허리를 뚫어 스티븐슨에게 치명상을 입혔다. 그렇게 미국인으로 부일배였던 스티븐슨은 전명운 의사와 장인환 의사의 의거로 응급수술을 받았지만 이틀 뒤 사망에 이르렀다.

두 의사는 경찰에 체포되어 공판을 받게 되었는데 공립협회와 대동보국회에서 공판에 대비해 최유섭·문양목·정재관·리일·김영일·리용하·백일규 등 7인을 판사 전담위원으로 선임하고 의연금을 모금했다. 그 모금은 멕시코와 멀리 국내·연해주·만주·중국·일본 등 각지 동포 사회에서 응원하며 보내와 액수가 7390달러에 달했으니 이로써 배일 정서가 얼마나 팽배해 있었는지를 알 수 있다.

두 의사의 재판은 모든 한인의 촉각을 집중시켰고, 재판 과정 자체가 계속해서 한인 사회에 큰 파문을 일으켰다. 이에 애국지사들은 이 공판 투쟁을 통해 일제의 대한제국 침략을 통절히 규탄하고 나아가 국내외를 통한 국권 회복 운동의 한 전기로 삼으려 했다.

두 의사의 의거로 결속된 한인 사회는 두 의사의 무죄 판결을 위해 백방으로 노력했고, 일본과 스티븐슨의 유족은 살인범으로 사형을 받게 하려고 진력을 다했다. 경찰서 심문 때 양삼주 목사가 이들의 통역을 담당하다가 로스앤젤레스에서 수학 중인 신흥우를 초청해 통역을 맡겼다.

일본 측은 거액을 주고 특별 변호사 나이트를 고용해 헨리 검사를 돕게 하는 한편, 그들 통감부 치하의 침략 정책을 합리화하는 각종 자료를 모아 샌프란시스코에 있는 그들의 영사관에 급송해 재판을 유리하게 이끌도록 했다.

일본의 움직임으로 두 의사의 재판은 처음 샌프란시스코 경찰 법원에서 시작됐지만 '살인 중죄인'으로 상등 법원으로 옮겨졌다.

공판에서 검사와 일제 측이 고용한 변호사는 '일등 살인범'으로 몰아 처형을 주장했고, 그 주장을 입증하기 위해 페어몬트 호텔의 고용원·스티븐슨의 수술을 담당한 의사·두 의사를 호송한 경찰관 등 수십 명에 달하는 증인을 출석시켰다. 또 변호사는 "스티븐슨은 미개한 대한제국에서 안전하게 그 직분을 다하고 귀국한 후 이들 흉한에게 피격당해 쓰러졌다"라며 피고의 중죄를 주장하고 처형을 강박했다.

총상 치료가 끝난 전명운 의사는 한인들의 도움으로 목격자가 없어 총상을 입은 피해자라고 변호해 무죄판결을 받았지만, 장인환 의사는 긴 법정 공방에 들어갔다. 그리고 무죄판결을 받은 전명운은 연해주로 향해 이후에도 일본에 대한 항일운동을 멈추지 않았다.

광무황제의 명을 받들고 있는 안중근이 있는 연추에도 전명운·장인환 의사의 의거 소식이 전해졌다. 이에 항일운동은 이제 계몽이 아닌 의혈 운동이란 새로운 국면으로 접어들게 되었다.

1908년 4월에는 이위종이 광무황제가 보낸 자금 1만 루불을 가져와 연추에서 안중근·이범윤·이위종·엄인섭 등과 함께 동의회를 조직하고 최재형을 총장으로 추대했다. 최재형은 러시아에서 군수업으로 막대한 부를 쌓은 성공한 한인 사업가로 명망이 높아 연해주 한인 사회를 이끄는 인물이었다. 또, 국민회를 조직해 회장이 되었고 고등소학교를 개설해 학생들이 계속 공부할 수 있도록 지원하는 등 러시아에 망명한 이들이 정착할 수 있도록 물심양면으로 도왔다.

중근은 이제 일본군과의 전투를 위해 1908년 6월 대한의군의 여러 장교를 거느리고 두만강 건너 함경북도 경흥군에 이르러 전투를 시작했다. 일본군을 사살하고 수비대 진지를 점령하는 전과를 올리기도 했지만, 무기도 열악하고 폭우가 쏟아지는 악천후 속에서 4~5시간의 전투 결과는 참담한 패배였다. 이때 안중근 부대에서 일본 군인과 상인 몇 명을 포로로 잡았다.

"너희들은 모두 일본 백성들이다. 너희는 러·일전쟁을 할 때 동양 평화를 유지하고 대한독립을 굳건히 한다고 해 놓고 왜 약속을 지키지 않는 것이냐? 러·일전쟁에서 이기자마자 이렇게 대한제국을 침략하니 이것이 동양 평화라 할 수 있는 것이냐? 이것이 강도짓이 아니고 무엇이냐?"

안중근의 성난 호통 소리가 쩌렁쩌렁 울리자 일본인 포로들이 눈물을 흘리며 대답했다.

"그것은 저희가 그런 것이 아닙니다. 저희도 어쩔 수 없이 전투에 끌려 나온 겁니다. 사람이 죽고 싶은 사람이 어디 있겠습니까? 이렇게 만리 바깥 싸움터에서 참혹하게 죽게 생겼으니 원통할 따름입니다. 이것은 모두 이토 히로부미 때문입니다."

중근은 이토의 이름이 나오자 이들의 이야기에 바짝 귀를 기울였다.

"이토는 본국과 대한제국의 귀중한 생명을 죽이면서도 자신은 편안하게 권세를 누리고 있으니 우리도 억울하고 분통 터집니다. 저희는 단지 농사꾼과 장사치일 뿐입니다. 동양 평화를 말하는 이토는 제 욕심만 채우고 있어 일본인들도 살기 어려운 건 마찬가지입니다. 게다가 이렇게 헛되이 죽게 됐으니 억울할 뿐입니다."

포로들은 자신들의 억울한 사정을 안중근에게 호소했다.

"너희들의 말이 모두 사실이냐?"

"저희가 죽음 앞에서 어찌 거짓을 말하겠습니까?"

모든 내용을 소상히 들은 안중근은 이토 히로부미로 인해 우리 백성들과 마찬가지로 일본인들까지 모두 피해를 보고 있다고 생각했다. 그리고 동양 평화를 말하고 있는 이토 히로부미야 말로 동양 평화를 해치는 적이라고 판단했다.

"내 너희를 풀어 줄 것이니 너희는 돌아가 그 같은 난신적자를 쓸어버려라!"

중근의 말에 붙잡혀 온 포로들이 이제 살게 되었으니 기뻐했고, 중근은 무기까지 돌려주며 그들을 풀어 주었다.

만국공법은 전투 중의 사살과 포로의 사살은 전혀 다른 것으로 되어 있어 포로의 사살을 금하고 있었다. 안중근은 만국공법에 따라 포로를 석방해 주었다.

이처럼 중근의 의병전쟁은 개인적인 원한으로 인한 것이 아니라 정의와 인도의 법칙에 바탕을 두고 있었다. 비록 조국 독립을 위해 의병 전쟁을 하고 있지만 인명을 존중하는 휴머니즘을 보여주고 있었던 것이다.

그렇지만 안중근의 일본 포로 석방은 의병 부대에 생각지도 못한 심각한 파장을 몰고 왔다. 우영장 엄인섭은 부대를 이끌고 러시아로 돌아가고 안중근 부대는 사방으로 흩어졌다. 풀어 준 포로들 때문에 안중근 부대의 위치가 노출되어 기습 공격을 받으니 그 피해 또한 컸다. 일본군과 산발적인 교전을 하며 산간 밀림의 폭우 속에서 밤을 보내고 보니 병사들이 60~70명밖에 남지 않았다. 안근은 참담한 현실에 괴로워하며 다시 의병을 재정비하려 애썼다. 그러나 또다시 일본군의 습격으로 그나마 있던 의병들마저 흩어지고 말았다.

안중근은 벼랑끝 상황으로 몰리며 한 달 반 동안 먹지도 못하고 구사일생으로 연추에 귀환했다. 얼마나 모진 고생을 했는지 안중근을 알아보는 이가 아무도 없었다. 이후 안중근이 포로를 풀어 줘 패전했다는 소문이 그를 물고 따라다녀 최재형조차 그에 대한 지원을 끊기에 이르렀다.

국내에 있던 의암은 이강년의 체포 소식을 듣고 비통한 마음이 되었다. 이렇게 나가다간 의로운 이들만 계속 죽게 될 뿐 뚜렷한 앞날이 보이지 않을 것 같아 의암은 비밀리에 광무황제를 배알했다.

"의암, 그대가 다시 한번 짐을 위해 일하라."

"하명만 하시옵소서. 이 몸 가루가 된다 해도 폐하의 뜻을 따르겠나이다."

"과인이 연해주·만주·간도 일대에 군을 조직했는데 그쪽으로 가서 힘을 보태도록 하라. 의암이 간다면 분산된 세력을 하나로 모을 수 있을 것이다."

의암은 기꺼이 황제의 밀명을 받들어 67세의 노구를 이끌고 1908년 7월 부산항에서 배를 타고 블라디보스토크로 망명했다. 이것이 의암의 3번째 망명이다. 그곳에서 의암은 이미 황제의 명을 받들고 있는 이상설과 이범윤을 만나 분산된 항일 세력을 하나의 조직체로 통합하기 위한 논의에 들어갔다.

한편 미국에서 대한제국 고문인 스티븐슨을 암살하고 8개월간의 긴 법정 공방 중인 장인환 의사는 말했다.

"나는 대한제국 국민의 이름으로 스티븐슨을 쏘았다. 그는 보호조약을 강제로 맺게 함으로써 나의 강토를 빼앗았고, 나의 종족을 학살했기에 이를 통분히 여겨 그를 쏜 것이다."

장인환 의사 측에서는 12월23일의 스티븐슨 총격은 결코 일반적인 '살인'이 아니고 애국적 광란으로 인한 몰지각한 범죄이므로 애국지사인 장인환은 당연히 무죄 방면되어야 한다고 주장했다. 즉, 장인환 의사는 자기 나라를 사랑하는 혈성이 극도로 지나쳐 정신이 정상이 아닌 상태에서 한 행위이므로 형사적인 책임이 면제된다는 논리였다. 그 증인으로 교포 이병준과 장라득이 출두해 장인환 의사를 변호했다.

1909년 1월 2일 대한제국과 일본 양측 변론이 있은 후 12명의 배심원은 8차례의 비밀투표를 통해 장인환 의사*는 '애국적 환상에 의한 2급 살인죄(Insane Delusion)로 판정되어 처형당하는 중형을 면하고 25년의 형기를 판결받아 샌프란시스코 감옥에서 복역하게 되었다.

안중근은 그즈음 패전한 장수로서 의기소침해 있었다. 주변 동지들은 전쟁에서의 승패는 병가지상사라며 애써 중근을 위로하기도 했다.

생각을 정리한 중근은 다시 의병을 모집했고 1909년 우덕순과 함께 안창호가 미주에서 조직한 공립협회 블라디보스토크 지회에 참여했다. 또, 1월에는 박춘성 등 30여 명의 의병과 함께 연추 지역으로 진격하는 등 여전히 의병 활동을 전개하며 구국의 뜻을 함께할 동지들을 모았다.

1909년 3월 5일이었다. 연추 하리 마을에 위태로운 지경에 처한 나라를 구하고자 하는 일념으로 애국지사 12명이 모였다.

안중근·김기룡·강순기·정원주·박봉석·유치홍·조응순·황병길·백규삼·김백춘·김천화·강창두는 모두 자신들의 왼손 무명지 첫 관절을 잘라 피를 모아서 그 선혈로 태극기에 '대한독립'이라고 쓴 뒤 마음을 모아 한목소리로 외쳤다.

*그 후 장인환 의사는 한인 사회의 끈질긴 석방 운동과 선생의 모범적인 복역으로 10년 만인 1919년 1월 17일 석방된다.

"대한독립 만세!"

피가 끓고 애가 끓는 지사들의 목소리가 울렸다.

"대한독립 만세!"

"대한독립 만세!"

그리고, 다시 '단지동의회 취지문'을 혈서했다.

  오늘날 우리 한국 인종이 국가가 위급하고

  생민이 멸망할 지경을 당하여

  어찌하였으면 좋을지 방법을 모르고

   혹자 왈 좋은 때가 되면 일이 없다 하고

  혹자 왈 외국이 도와주면 된다거나,

  이 말은 다 쓸데없는 말이니

  이러한 사람은 다만 놀기를 좋아하고

  남에게 의뢰하기만 즐겨하는 까닭이라.

  우리 이천만 동포가 일심단체하여 생사를 불고한 연후에야

  국권을 회복하고 생명을 보전할지라.

  그러나 우리 동포는 말로만 애국이니 일심단체니 하고

  실지로 뜨거운 마음과 간절한 단체가 없으므로

  특별히 한 회를 조직하니 그 이름은 동의단지회라.

  우리 일반 회우가 손가락 하나씩 끊음은 비록 조그마한 일이나

  첫째는 국가를 위하여 몸을 바치는 빙거요.

둘째는 일심단체하는 표라.

오늘날 우리가 더운 피로써 청천백일하에 맹세하오니

자금위시하여 아무쪼록 이전의 허물을 고치고

일심단체하여 마음을 변치 말고 목적을 도달한 후에

태평동락을 만만세로 누리옵시다.

12명의 애국지사들은 서로를 얼싸안으며 결의를 다졌다. 중근은 대한제국의 원흉 이토 히로부미와 을사오적을 3년 안에 죽이기로 다짐하며 혹 뜻을 이루지 못한다면 자결키로 하늘과 땅에 맹세했다.

1909년 봄, 국내에서는 비밀 항일운동단체인 신민회 간부들이 총감독 양기탁의 집에 모여 회의에 들어갔다. 주인인 양기탁은 물론이고 이회영·김구·이동녕·주진수·안태국·윤치호·이승훈·이동휘·이시영·김도희가 모두 모여 머리를 맞대고 의논을 시작했다.

"국내 활동이 일본에 의해 꽉 막혀 더 이상 진전을 보기가 어렵습니다. 국내에서의 활동만 가지고는 독립을 쟁취하기 어려워 보입니다."

양기탁이 먼저 말을 꺼냈다.

"그렇습니다. 일진회의 방해 공작으로 의병들도 고전 중에 있습니다."

이동휘가 말했다.

"국내보다 해외에서의 활동이 수월하고 연추 지역을 중심으로 연해주와 간도 쪽 한인들이 이미 군을 조직했습니다. 우리도 그쪽에 독립운동 기지를 건설해 국내와 연동을 하는 것이 좋을 듯합니다."

이회영이 작년에 만주에 다녀온 이야기를 전했다.

"우리도 이제 무력에는 무력으로 맞서야 합니다. 언제까지나 계몽만으로는 위급에 처한 나라를 구할 수가 없습니다."

김구의 말이었다.

"독립군을 양성해야 합니다."

"무관학교 설립을 건의합니다."

함께 서전서숙을 설립한 이동녕과 이시영이 차례로 말한 것처럼 그날 회의에선 해외에 독립군을 양성하는 쪽으로 의견이 모이고 있었다.

"국외에서 이미 독립운동을 하고 있는 조직과도 연계하는 것이 좋겠습니다."

이동녕이 이회영을 보았다.

"그럼 우당께서 만주 쪽에 다시 한번 다녀와 주십시오."

양기탁이 다시 회영을 보았다.

"알겠습니다. 제가 다시 가서 장소를 물색하고 여러 가지 정보를 소상히 알아 오도록 하겠습니다."

이회영이 흔쾌히 말했다.

"그럼 만주 이주 계획에는 모두 찬성하시는 걸로 알고 준비를 하도록 합시다."

양기탁이 회의의 결론을 지었다.

황제의 뜻에 따라 해외에서 독립운동을 위한 작업이 진행 중에 있는 것을 기본으로 오래도록 회의를 거듭한 결과 신민회에서도 만주에 항일 독립운동 기지를 만드는 데 모두 적극적으로 동의했다.

때가 영웅을 짓는다

1909년 가을, 광무황제는 여전히 함녕전 깊숙이 유폐되어 있었지만 밀사들을 통해 연해주와 만주·간도 쪽 일을 소상히 듣고 지휘하고 있었다. 그러던 차에 이토 히로부미가 러시아 재무장관 블라디미르 코코프체프를 만나기 위해 러시아에 간다는 소식을 전해 들었다.

광무황제는 오래도록 생각에 빠졌다.

이토 히로부미가 러시아 재무장관을 만나러 간다는 것은 러시아와 일본이 밀약을 체결하기 위한 것일 터였다. 러시아는 이제껏 일본에 대한 견제 장치로 대한제국을 이용하고 있었지만, 이제 아무 실권도 힘도 없는 나라가 되었으니 대세에 따라 일본과 손을 잡겠다는 의미이기도 했다.

러시아 재무장관과 일본의 추밀원 의장의 만남은 두 나라뿐 아니라 영국·미국·독일·프랑스 여러 나라에 각기 다른 영향을 미칠 수 있어 각국의 이목을 집중시켰다.

광무황제는 이 둘의 만남을 그냥 두어서는 안 되겠다고 생각했다.

'이토 네가 기어이 대한제국을 멸하려고 하는 모양이구나! 내 그렇게 두지는 않을 것이다. 이제 내가 이토 너와의 전쟁을 시작해야겠다. 네 거짓된 행위가 만천하에 공개될 것이다. 이제 우리 대한제국은 악귀 같은 일본의 손아귀에서 벗어날 수 있게 되는 것이다. 이번 기회를 절대로 놓쳐선 안 된다!'

오래도록 생각을 이어 가던 광무황제는 결단을 내렸다.

"러시아에 머물고 있는 안중근에게 전하라."

광무황제는 비밀리에 헐버트에게도 밀명을 내렸다.

"상하이 덕화은행에 맡겨 둔 100만 마르크를 찾아 블라디보스토크에 있는 우리 의병들에게 전달해 주시오."

헐버트는 먼 길을 마다하지 않고 또다시 황제의 어새가 찍힌 위임장을 가지고 곧바로 상하이로 떠났다.

안중근은 국내에서 벌어지고 있는 일에 대해서 늘 촉각을 곤두세우고 있었다. 그런데 일본이 정예군 2200여 명을 국내로 들여와 벌인 '남한대토벌작전'으로 의병들이 쥐 몰리듯 몰려 수만 명이 대대적인 학살로 처참하게 도륙당하고 있다는 소식이 들려왔다. 심지어 남쪽 섬 지역까지 샅샅이 훑어 의병들을 잡아 내니 의병들의 씨가 마를 지경이 되었다는 것이었다.

이 소식을 들은 중근의 입에서는 저도 모르게 창자가 끊어지는 듯 괴로운 신음소리가 새어 나왔다.

 중근이 울분을 참지 못하고 있을 바로 그때 황제의 밀명이 도착했다.

'그들의 도모를 깨뜨리라.'

 비밀리에 황제의 명을 받은 중근은 더 이상 여러 가지 생각에 빠져 있을 필요가 없었다. 중근은 정대호에게 3년 가까이 보지 못한 아내와 아이들을 데려와 달라고 부탁하고 블라디보스토크로 가려고 행장을 꾸렸다. 함께 지내던 동지들이 왜 가는지, 언제 돌아오는지를 물었지만 중근은 다시 안 돌아온다는 말을 남기고 블라디보스토크로 향했다.

 블라디보스토크에 도착한 중근은 신문을 사서 이토 히로부미가 러시아에 온다는 소식을 확인했다.

'폐하, 신이 이번엔 기필코 임무를 완수하겠나이다.'

 중근은 하늘에 기도를 올렸다. 그리고 이토 히로부미를 처단할 계획을 세우기 시작했다.

 그렇지만 자금이 문제였다. 의병들에게 소요되는 자금은 황실에서 보내오는 것으로 충당되었는데 일본이 황제의 비자금을 찾는 데 혈안이 되어 있어 자금이 끊기자 한인들에게서 자금을 모으거나 최재형이 의병들의 자금을 대고 있는 실정이었다. 사정이 그렇다 보니 비밀리에 중근이 거사에 쓸 자금을 마련하는 것이 쉽지 않았다.

 어쩔 수 없이 중근은 블라디보스토크에서 하얼빈으로 가는 여비를 이석산에게 강제로 빼앗았다. 이석산에게 사정 얘기를 하게 되면 줄 터이지만 나중에 자신의 일로 화를 입을까 싶어 중근이 일부러 빼앗은 것이었다.

중근은 1908년 의병 전쟁에 함께 참전한 동지이면서 단지 동맹원인 우덕순을 찾았다.

"안 동지, 소식도 없이 어떻게 왔는가? 잘 지냈는가?"

"그렇네. 내가 이렇게 온 것은….'

"이토 때문에 온 것인가?"

우덕순은 이미 전부터 중근이 이토 히로부미를 죽이겠다고 했기 때문에 이토가 온다는 소식과 함께 중근이 나타나자 묻는 것이었다.

"하하, 자네는 속일 수 없으이."

헛웃음을 웃던 중근이 웃음기 없는 얼굴로 우덕순을 보고 말했다.

"함께하겠나?"

우덕순이 무표정한 얼굴로 한참 뚫어지게 보자 중근은 당황했다. 그때, 우덕순이 웃으며 중근의 손을 맞잡았다.

"당연한 거 아닌가?"

우덕순이 중근의 어깨를 안았다.

"우리가 오늘을 기다리고 있지 않았는가? 하늘이 주는 기회일세."

활짝 웃음을 머금은 우덕순도 중근처럼 이 기회를 기뻐하고 있었다.

중근과 우덕순은 그 길로 중근이 기사를 기고하던 신문사며 애국지사들의 집합 장소인 〈대동공보사〉 이강을 찾아 거사의 뜻을 밝혔다.

그에 공립협회 회원 유경집·조도선·양성춘·유진율·정재관·이강·윤일병·정순만 등이 주축이 되어 중근과 우덕순이 이토 히로부미를 암살할 수 있도록 거사 준비를 도왔다.

중근과 우덕순은 21일 블라디보스토크를 떠나 1909년 10월22일 늦은 저녁 하얼빈에 도착했다. 러시아어를 통역해 줄 사람으로는 18살 유동하를 대동했고, 조도선을 합류시켰다. 그리고 중근과 친분이 있는 김성백의 집에서 여장을 풀고 거사 준비를 했다. 중근도 우덕순도 누구도 이토의 얼굴은 알 수 없어 전해 들은 인상착의를 머릿속에 각인시킬 수밖에 없었다. 거사를 앞둔 안중근과 우덕순 두 의사는 각기 자신의 감회를 글로 적어 남겼다.

〈장부가〉

장부가 세상에 처함이여 그 뜻이 크도다.

때가 영웅을 지음이여 영웅이 때를 지으리로다.

천하를 웅시함이여 어느 날에 업을 이룰꼬

동풍은 점점 차가워지지만 장사의 의기는 뜨겁도다.

분기하여 한 번 지나감이여 반드시 목적을 이룰지어다.

쥐 도적 이등이여 어찌 즐겨 목숨을 비길꼬

어찌 이에 이를 줄을 헤아렸으리오 사세가 고연하도다.

동포 동포여 속히 대업을 이룰지어다.

만세 만세여 대한 독립이로다,

만세 만만세여 대한 동포로다.

_안중근

〈보구가〉

만났도다 만났도다 너를 한번 만나고자
일평생에 원했지만 하상견지만야런고.
너를 한번 만나려고 수륙으로 기만 리를
혹은 윤선 혹은 화차 천신만고 거듭하여
노청 양지 지날 때에 앙천하고 기도하길
살피소서 살피소서 주 예수여 살피소서
동반도의 대제국을 내 원대로 구하소서.
오호라 간악한 노적아
우리 민족 2000만을 멸망까지 시켜 놓고
금수강산 삼천리를 소리 없이 뺏느라고
궁흉극악 네 수단을….
지금 네 명 끊어지니 너도 원통하리로다.
갑오 독립시켜 놓고 을사 늑체한 연후에
오늘 네가 북향할 줄 나도 역시 몰랐도다.
덕 닦으면 덕이 오고 죄 범하면 죄가 온다.
네뿐인 줄 알지 마라, 너의 동포 5000만을
오늘부터 시작하여 하나둘씩 보는 대로

내 손으로 죽이리라.

_우덕순

중근과 우덕순은 완벽한 거사를 위해 이토가 탄 열차가 지나는 길목에서 지키고 있다가 이토를 처단하려고 생각했다. 실패를 줄이기 위해 도착지인 하얼빈과 채가구 2곳에서 결행하는 방법을 강구해 채가구에 우덕순과 조도선을 배치해 놓고 중근은 하얼빈으로 돌아왔다.

이토 히로부미는 10월18일 대련 부두에 상륙해 러시아 측에서 보낸 귀빈 열차를 타고 10월21일 일본군 전적지를 시찰하고 심양으로 가서 일본이 조차한 탄광 지역을 돌아보고 10월25일 장춘에 도착했다.

그즈음 광무황제의 비자금을 찾으러 갔던 헐버트가 돌아와 황제에게 보고했다.

"폐하, 독일 은행에 확인해 보니 돈을 모두 인출해 가고 없었습니다."

헐버트의 보고에 광무황제의 용안에 낭패한 기색이 돌았다.

"대체 누가 짐의 돈을 인출해 갔단 말이오?"

"궁내부 대신 이윤용과 통감부 나베시마란 일본인이 1908년 4월22일에 찾아갔다고 하옵니다."

광무황제는 숨이 턱 하고 막혀 오는 것을 느꼈다. 기어이 이윤용이 일본의 편에 서서 자신의 목을 조여 오고 있었다. 그렇게 일본의 앞잡이가 되어 있었으면서 자신에게 그토록 간교한 웃음을 보이다니…. 하지만 그보다 황제는 거사를 이루려면 자금이 필요할 텐데 자금이 없어 쪼들리고 있을 만주 연해주 쪽의 의병들과 지사들이 걱정되었다.

"이 일을 어쩌면 좋단 말이오. 그런데 그 큰 금액을 모조리 찾아갔단 말이오?"

"그들이 인출해 간 금액이 153,939.53엔이었습니다."

"내가 폰 잘데른 남작에게 맡긴 돈이 100만 마르크였는데 그렇다면 50만 마르크는 그냥 있다는 뜻이 되오."

"제가 아무래도 외국인이라서 내주지 않았던가 봅니다. 폐하."

"폰 잘데른 공이 그들에게 내주지 않기 위해 금액을 속였을 것이오."

"불행 중 다행이옵나이다."

"그렇지만 지금 러시아에서는 애타게 자금을 기다리고 있을 텐데 정말 낭패구려."

러·일전쟁에서 승리한 일본은 전쟁의 보상으로 만주를 장악한 러시아에게 만주에 대한 이권의 일부를 요구했다.

10월 26일, 어쩔 수 없이 만주를 일본과 나눠 갖기로 잠정 합의한 러시아 재무장관 코코프체프와 일본에서는 총리직을 4번이나 지낸 거물 정객 이토 히로부미가 서로의 속내를 숨긴 채 만남을 갖는 역사적인 날이었다. 그런 만큼 하얼빈역은 러시아인과 일본인은 물론 각국의 외신 기자들로 넘쳐 났다.

오전 9시가 막 넘은 시각, 사람들의 환호를 받으며 하얼빈역에 이토가 탄 열차가 멈춰 섰다.

열차에서 사람들이 내리기 시작하자 중근의 심장은 거세게 뛰었다.

이토에게 경례를 하는 사람들 뒤로 군악대의 연주가 하얼빈 상공을 울렸다.

중근은 더 말할 것도 없이 사람들 사이를 헤치고 곧바로 뚜벅뚜벅 걸어서 앞으로 나아갔다.

'저것이 필시 늙은 도적 이토일 것이다!'

중근은 이토와 인상착의가 비슷한 사내를 향해 주저 없이 가슴에서 권총을 꺼내 발사했다.

일본 제국주의의 심장을 향해!

중근의 십자형 총알* 세 발이 늙은 남자의 가슴에 정확하게 박혔다.

중근은 순간적으로 혹시 잘못 판단했을 것에 대비해 총을 맞은 이토의 주변에 있던 일본인 가운데서 가장 의젓해 보이고 앞서 가는 자들에게 다시 세 발을 발사했다.

이토 일행을 환영하기 위한 환영 행렬이 늘어선 하얼빈 역에서 6발의 총성이 울렸고, 이토 히로부미가 쓰러진 데 이어 이토를 수행하던 비서관과 하얼빈 총영사·만주 철도 이사도 이토와 함께 총에 맞아 쓰러졌

*안중근이 직접 탄두 앞부분에 십자로 홈을 냈다. 일단 명중하면 인체에 박혀 납 성분을 배출하는 총알이라 장기에 들어가면 치명적일 수밖에 없다.

다. 중근의 브라우닝 권총에 총알이 한 발 남은 것은 중근이 무차별적 공격을 한 것이 아님을 말해 주는 중요한 대목이다. 그리고 안중근은 가슴속에 간직했던 태극기를 꺼내 들고 목청껏 외쳤다.

"코레아 우라!"*

그 가슴에 웅어리졌던 울분의 목소리….

"코레아 우라! 코레아 우라! 코레아 우라!"

이토 히로부미를 환영하기 위해 모인 많은 인파가 순식간에 비명을 지르며 흩어졌고, 곧 러시아 헌병과 경찰관들이 안중근을 에워쌌다. 안중근은 순순히 그들의 포승줄에 묶여 이끄는 대로 걸었다.

세 발의 총을 맞은 이토 히로부미는 30분 후에 숨을 거뒀고, 이 일로 러시아와 일본 정부는 당혹감을 감출 수 없었다.

안중근이 이토 히로부미를 암살했다는 소식은 그 자리에 와 있던 많은 외국 외신과 영사들에 의해 삽시간에 전 세계로 퍼져 나갔다.

일본 수장을 암살하고 러시아 헌병에 체포된 의문의 인물.

개인의 일이 아니고 동양의 평화를 위해 이토를 암살했다고 하는 인물.

"왜 도망가지 않았는가"는 질문에 이미 죽음을 각오하고 벌인 일이라 도망가지 않는다며 한 치의 두려움이 없는 남자.

그는 31세의 대한제국인 청년 안중근.

*대한제국 만세.

광무황제는 점심 수라를 들기 전에 안중근의 거사 소식을 듣고 황급히 밀사들을 불러들였다.

"안중근이 드디어 해냈구나. 장한지고, 장한지고!"

중근이 마지막으로 보내온 밀지는 거사 하루 전에 광무황제에게 도착했고 그 밀지에는 대한제국의 참모중장의 이름으로 이토를 응징하겠다는 것과 이토를 응징해야만 하는 이유가 적혀 있었다. 그렇게 늘 황제의 뜻을 정확하게 파악하고 움직이는 중근이었다.

을사늑약의 원흉인 이토가 이번에 러시아 코코프체프와 협약을 맺어 만주에 대한 이권을 보장받게 된다면 대한제국은 내일을 기약할 수 없게 된다는 점과 자신이 러시아령인 하얼빈에서 의거를 하는 것이기 때문에 만국 공법에 의거해 전 세계에 대한제국의 현실과 일본의 기만 정책을 폭로할 수 있는 기회라는 것이었다. 자신의 안위를 생각하지 않는 충절이었다.

광무황제는 이루 말할 수 없이 기뻤다. 안중근의 의거로 어둡기만 했던 대한제국의 앞날에 한 줄기 서광이 비치게 된 것이다.

광무황제를 감시하고 있던 일본인들이 이토의 일로 하루 종일 수군대며 황제에 대한 감시를 강화했지만, 황제는 평소와 다름없이 행동했고 피곤하다며 다른 날보다 일찍 침전에 들어 빨리 일본인 군사들이 물러가기를 기다렸다.

이윽고 모두 잠든 자시가 되어서야 광무황제가 일어나 밀사들과 함께 안중근이 이토를 저격한 사건에 대해 논의에 들어갔다.

"일본의 움직임으로 보아 안중근을 일본 법정에 세우려고 할 것이다."

만국 공법상으로 봐서는 안중근은 러시아 법정에 서거나 대한제국의 법정에 서는 것이 마땅하나 일본의 작금의 행태를 보아 온 광무황제와 신하들은 그렇게 낙관적인 미래를 점치기 어려운 상황이었다.

"송선춘·조병한은 당장 블라디보스토크로 떠날 채비를 하라."

"예, 폐하."

"이는 시급을 다투는 일이다."

광무황제가 황급히 묵으로 황제의 친서를 써 내려갔다. 그리고 어새를 찍었다. 광무황제는 그간 밀서를 보낼 때 화학비사법으로 글을 써서 친서를 내렸는데 사안이 사안인 만큼 황제는 위험에 자신을 노출시키면서까지 유묵으로 친서를 쓰고 어새를 찍었다.

광무 11년, 헤이그에 밀사를 보냈던 일이 발각되어 폐위를 당했던 때처럼 자칫하면 이번에 또다시 황제의 신변에 큰 문제가 생길 여지가 충분했지만 광무황제는 어떻게든 안중근을 구해야 한다는 생각에 친서를 썼다.

광무황제의 친서는 두 장이었다. 한 장은 러시아 측에 보내는 친서로 국제법상 러시아에서 재판을 하든지 아니면 대한제국에 안중근을 넘겨 달라는 것이었고, 다른 한 장은 현지에서 안중근 구명에 필요한 인력과 물자에 대한 원조를 받을 수 있게 하여 안중근을 구하라는 내용이었다.

"절대로 안중근을 일본 법정에 서게 두어서는 아니 된다!"

"예, 폐하!"

"그리되면 안중근은 다시 돌아오지 못할 것이야. 이는 중대 사안임을 명심하고 돈은 얼마가 들어도 좋으니 꼭 임무를 완수해 안중근을 구하라!"

이렇게 광무황제가 빠르게 움직였음에도 러시아 측에서는 복잡한 문제에 개입하지 않기 위해 이미 안중근을 일본 측에 넘긴 후였다.

광무황제의 명에 따라 송선춘과 조병한이 황제의 친서를 가지고 하얼빈을 거쳐 블라디보스토크에 도착했다.

우선 송병준과 조병한은 러시아 거상이면서 작년 러시아 최초로 한글 신문인 〈해조신문〉을 발행한 무역상 최봉준을 찾아가 황제의 친서를 보이며 안중근을 구하러 왔다고 설명했다. 최봉준은 〈해조신문〉을 발행한 것 외에도 성진 신평의 학교 교장을 맡은 것은 물론 연해주 명동학교와 연추의 성홍의숙을 설립하는 등 교육사업에도 적극적으로 나선 인물이며 계몽운동가답게 안창호와 가깝게 교류하는 사이였다.

"폐하께옵서 친히 나서셨으니 일이 잘될 것이오. 우리도 어떻게든 안동지를 구명하기 위해 뜻을 모으고 있소."

밀사들은 최봉준의 주선으로 블라디보스토크 한인 민회에 참석해 머리를 맞대고 안중근을 구하는 일을 함께 의논했다.

그 결과 안중근에 대한 변호를 러시아 변호사 미하일로프와 저명한 영국인 변호사 더글러스가 맡기로 했고, 러시아인 2명·영국인 2명·스페인인 1명·대한제국인 2명 외에 일본인 1명 등 여러 나라 변호사들이 무료로 변호를 맡겠다고 나섰다. 변호사들은 제각기 국제법에 의거해 안중근의 형은 3년을 넘지 않을 것이라고들 낙관적으로 장담했다.

민영철·민영익·현상건 등은 황제의 명에 따라 더글러스 변호사의 선임비 10만 원을 지불했다. 모금 운동도 함께 했는데 최봉준이 2000루블, 최재형이 200루불을 선뜻 내놓았고, 미주의 정재관·이강, 노령과 상해에서 정순만·유진율·윤일병 등이 모금 운동에 앞장섰다. 이 모든 일에는 황제의 칙서가 크게 작용하고 있었다.

황제가 움직인 것처럼 일본도 안중근이 일본 최고의 정객 이토 히로부미를 암살한 이 초유의 사건을 놓고 급박하게 움직이고 있었다.

외무대신 고무라 주타로와 외무성 정무국장 구라치 데쓰키치 그리고 이에 관계된 정부 주요 인사들이 모여 머리를 맞대고 안중근의 처리를 놓고 고심했다.

대정객 이토 히로부미의 죽음에 대해 러시아 측에 경호 소홀의 책임을 물을 경우 일본은 다시 제정 러시아를 상대로 전쟁을 할 상황에 처할 수도 있었다. 러·일전쟁에서 결과적으로 승리하기는 했지만, 일본은 그 전쟁으로 나라 전체가 제정 파탄 직전까지 간 상황에서 이제야 가까스로 안정권에 들었고, 그 전쟁의 보상으로 이토 히로부미와 코코프체프가 조약을 맺기만 하면 만주의 이권이 손에 들어오는 것이었는데 한 암살자로 인해 이를 모두 물거품을 만들 수는 없는 노릇이었다. 그렇게 되면 만주만 못 먹는 것이 아니라 조선마저도 일본의 손아귀에서 빠져나가 버릴지도 모르는 상황이었다. 어쩌면 이는 그 궁궐 늙은이가 모든 경우의 수를 염두에 두고 벌인 복수극일 수도 있었다.

 국제법상 안중근에 대한 재판은 러시아가 하거나 러시아가 대한제국으로 넘기거나 청국으로 넘기는 것인데, 그렇게 되면 안중근은 세계의 이목을 집중시킬 것이고 또, 그렇게 되면 일본이 대한제국을 불법으로 보호국화 하고 있다는 것이 만천하에 드러날 것이 분명했다.

 어떻게든 안중근을 러시아에서 빼내 와야 했다. 그렇다고 안중근을 본국으로 데리고 와서도 안 되었다. 일본 법은 파렴치범에 대해선 사형을 언도하지만 사상범에 대해서는 사형을 내리지 않기 때문이었다. 이런 사정으로 일본 정무국장 구라치 데쓰키치가 직접 러시아로 향했다.

 안중근이 이토 히로부미를 사살한 사건은 대한제국 사람이 중국 땅에서 일본 사람을 사살하고 러시아 헌병대에 붙잡힌 복잡한 사건이었다.

 안중근은 가만히 생각을 모았다.

 '하얼빈이 청나라 땅이긴 하지만 러시아 관할이기 때문에 국제법으로 사건이 일어난 지역의 국가에 재판권이 있으니 러시아 재판정에 서게 될 것이다. 그렇게 되면 나는 전 세계에 일본이 대한제국에 행하고 있는 모든 불법적인 행위들을 폭로할 것이다.'

 이토를 단죄한 안중근의 마음은 평온했다.

 안중근을 데리고 간 러시아 헌병들은 포승줄에 묶여 있는 안중근을 사진 찍었고 간단한 몇 가지 질문을 했을 뿐, 하루 종일 러시아 헌병들은 안중근에게 어떤 취조도 어떤 강압 조치도 하지 않았다.

저녁 무렵이 되었을 때였다. 러시아 헌병 장교와 통역이 안중근에게 와서 전했다.

"이번 사건이 벌어진 곳은 러시아 관할 구역이지만 1905년 대한제국과 일본의 조약으로 재외 조선인들의 범죄에 대한 재판권이 일본에 있으므로 우리는 당신을 일본 경찰에 인도할 것이다."

러시아 헌병대는 일본 영사관까지 안중근을 데리고 와 일본 경찰에게 안중근을 넘겼다. 무언가 잘못되고 있는 것이 분명했다.

국제법으로 보면 러시아는 자신들이 안중근을 재판하거나 대한제국에 넘겼어야 했는데 이 당혹스러운 사건에서 발을 빼기 위해 일본의 요구대로 안중근을 넘겨준 것이다.

안중근은 이제 러시아의 헌병에게서 일본 경찰 손에 넘겨져 일본 영사관 건물 지하로 이끌려 내려갔다.

그날 밤, 일본 경찰은 호송줄에 묶인 안중근을 억지로 무릎 꿇려 굴욕적인 자세를 취하게 해 놓고 사진을 찍었고 통역을 이용해 러시아 헌병대에서 넘겨받은 서류의 내용을 확인했다.

안중근이 영사관의 유치장에 온 지 나흘이 지났을 때 검찰관 미조부치 다카오라는 사람이 통역을 데리고 와서 안중근을 심문하기 시작했다. 무표정한 미조부치는 안중근에게 이름과 나이 직업·주소·출생지 등을 물었다.

"이름은 안응칠, 나이는 서른한 살, 직업은 포수, 주소와 출생지는 평안도 평양성 밖."

안중근은 자신으로 인해 동지들과 친인척들이 피해를 입게 되지나 않을까 싶어 제대로 답변하지 않았다.

"왜 이등박문을 미워하는가?"

"이토 히로부미는 대한제국의 명성황후를 시해했고, 대한제국의 황제를 폐위시키고, 군대를 동원해 대한제국으로부터 외교권과 경찰권을 빼앗았고, 국권을 강탈했으며, 대한제국의 군대를 해산시켰고…."

안중근은 열다섯 항목을 조목조목 열거했다.

미조부치는 통역을 통해 안중근의 말을 그대로 듣고 있을 뿐이었다.

그러고는 다음 질문을 했다.

"공범이 있는가?"

"없다."

안중근은 아무렇지 않은 얼굴로 대답했다.

"우덕순과 조도선을 아는가?"

"모른다."

어떻게 알았는지 우덕순과 조도선의 이름이 미조부치의 입에서 흘러나왔다. 순간 안중근은 당황했지만 표정의 변화 없이 대답했다.

그 이후, 모든 심문에서 안중근은 자신의 단독범행이고 누구와도 연관이 없다고 잡아뗐지만 뤼순으로 옮겨 가기 위해 유치장을 나설 때 보니 우덕순·조도선·유동하·김성옥·김형재·탁공규·정대호까지 줄줄이 포승에 엮여 있었다.

안중근이 전혀 알지 못하는 이들도 있었는데 그들은 평소 일본 밀정들이 주목하고 있던 반일적 사회활동을 하던 동포들이었다. 일본 경찰은 안중근의 의거가 있자 그들 모두를 한꺼번에 잡아들였다.

안중근과 함께 잡힌 동포들은 호송 열차를 타고 관성자역을 거쳐 다음 날인 11월 4일 아침에 뤼순에 도착했다. 기차역에서 죄수 마차에 실려 뤼순 형무소에 도착해 독방에 갇힐 때까지 안중근은 누구와도 얘기할 수 없이 계속 혼자였다.

같은 날, 일본에서는 이토 히로부미의 장례가 일본 최초 국장으로 거행되었다. 이토의 영향력이 그만큼 대단했다는 방증이었다.

뤼순 형무소에 갇힌 안중근에겐 일주일 동안 아무 일도 일어나지 않았지만 그 사이 일본은 안중근이 이토 히로부미를 저격한 사건 조사에 들어갔고, 많은 것을 알아냈다.

정무국장 구라치가 정복을 갖춰 입고 고무라 대신의 집무실을 찾았다.

"각하! 안중근의 뒤에 한왕이 있는 것이 확실한 것 같습니다. 2년 전 거액의 비자금을 주며 독립군 창설을 지시했다는 정황이 포착된다는 보고입니다."

"그래? 상해 덕화은행에 있던 돈을 모두 회수해 오지 않았나?"

고무라의 눈꼬리가 치켜 올라갔다.

"그것이… 상당한 금액의 비자금이 여러 곳에 나뉘어 더 있는 것으로 추정된다는 보고입니다."

"요망한 늙은 왕이 아직까지 정신을 못 차리고 있구만."

"또, 안중근의 구명을 위해 직접 움직였다고 합니다."

"그 늙은이가 직접?"

"한왕이 보낸 인물들이 블라디보스토크에 나타나서 안중근을 구명하기 위해 일을 꾸미고 있다고 합니다."

"일이 재미있게 돌아가는군. 절대로 안중근의 재판에 늙은 한왕이 힘을 쓰게 해선 안 돼."

"하이!"

"시일 끌어 봤자 좋을 게 없어. 바로 끝내 버려."

"하이!"

"그리고 늙은 한왕의 비자금을 찾는 데 총력을 다하도록 해."

"하이!"

구라치가 물러가자 고무라 주타로의 입가에 비열한 웃음이 서렸다.

"거액의 비자금이 더 있었단 말이지…."

뤼순 감옥의 혹독한 추위는 11월인데도 손가락과 발가락이 얼어붙는 듯했다. 추위와의 싸움이 시작된 11월 10일이 되어서야 미조부치 검사의 심문이 있었다.

그 이전의 심문과 달리 미조부치는 이미 거사 전 안중근의 행로부터 동생인 정근·공근과 주고받은 서신 내용까지 꿰고 있었다. 거기다 거사

다음 날 하얼빈에 도착한 아내와 두 아이가 김성백의 집에 머물고 있는 것까지 알고 있었다.

미조부치의 강도 높은 심문을 시작으로 18일 동안 쉬지 않고 미조부치 검사와 사카이 경시를 비롯해 26번의 심문이 이어졌다. 검찰과 경찰의 집요한 심문은 안중근에겐 새로운 전쟁이었다.

계속해서 모르쇠로 일관하던 안중근에게 우덕순·조도선이 이토를 암살하기 위해 셋이 기차를 함께 타고 왔으며 자신들은 혹시 모를 일에 대비해 하얼빈 전역인 채가구역에서 이토 히로부미를 기다리고 있었노라 이미 당당하게 실토했다는 말을 듣고는 안중근도 이제 더 이상 우덕순과 조도선에 대한 부분을 감출 필요가 없다는 생각에 태도를 바꿔 대한의군 참모중장이니 전쟁 포로로 대우해 달라고 말했다. 그렇지만 안중근에 대한 일본 측의 태도는 변하지 않았다.

미조부치는 계속해서 안중근에게 질문했다.

"이토 공작을 왜 적시하는가?"

"이토는 동양의 평화를 교란했다. 러·일전쟁 당시부터 동양 평화 유지라고 하면서 대한제국의 황제를 폐위하고, 당초의 선언과는 사사건건 반대인 결과를 보고 이천만 대한제국 국민이 분개하고 있다."

"동양의 평화가 뭔가?"

"동양 평화의 동양이란 '아시아주'이며, 중국·일본·대한제국·샴·버마를 포함한다. 동양 평화란 아시아 제국이 모두 자주 독립해 갈 수 있는 평화이다. 이토를 암살하면 일본이 대한제국에 대해 펴고 있는 보호 정책,

즉 통감 정책을 폐지하게 될 것이라고 생각했다. 이토를 죽이고 그 죄상을 재판에서 밝힘으로써 일본 제국의 비열한 침략을 저지시킬 수 있다고 생각했다."

"살인은 잔혹의 극치이고, 가족 친척을 비탄에 빠뜨리고, 그 나라에 손실을 주고, 암살 소식은 세계 사람들을 전율케 하는 죄악이라는 것을 알고 있는가?"

"이토를 죽인 것이 인도에 어긋난다고는 믿지 않는다. 이토 때문에 살해당한 수만 명을 대신해서 이토를 죽인 것이다."

"어떻게 해서 이토 공이 수만 명을 죽였다는 것인가?"

"메이지유신은 변란이었고, 청·일전쟁과 러·일전쟁에서 수만 명이 목숨을 잃었다. 또 일본의 전 황제를 독살하고, 통감으로 대한제국에 오고 나서 수만의 인명을 살해했다."

"이토 공이 수만 명을 죽인 것은 조선을 위해서이고, 그대가 대한제국을 위해서 이토 공을 암살한 것은 그대의 완고한 생각에서 나온 것으로, 사실의 관찰을 그르친 무지천박함 때문이 아닌가?"

"내가 이토를 암살한 것은 동양 평화를 위해서이고, 이토가 수단에 맞지 않는다고 해서 대한제국에서 의병을 죽인 것도, 내가 대한제국을 위해서 이토의 소행을 수단이 맞지 않는다고 해서 죽인 것과 동일하다. 나는 내 생각이 틀림없다고 확신한다."

미조부치 검사의 질문과 안중근의 답변을 보면 안중근이 당시 동아시아의 정세와 일본의 속내, 그리고 이토의 행적을 정확하게 이해하고 있음을 알 수 있다.*

"이토 히로부미를 왜 사살했는가?"고 미조부치 검사가 묻자 안중근이 힘 있게 말했다.

"이토의 죄는 첫째, 한국의 명성황후를 시해한 것이오,

두 번째, 한국의 광무황제를 폐위시킨 죄,

세 번째, 을사5조약과 정미7조약을 강제로 체결한 죄,

네 번째, 무고한 한국인들을 학살한 죄,

다섯 번째, 정권을 강제로 빼앗아 통감 정치를 한 죄,

여섯 번째, 철도·광산·산림·천택을 강제로 빼앗은 죄,

일곱 번째, 제일은행권 지폐를 강제로 사용한 죄,

여덟 번째, 군대를 해산시킨 죄,

아홉 번째, 민족 교육을 방해한 죄,

열 번째, 한국인들의 외국 유학을 금지시킨 죄,

열한 번째, 교과서를 압수하여 불태워 버린 죄,

열두 번째, 한국인이 일본인의 보호를 받고자 한다고 세계에 거짓말을 퍼뜨린 죄,

열세 번째, 현재 한국과 일본 사이에 경쟁이 쉬지 않고 살육이 끊이지 않는데 태평 무사한 것처럼 위로 천황을 속인 죄,

열네 번째, 동양 평화를 깨뜨린 죄,

*나카노 교수, 〈주간조선〉 2013년 12월6일 기사

열다섯 번째, 일본 천황의 아버지 태황제를 죽인 것이 죄다.

내가 이토를 죽인 것은 이 열다섯 가지 죄목 때문이다. 이토가 있으면 동양의 평화를 어지럽게 하고 한·일 간이 멀어지기 때문에 한국의 의병 중장의 자격으로 죄인을 처단한 것이다."

안중근이 막힘없이 15개의 죄목을 논리정연하게 말했을 때 통역이 숨 가쁘게 통역을 한 것은 말할 것도 없고 함께 듣고 있던 모두가 다 놀랄 수밖에 없었다.

매일매일 이어지는 심문에 대해 안중근은 필사적으로 대한제국의 독립과 동양의 평화를 이야기했지만 일본 측은 전혀 안중근의 이야기에 귀를 기울이지 않았다.

하루는 안중근의 약지손가락 마디가 잘린 것에 대해서 묻는 미조부치에게 안중근은 당당하게 11명의 동지들과 함께 대한독립을 위해 온 힘을 다할 결심으로 각각 약지를 끊고 태극기에 대한독립이라고 썼다고 말했다. 그렇지만 어이없게도 11월24일자 신문에는 안중근의 사진 중 약지손가락이 잘린 부분을 강조하는 사진을 실으며 조선에서는 암살자들이 암살 전에 자신의 약지를 끊는 것이 관례라는 기사를 실었던 것이다.

심문이 막바지에 이른 26일이었다. 미조부치 검사가 어떻게 구했는지 아내 아려와 아이 둘이 함께 찍은 사진을 책상 위에 올려놓았다. 하얼빈 거사 전에 정대호에게 부탁해 아내와 아이들이 하얼빈에 왔을 것이지만 3년 만의 가족 상봉을 이루지 못한 안중근이었다.

'아려가 그동안 고생이 많았을 텐데…. 큰아들 분도는 학문을 잘 익히고 있는지…, 작은 아이는 누굴 닮아 어떻게 생겼는지….'

안중근은 애써 무표정한 듯 사진을 외면했다.

"가족에 대해 어떻게 생각하는가?"

"내가 집에 있을 때 작은 아이가 태어나지 않아 모른다."

"이 사진을 보고 어떤가?"

"별로… 아무렇지도 않다."

안중근의 마음속은 이미 가슴 터질 듯한 그리움이 휘감았지만 입으로는 모른다고 버티고 있었다.

아려의 사려 깊은 눈동자에 보일 듯 말 듯 어리는 미소, 분도의 울음소리, 얼굴도 모르는 작은 아이의… 작은 아이를 생각하려던 안중근의 머릿속이 멈췄다. 그립고 그립지만 떠올릴 수 없어 가슴이 아파 왔다.

가족에 대한 안중근과 미조부치 검사의 심문 내용에 대해 28일자 신문에는 안중근에게 보여준 가족의 사진과 안중근의 사진을 나란히 실어 가족도 버린 범죄자라는 이미지를 심기 위한 악의적인 기사를 실었다.

안중근을 심문하는 동안 일본 측의 여론은 안중근을 의병 부대를 지휘해 일본군과 전투를 벌였던 정식 군대의 지휘관으로서가 아니라 일개 개인 살인자, 이토 히로부미를 죽인 살인자로 의도적으로 몰아가고 있었다.

18일 동안 검찰과 경찰의 26번의 심문이 숨 가쁘게 이어지다 끝이 났다. 시간이 지나 감옥 안은 이제 추위가 매섭기 이루 말할 수 없었다.

12월1일 안중근을 위해 광무황제가 보낸 특사들에 의해 선임된 영국인 변호사 더글라스와 대동공보사에서 선임한 러시아인 변호사 미하일로프가 안중근을 면회했다. 안중근은 광무황제의 배려와 자신을 위해 애서 주는 많은 사람의 마음에 가슴이 뭉클함을 느꼈다.

국외에서 안중근이 대한제국의 원흉 이토 히로부미를 처단한 것처럼 국내에서도 매국노 이완용을 처단하는 사건이 있었다.

1909년 12월22일 오전 11시였다. 암살 대상인 이완용이 종현천주교회당(현재의 명동성당)에서 벨기에 국왕 레오폴 2세 추도식에 참석했다가 성당을 막 빠져나왔을 때였다. 성당 안엔 경비가 삼엄했지만 성당 밖은 한산했다. 그때 길옆에서 서 있던 군밤 장수가 이완용이 탄 인력거에 달려들었다. 그 사내의 이름은 이재명이었다.

"이 매국노 죽어랏!"

"으아아악!"

칼에 맞아 겁에 질린 이완용이 외마디 비명을 질렀다.

이재명은 이완용을 칼로 몇 번 더 찔렀다. 그런데 그때 인력거꾼이 이재명을 말리기 위해 덮치는 바람에 이재명이 인력거꾼에게 칼을 휘두르며 도망가는 이완용의 어깨와 등을 다시 찔렀다.

"우리 동포의 원수!"

그때 성당 쪽에서 일본 순사들이 호루라기를 불며 달려왔다.

달려온 순사 한 명이 긴 검으로 이재명의 허벅지를 깊이 찔렀고, 그 뒤에 달려온 순사들이 이재명을 체포했다. 그러자 성당에서 나와 현장을 구경하던 사람들을 향해 이재명이 외쳤다.

"나는 모든 동포를 구하기 위해 이 거사를 행하였다.
그런데 그대들은 어찌 방관만 하고 있느냐!
오늘 우리 공적을 죽였으니 정말 기쁘고 통쾌하다."

말을 마친 이재명은 손을 높이 들어 만세를 외쳤다.
"만세! 만세! 만세!"
거사를 결행한 이재명 의사의 목소리가 거리를 크게 울렸다.
하지만 이완용은 폐를 깊숙이 찔렸음에도 질긴 목숨을 건졌다. 이에 이재명은 이완용 살인미수 및 인력거꾼 박원문 살해에 대한 혐의로 경성지방재판소 검사국에 기소가 되었고, 연루혐의자 25명이 함께 잡혀 들어왔다. 그중 13명은 불기소되었고, 나머지 12명은 기소가 되었다.
이제 갓 스물을 넘긴 이재명은 공판에서 일본의 악행을 꾸짖었고 이완용을 찌른 것은 의거이며 다만 인력거꾼 박원문이 죽은 것은 우발적인 것이었다고 말했다.

"나는 흉행이 아니고 당당한 의행을 한 것이다.

이 일에 찬성한 사람은 이천만 민족이다.

왜법이 불평하여 나의 생명을 빼앗기는 하나

나의 충혼은 빼앗지 못할 것이다.

나는 죽어 수십만 명의 이재명으로 환생하여

기어이 일본을 망하게 하고 말겠다."

이재명은 1904년 미국 노동이민회사의 모집에 응해 미국 하와이로 갔다가 1906년 3월 미국 본토로 옮겨 공부를 이어 가던 중 항일 민족 운동 단체인 공립협회에 가입해 민족 운동에 동참했다.

그때, 국내에서는 헤이그 특사 사건에 이어 광무황제가 퇴위당했고, 정미 7조약이 강제 체결되고 뒤이어 군대까지 해산되어 민족의 자위력을 완전히 해체당하는 사건들이 줄지어 일어났다. 이에 해외에서 국내 소식에 격분한 이재명은 애국지사들이 만든 공립협회에 가입해 매국노 숙청의 결행자가 되어 국내로 들어와 거사를 준비했다.

1909년 1월에도 이토와 융희황제가 서도 순행을 하고 있을 때였는데 이재명은 이토를 처단하기 위해 동지 몇 사람과 평양역에서 대기하고 있었다. 그렇지만 낌새를 눈치챈 이토가 신변의 위협을 느껴 융희황제의 곁을 떠나지 않아 결행할 수 없었다.

그다음에 다시 이토를 처단하기 위해 블라디보스토크에 건너가 기회를 엿보았는데 안중근이 하얼빈역에서 이토를 처단했다는 소식을 듣고 기뻐 귀국했다.

그리고 11월 매국 단체 일진회가 '한일합방'을 주창하는 성명서를 공포하면서 한일합방 운동에 착수하자 이재명은 매국노 처단을 지체할 수 없었다. 그에 12월22일 이완용에 대한 거사를 실행에 옮긴 것이다.

안중근과 안중근의 변호사인 영국인 더글라스와 러시아인 미하일로프는 국제법에 의거해 관동도독부 법원에 변호인 선임서를 제출했다. 그렇지만 다음 날인 12월2일 고무라 외무대신이 다음과 같은 전보를 뤼순으로 보내와 관동도독부 재판부에서는 어떤 변호인도 안중근을 위한 변호를 할 수 있도록 허용하지 않았다.

'정부에서는 안중근의 범행은 매우 중대하므로 징악(懲惡)의 정신에 따라 극형에 처하는 것이 마땅하다고 생각하고 있음.
재판을 뤼순 지방법원에서 진행할 것.
안중근을 파렴치범으로 만들 것.
반드시 사형시킬 것.'

일본은 안중근에게 재판이 시작되기도 전에 이미 사형을 구형한 것이었다.

일본 본국의 지령으로 관동도독부의 재판은 해가 바뀐 1910년 2월7일 시작되어 14일까지 총 6번으로 심문·변호·구형까지 그 복잡한 절차를 고작 일주일 만에 끝내는 유례없는 일을 해냈다.

드디어 시작된 재판, 2월7일 오전 9시 첫 재판이 열렸다.

관동도독부 지방법원의 형사청에서 재판관 마나베 주우조·검찰관 미조부치 다카오·통역관 소노키 스에요시가 안중근·우덕순·유동하·조도선에 대한 제1차 공개 심판을 시작했다. 영국인 변호사 더글러스·러시아인 변호사 미하일로프·대한제국인 변호사 안병찬*이 안중근을 위해 변호할 것을 법원장에게 신청했지만 모두 거절당해 어쩔 수 없이 방청석에 앉았다.

안병찬 변호사는 안중근의 어머니 조마리아가 한성법학회로부터 소개받고 직접 평양으로 찾아가 안중근의 변호를 맡아달라고 요청하는 것에 감동되어 변호를 수락하고 뤼순으로 온 것이었다.

이 공개 법정에서 변호는 일본인 미즈노 기치타로·가마다 마사지 두 사람이 담당했고, 방청석에 앉아 있는 300여 명은 모두 일본인이었다. 대한제국 사람은 안중근의 동생 공근과 정근·안병찬 변호사 세 사람뿐이었다. 그리고 몇몇 외신기자들이 있었다.**

안중근은 전 세계가 이 재판을 주목하고 있다고 믿었다.

"총알을 한 발 남긴 것은 이토 공을 살해하고 그 자리에서 자살이라도 할 셈이었나?"

검찰관 미조부치의 질문이었다.

"나의 목적은 대한제국의 독립과 동양 평화의 유지이며 이토를 살해

---

*1895년 황제가 세운 법관양성소 3기 출신
**안중근에게 말할 기회가 주어지자 그의 입에서는 즉시 애국적인 열변이 터져 나왔다. (중략) 재판이 끝나고 그는 마침내 영웅의 왕관을 손에 들고 늠름하게 법정을 떠났다.-영국 월간 더 그래픽 1910년

한 것은 개인적인 원한이 아니라 동양의 평화를 위한 것으로 아직 목적을 달성한 것이 아니기 때문에 이토를 죽여도 자살할 생각은 없었다."

또, 안중근에게 발언권이 주어지자 안중근은 방청석을 향해 말했다.

"…모두 들으시오. 조선의 국모를 죽인 이토는 무죄. 국가의 원수를 죽인 나는 유죄. 일본법은 왜 이리 엉망이란 말이오! 나는 개인으로 남을 죽인 범죄인이 아니라 대한제국 참모중장의 소임을 띠고 하얼빈에 이르러 이토를 죽인 것이오. 보시오! 재판장·검찰관·변호사·통역·방청인까지 모두 일본 사람이 아니오. 나는 일본에 귀화한 적 없거늘 무엇 때문에 일본 감옥에서 일본 법률의 심판을 받고 있다는 말이오? 마땅히 국제공법에 의하여 각 나라 사람들의 앞에서 공판하여야 마땅하지 않소!"

재판을 지켜보고 있던 모두를 향한 강력한 안중근의 주장이었다.

첫 공판 이후 계속해서 방청석에 앉은 사람들이 안중근의 이야기에 빠져드는 것을 본 재판부는 당황하고 있었다. 그런데 3회 공판에서 안중근이 하얼빈 의거에 대해 작심한 듯 이토 히로부미를 처단하게 된 경위와 목적을 방청객들 앞에서 당당하게 피력하자 놀란 재판장이 재판 도중 사회의 안녕과 질서를 해칠 우려가 있다며 재판을 비공개 재판으로 진행하겠다고 결정했다. 대한제국 사람들과 외신기자들의 야유에도 재판장은 방청객을 모두 밖으로 내보내고 비공개로 재판을 이어 갔다.

공판은 비록 비공개로 진행되었지만 안중근은 자신이 대한의군 중장이라는 점을 분명히 밝혔다.

"나는 대한의군 참모중장의 자격으로 이토를 단죄한 것이다."

"그대의 상관은 누구인가?"

"내 상관은 대한의군 총독이다."

"그자의 이름이 뭔가?"

"김두성*이다."

일본은 그 후 김두성을 찾으려 백방으로 노력했지만 찾을 수 없었다. 이는 안중근이 헤이그 밀사 건으로 강제 퇴위를 당한 황제가 다시 이번 일에 연루된다면 어떤 화를 당할지 알 수 없어 끝까지 황제를 보호하기 위해 쓴 방편이었다.

이후에도 재판은 계속됐지만 갑자기 재판을 비공개로 진행하니 정근과 공근 두 동생과 안중근을 걱정하는 사람들은 관동법원 밖에서 애태우며 걱정만 할 뿐이었다.

광무황제 또한 안중근의 재판에 변호사가 선임되지 못했다는 보고를 접하고는 불길한 예감을 떨치지 못했다.

"아아, 이 일을 어찌한단 말이냐?"

"폐하, 재판이 비공개 재판이라고는 하지만 만국공법이라는 것이 있으니 너무 심려치 마오소서. 옥체를 상할까 염려되옵니다."

"그건 모르는 소리다. 그들은 무슨 수를 써서라도 안중근을 죽이려고 하는 것이다."

---

*김두성은 황금빛을 내는 북극성인데, 《논어》의 〈위정편〉에서 언급되고 있는 군주를 지칭하는 명칭이다.

"망극하옵니다."

광무황제는 중근의 재판 소식에 촉각을 곤두세우고 있었다.

4회 공판에서 미조붙이 검사는 "안중근의 범죄는 지식의 결핍에서 온 오해에서 비롯되었다"고 논고했고, 5회 공판에서는 안중근을 변호하는 국선변호인 미즈노 키치타로도 검찰 측의 논고와 같이 안중근의 항거를 피고인의 지식 결핍·오해에 의한 것이라며 정상참작을 요청했다. 이제 검찰과 변호인의 모든 논고가 끝나 구형만이 남았다.

마나베 재판관이 먼저 우덕순에게 말했다.

"피고 우덕순 최후 변론하시오."

"이토는 일본과 대한제국 사이에 장벽을 만든 사람이다. 내가 이 장벽을 없애 버리려고 한 것은 전부터 갖고 있던 생각이었기 때문에 본 사건에 가담했다. 그 밖에 별 할 말은 없다."

우덕순의 최후 진술이 끝나자 이번엔 안중근을 향해 입을 열었다.

"피고 안중근 최후 변론하겠는가?"

비공개 재판 이후 별다른 말 없이 침묵하고 있던 안중근이 자리에서 일어나 맹렬한 기세로 말하기 시작했다.

"아직까지 나는 할 말이 많다. 검찰관의 논고를 대강 들어 봤으나 그중에는 검찰관이 오해한 부분이 아주 많았다. 이등의 죄상은 천지신명과 사람이 모두 다 아는 일인데 무슨 오해란 말인가? 1905년에 5개 조약이 체결되었으니 이것이 바로 보호조약인데, 그때 대한제국의 황제를 비롯해서 국민 모두가 일본의 보호를 받고자 한 사실이 없음에도 이

등은 마치 대한제국이 희망하여 조약을 체결한 것처럼 말했다. 그것은 이등이 일진회를 사주해 금전을 제공하여 그 운동을 벌이게 하고, 황제의 옥새도 없고 총리대신의 승낙도 받지 않았으며, 다만 권세로써 기만하여 5개 조약을 체결케 한 것이지 결코 대한제국이 원해서 한 것이 아니라는 것은 누구나 다 알고 있는 사실이다.

더구나 나는 개인으로 남을 죽인 범죄인이 아니라 대한제국 의병 참모중장의 임무를 말하였다. 또, 사건 심리에 있어서 재판장을 비롯하여 변호인과 통역까지 일본인으로만 구성하고 있다. 다른 사람이 봐도 이 재판은 편파적이라는 비방을 면할 수 없을 것이라 생각한다.

내가 이토 히로부미를 죽인 것은 대한제국 독립전쟁의 한 부분이요, 대한국의군 참모중장의 자격으로 조국의 독립과 동양 평화를 위해서 행한 것이니 마땅히 국제공법에 의하여 각 나라 사람들 앞에서 공판하여야 하는 것이다."*

안중근이 쉬지 않고 주장하는 내용을 소노키는 필사적으로 통역해 내고 있었다.

"나는 동양의 평화를 어지럽히고 대한제국의 독립을 저해하는 이토를 대한제국 의병 중장의 자격으로 살해한 것이다. 마지막으로 말해 두겠다. 나는 한국 독립 외에 바라는 것은 아무것도 없다."

*안중근 최후의 진술 중 일부.

안중근의 이야기가 끝났을 때 누구도 아무 말도 하지 못했다. 그것이 이토 히로부미를 저격한 의사 안중근의 마지막 외침이었다. 안중근의 최후 진술에 재판관을 비롯해 검찰관 미조부치·통역관 소노키 등 모두가 압도되었지만 방청석엔 아무도 없었다.

그리고 이틀 뒤인 1910년 2월 14일 이미 재판 시작 전부터 안중근에게 사형 판결을 내려 놓고 시작한 일본의 마지막 공판일이었다.
관동도독부 법원장 마나베의 입에서 판결이 떨어졌다.
"안중근, 사형!"
마나베의 망치 소리가 법정 안을 울렸다.
"처음부터 알고 있었다. 나는 대한제국 의병 중장의 자격으로 죄인을 처단한 것이다. 사형보다 더한 형벌은 없는가?"
말을 마친 안중근이 엷은 미소를 지었다.
그날 안중근과 함께 거사를 도모했던 우덕순은 징역 3년을, 조도선과 유동하는 각각 징역 1년 6개월을 언도받았다.

광무황제는 안중근의 재판 소식을 시시각각 듣고 있다가 사형 판결이 내려졌다는 소식에 땅이 꺼지는 듯 무릎이 꺾여 의자를 붙잡았다.
"기어이…."
광무황제의 용안에 어두운 그림자가 드리워졌다.
"물러들 가라."

내관과 상궁 나인들이 읍하고 뒷걸음으로 광무황제의 집무실에서 물러났다.

"대한제국의 참된 신하인 그대를 내가 어찌 보내리…."

광무황제의 눈이 먼 허공을 응시했다.

황제는 어떻게든 안중근만은 살리고 싶었다. 그날 밤 안중근과의 독대를 생각하며 광무황제는 가슴 한편이 저려 왔다. 반짝이는 정직한 눈을 가진 고운 심성의 안중근을 황제는 의지하고 있었다. 밀지마다 적어 보내는 글자 근배(삼가절하여 올림), 그리고 단지동맹 이후 늘 처음의 결심을 잊지 않겠다는 의지의 표현인 손바닥 도장.

안중근의 밀지에는 그렇게 실제 내용 말고도 광무황제를 향한 애틋한 군신의 정이 담겨 있었다. 그리고 이 모든 경우의 수가 실패하게 된다면 황제는 망명을 계획하고 있었고, 그것은 중근이 있어야 가능한 일이었다.

광무황제는 충신을 잃는 슬픔에 한동안 음식을 입에 대지 못했다.

안중근은 자신에게 사형이 언도되자 처음엔 멍해져서 아무 생각이 나지 않다가 갑자기 불쑥불쑥 화가 났다.

'이미 나라를 위해 바친 목숨. 목숨이 아까워서가 아니다. 나는 정당한 판결을 받지 못한 것이 화가 나는 것이다!'

좀처럼 마음속에 인 화가 가라앉을 것 같지 않더니 밤이 되자 갈래갈래 찢겨 가던 생각이 하나로 모이기 시작했다.

황제와 독대했던 그날 밤 이미 안중근은 대한제국을 위해 한 목숨 보탬이 된다면 무엇이라도 하겠다고 마음먹지 않았던가….

'나의 대한제국, 나의 황제 폐하를 위해.'

안중근은 조용히 성호를 긋고 무릎을 꿇었다. 그리고 오랜만에 길고 긴 기도를 올렸다.

思君千里 望眼欲穿 以表寸誠 幸勿負情
사군천리 망안욕천 이표촌성 행물부정

천리 밖 임금을 걱정하니 바라보는 눈이 뚫어질 듯합니다.
작은 충정을 표시했으니 내 충정을 저버리지 마오소서.
_경술 2월 영여순옥중 대한국인 안중근 근배

유묵에 적은 것처럼 안중근은 황제가 있는 곳을 향해 절을 올렸다.

뤼순 감옥의 간수들이 처음엔 위대한 정치인을 죽인 중죄인에 대한 불같은 증오를 드러냈으나 안중근을 가까이서 지켜보며 인품에 감복해 점차 그를 이해하게 되어 지금은 안중근을 대하는 태도와 표정부터가 달라져 있었다. 그런 점은 안중근의 마음을 편안하게 해 주는 것의 하나였다.

특히, 뤼순 감옥 간수 치바 도시치의 배려로 얼마 전부터 안중근은 옥중에서 글을 쓸 수 있게 되어 유묵으로 어지러운 심사를 달래며 짧은 글을 적어 가다 지금은 자신의 생을 돌아보며 안응칠 역사를 집필하고 있었다. 영하 20도가 넘는 추위에 난방기구 하나 없는 옥중생활이라 손이 얼어 글을 쓴다는 게 생각처럼 쉽지 않았지만 안중근은 한 글자 한 글자 써 내려가기를 멈추지 않았다.

그런 안중근을 보면서 치바 도시치는 뭐라도 더 안중근에게 해 주고 싶어 했고, 안중근도 그런 치바의 마음을 느낄 수 있었다.

안중근의 마음은 점점 더 고요해졌는데 그렇게 고요해져서 안응칠 역사를 집필할 수 있는 것인지, 안응칠 역사를 집필해서 마음이 고요해진 건지는 알 수 없었다.

모든 기억들을 더듬어 안응칠 역사의 집필에 매진했고, 그 끝이 보이기 시작할 때쯤 홍 신부가 안중근을 찾아왔다.

안중근은 독실한 천주교 신자로서 간절하게 고해성사를 하고 싶었지만 이미 살인자라는 이유로 대한제국 천주교회 교구장 뮈텔 주교에게 파문을 당한 상태였다. 재판이 모두 끝났을 때 안중근은 뮈텔 주교에게 전보를 쳐 성사를 받을 신부를 한 명 보내 줄 것을 요청했지만, 뮈텔 주교는 끝까지 안중근의 청을 거절했다.

이 일에 대해 안중근의 아내 아려가 남편의 고해성사를 위해 안중근에게 처음 신앙을 심어 준 홍 신부(본명, 조제프 빌렘 신부)를 찾아가 간청했고 그 간청에 결국 홍 신부가 안중근의 고해성사를 받으러 와 주었다.

안중근은 몸과 마음을 정갈하게 하고 깊은 내면의 고해성사를 올렸다. 그 덕분에 중근은 편안한 마음으로 마지막 편지를 써 내려갔다.

어머니께, 그리고 아내 아려에게, 동생들에게, 또 동포들에게 편지를 남겼다. 그리고 가슴에 늘 사무치는 그리움으로 남아 있는 황제 폐하께…

臨敵先進爲將義務 임적선진위장보무
적을 맞아 먼저 전진하는 것이 장수의 의무다.
_경술 3월 영여순옥중 대한국인 안중근 근배

그리고 그날, 안중근이 죽게 된 사실을 어머니와 숙부들에게 전하러 갔던 정근과 공근이 돌아왔다.

"형님, 계시기는 어떠십니까?"

정근과 공근의 얼굴이 감옥 안에 있는 자신보다 더 핼쑥해 보이는 것이 가슴 아픈 안중근이었다.

"나는 지내기가 편해졌다. 어머니께는 인사를 잘 여쭙고 왔느냐?"

"예, 어머니께서는 매일 형님을 위해 기도 중이십니다. 어머니께서는 편히 계시니 형님께서 마음 편히 잡수시라고 전하셨습니다."

정근의 얘기에 공근이 안중근에게 보자기 꾸러미를 건넸다. 보자기를 펼치니 새하얀 한복이 어머니 조 마리아의 마음처럼 곱게 접혀 있었다.

"그리고…"

정근이 내놓기를 주저하며 어머니의 편지를 꺼내 안중근에게 건넸다. 그립고 그리운 어머니의 편지였다.

'네가 만약 늙은 어미보다 먼저 죽는 것을 불효라 생각한다면 이 어미는 웃음거리가 될 것이다.

너의 죽음은 너 한 사람의 것이 아니라 조선인 전체의 공분을 짊어지고 있는 것이다.

네가 항소를 한다면 그것은 일제에 목숨을 구걸하는 짓이다.

네가 나라를 위해 이에 이른즉 딴 마음 먹지 말고 죽으라.

옳은 일을 하고 받은 형이니 비겁하게 삶을 구걸하지 말고, 대의에 죽는 것이 어미에 대한 효도니라.

아마도 이 편지가 이 어미가 너에게 쓰는 마지막 편지가 될 것이다.

여기에 너의 수의를 지어 보내니 이 옷을 입고 가거라.'

편지를 읽는 중근에게 어머니의 목소리가 들리는 듯했다.

'어머니…'

중근의 기억에 어머니는 한없이 자애롭지만 남을 해치는 일에 대해선 엄격했다. 연해주로 망명한 후 한 번도 뵙지 못한 어머니였다. 어떤 마음으로 아들에게 이 편지를 썼을지 중근의 가슴이 아려왔다.

정근과 공근이 돌아가고 중근은 '안응칠 역사'를 탈고했다. 그리고 또 얼마 전부터 '동양평화론'을 쓰기 시작했는데 요즘은 거기에 매진하고 있던 중이었다. 머지않아 이별을 고하게 될 이 세계에 자신의 바람을 남기고 싶었다.

그렇지만 추운 감옥에서 짧은 시간에 완성을 보는 것은 어려워 보였다. 그래서 고등법원장 히라이시에게 청해 사형 날짜를 한 달쯤 늦추는 것에 대해 약속을 받았지만 이는 강경한 일본 본국의 거절로 지켜지지 않았다. 그럼에도 안중근은 뤼순의 혹독한 추위와 싸워 가며 집필을 멈추지 않았다. 결국 '동양평화론'은 서문과 전감1만 지어졌고 나머지 현상2, 복선3, 문답은 목차만 제시된 채 미완성으로 남았다.

'동양평화론'의 서문이다.

若政略不改 逼迫日甚則 不得已寧亡於異族
不忍受辱於同種 議論湧出於
韓淸兩國人之肺腑 上下一體 自爲白人之前驅
明若觀火之勢矣. 然則…

만약 정략을 고치지 않고 핍박이 날로 심해지면, 차라리 다른 인종에게 망할지언정 차마 같은 황인종에게 욕을 당할 수 없다는 의론이 한국·청국 두 나라 사람의 마음속에 용솟음쳐 위아래가 한 몸이 되어 스스로 여러 사람 앞에 나설 수밖에 없음이 불을 보듯 뻔한 형세이다. 그렇게 되면… 이라 하여 일제의 침략정책을 경고한 적이 있다.

또, 중근이 형무소 안에서 글을 쓰는 것을 알고 사람들이 글을 써 달라 청해 써 주었더니 이제 많은 사람이 종이와 비단을 가져와 줄을 섰다.

東洋大勢思杳玄 有志男兒豈安眠
和局未成猶慷慨 政略不改眞可憐
동양대세 생각하니 아득하고 어둡도다.
뜻있는 사나이 어찌 편히 잘꼬.
평화시국 못 이룸에 이리도 슬픈지고
정략(침략 정책)을 안 고침은 참으로 가엾도다.

一日不讀書口中生荊棘
하루라도 책을 읽지 않으면 입안에 가시가 돋친다.

孤莫孤於自恃
스스로 교만한 것보다 더 외로운 것은 없다.

國家安危勞心焦思
국가의 안위를 걱정하고 애태운다.

貧而無諂富而無驕
가난하다고 아첨하지 말고 부유하다고 교만하지 말라.

天堂之福寧原地絡

천당의 복은 영원한 즐거움이다.

교사·변호사·간수 등 안중근 의사에게 글을 받으려고 하는 사람들이 그를 죽이려 하는 일본인들이었지만 안 의사는 상관하지 않았다. 안중근 의사는 일본 제국주의는 미워했지만 일본 사람 자체를 미워하는 것은 아니었기 때문이다.

1910년 3월 26일, 안중근 의사의 죽음을 애도하듯 잔뜩 구름 낀 하늘에서 찬비가 내리고 있었다.

안 의사는 언제나처럼 차분하게 아침 기도를 드리고 조용히 죽음을 맞을 준비를 하고 있었다. 그렇지만 가슴 안에 스민 충정이 안중근의 마음을 휘감았다. 안중근은 마음을 누르고 정갈하게 흰 한복으로 갈아입고, 광무황제가 있는 곳을 향해 절을 올렸다. 그리고 붓을 들어 이 생에서 마지막이 될 글을 써 내려갔다.

爲國獻身軍人本分

위국헌신군인본분

나라를 위해 몸 바침은 군인의 본분이다.

_ 경술 3월 영여순옥중 대한국인 안중근 근배

감방의 문이 열리고 안중근 의사는 자신을 데리러 온 간수들을 따라 걸었다.

안중근이 사용하던 감방 안을 마지막으로 들여다보던 치바 도시치*의 눈에 안중근이 쓴 마지막 유묵이 보이자 눈물이 핑 돌았다. 치바의 눈에서 눈물이 떨어질 때까지 안중근의 뒷모습은 흐린 영상으로 비쳤다. 죽어서는 안 되는 사람.

그러나 그의 뒷모습은 어떤 동정도 연민도 받아들이지 않았다.

치바가 이미 저만치 걸어간 안중근에게 들리도록 목소리를 높였다.

"감사합니다."

치바가 오래도록 허리를 숙였다.

그렇게 형장의 이슬로 사라지니 안 의사의 나이 32살이었다. 안 의사가 저술을 끝마치지 못한 '동양평화론'의 내용을 보면 서양 세력에 대한 동아시아 연합을 이야기하고 있다. 대강의 이야기에 그치는 것이 아니라 실제적으로 한·중·일이 평화 체제하에 동양평화회를 결성하고 전략적 요충지인 뤼순에 동양평화회의의 본부를 설치하고 3국이 운영하며 평화지역을 창설해야 함과 함께 공동개발 은행·공동화폐발행 등을 이야기하고 있다. 이런 내용은 오늘날의 유럽연합과 같은 것으로 선구적인 사상을 가진 거인 안중근의 사상의 깊이를 가늠케 한다.

---

*뤼순형무소 간수로 5개월 동안 안중근의 법정 투쟁과 동양평화론 사상을 지켜보았고, 안중근 의사 서거 후 매일 안중근의 위패를 모셔 놓고 절을 했다. 지금은 그의 후손들이 안중근을 기리는 활동을 벌이고 있다.

세계의 이목을 집중시켰다.

공은 삼한을 덮고 이름은 만국에 떨치나니

백세의 삶은 아니나 죽어서 천추에 드리우리.

약한 나라 죄인이요 강한 나라 재상이라

그래도 처지를 바꿔 놓으니 이들도 죄인 되리.

_쑨원

평생을 벼르던 일 이제야 끝났구려.

죽을 땅에서 살려는 건 장부가 아니고 말고.

몸은 한국에 있어도 만방에 이름 떨쳤소.

살아선 백살이 없는 건데 죽어 천년을 가오리다.

_중국 국가 주석 위안스카이

고려의 원수는 우리의 원수다.

삼한에 사람이 있어 일본이 (만주로) 길게 내뻗은 팔다리를 꺾었다.

비록 한인이 자기의 원수를 갚았다고 하지만 역시 우리의 원수를 갚은 것이 아닌가.

_1909년 10월29일자 중국 민우일보

황제의 망명

"안 장군의 마지막 모습은 어떠하였느냐?"

광무황제는 중근의 사형장 소식을 가져온 밀사에게 물었다.

"폐하 마지막까지 대한의군 참모중장으로서 의연하였나이다."

"그래, 그랬을 것이다. 고생하였다."

부복해 있던 밀사가 밖으로 나가는 모양을 물끄러미 바라보며 광무황제가 주위를 물렸다.

"모두 물러가라."

"예, 폐하."

읍하고 섰던 내관과 상궁들이 물러가고 난 뒤 혼자 남은 광무황제는 중근을 생각했다.

어느결에 황제의 용안에서 옥루가 떨어졌다.

광무황제는 중근의 거사가 성공하게 되면 이제 그만 일본의 거짓이 세상에 공개되리라 여겼는데 거사가 성공하자 일본은 만천하에 자신들의 거짓이 들통나게 되는 게 두려워 국제법을 무시하고 서둘러 중근을 사형시켰다.

처음 광무황제는 두 가지 방안을 생각했다.

그중 첫 번째가 안중근이 이토 히로부미를 사살하는 것이었다. 이 거사가 성공하게 되면 일본과 러시아·한국뿐 아니라 세계 이목이 집중될 초유의 사태가 발생하는 것이기 때문에 세계의 이목이 집중된 재판에서 안중근이 대한제국이 처한 현실을 낱낱이 세계에 알리는 것이 방안의 하나였다.

그런데 그 방안의 하나가 실패한 지금 이제 황제는 결단을 내려야 했다. 자신이 그토록 믿었던 중근이 죽고 없는 지금 황제가 선택할 수 있는 것은 남은 한 가지뿐이었다.

이대로 있다가는 일본은 이제 한국의 외교권만 빼앗는 것이 아니라 그나마 명목을 유지하고 있는 대한제국을 마저 가지려 할 것이다.

생각하기도 싫고 치가 떨리는 그것은…'한국과 일본의 합방!'.

이 땅에서 수천 년 동안 선하게 살아온 백성들. 황제를 우러르고 따르는 가련한 대한제국의 백성에게는 차마 일어나서는 안 되는 일.

지금도 무력을 앞세운 일본에게 갖은 명목으로 자유를 침해당하고 하루하루 생명을 위협받고 있는데 일본이 한국을 병합시킨다면 지금보다 더 나쁜 앞날이 불 보듯 예상되는 것이다.

황제는 대한제국을 선포하던 그날, 백성 한 사람 한 사람의 얼굴에서 읽었던 희망을 생각했다. 힘들어질 때마다 늘 황제를 다시 일어서게 한 그 힘은 그날 보았던 백성들의 얼굴이었다.

그런데 오늘은 어째서 떠올리려 해도 백성들의 얼굴이 떠오르지 않는지…, 어쩐지 그 순박하고도 가련한 백성들의 얼굴이 떠올려지지 않았다.

황제는 그것이 지금 슬펐다.

광무황제에게 이제 이 난국을 헤쳐 나갈 방법은 오로지 하나뿐이다.
'망명!'

지금 광무황제가 러시아로 망명한다면 분명 안중근이 거사에 성공해서 얻고자 했던 그 모든 것들을 일시에 얻을 수 있을 터였다.

광무황제가 지금은 태황제의 자리에 있지만 대한제국의 태황제가 다른 나라로 망명을 한다는 것은 세계인의 이목을 끌기에 충분했고, 그런 상황이 된다면 광무황제로 인해 여론을 형성할 수 있고 그렇게 되면 세계만방에 일본의 만행을 직접 폭로할 수 있게 되는 것이었다. 전 세계인의 이목이 집중된 가운데 일본이 대한제국의 팔과 다리를 자르고 이젠 목에 칼을 겨누고 있는 사실을 만천하에 드러낼 수 있을 터였다.

또한 황제의 망명은 일본과 부일배 세력들로 인해 흩어진 민심을 하나로 모을 수 있을 것이었다.

광무황제는 러시아에 있는 이범윤·이범진에게 자신이 이제 곧 러시아로 망명을 할 터이니 그에 따른 준비를 하라는 지시가 담긴 밀서와 또 러시아 외무성에 망명 의사를 밝힌 밀서 2통을 적어 보냈다.

또한 광무황제는 안중근의 의거로 체포되었다 풀려난 많은 인사 중에서 신민회 간부 이갑을 비밀리에 불러들였다.

"폐하, 신 이갑 들었사옵나이다."

내관의 말이 있고 난 뒤에 이갑이 집무실로 들었다.

"안중근 사건에 연루돼 고생했다 들었다."

"신, 그런 일이라면 만 번의 고초도 기꺼이 받을 수 있나이다."

"간도로 떠난 이회영은 아직 안 돌아왔느냐?"

"그러하옵나이다."

"경이 짐을 도와야겠다."

"명하시옵소서."

"이는 극히 비밀이 유지돼야 함을 명심해야 한다."

"알고 있사옵나이다. 하명 하시옵소서."

"짐이 블라디보스토크로 갈 것이다."

"예?"

부복해 있던 이갑이 고개를 들어 황제의 용안을 바로 보았다.

"폐하!"

이갑이 다시 깊이 고개를 숙였다.

"아무래도 이제는 이 길만 남은 듯싶구나."

"신, 충심을 다하겠나이다."

"신민회에서 짐을 돕도록 하라. 짐은 블라디보스토크로 갈 것이다. 신민회에서는 곳곳에 흩어진 짐의 백성을 규합해 힘을 모으도록 하라. 각국에 짐이 러시아로 망명한 사실을 알려 세계의 여론을 만드는 동시에 의병들로 하여금 국내 진공 작전을 펴고자 함이다."

"황은이 망극하옵나이다."

광무황제의 결단을 기뻐한 것은 기울어 가는 나라의 국운을 바로 세우고자 애쓰던 애국지사들이었다.

이렇게 해서 이갑은 블라디보스토크의 이범윤에게 황제의 친서를, 대한제국군 대위 현상건은 러시아 황제께 갈 광무황제의 친서를 상하이 주재 러시아 상무관 고이에르에게 전하는 임무를 수행했다.

간도 관리사 이범윤과 러시아 공사 이범진은 황제의 친서를 받고 이제부터 본격적으로 항일 투쟁의 거점이 될 블라디보스토크와 그 주변의 애국지사들을 비밀리에 불러 의논에 들어갔다.

황제의 망명이 갖는 의미는 특별할 수밖에 없었고, 이제 제대로 일본과 전쟁다운 전쟁을 치를 수 있게 되는 것이라 많은 애국지사들이 기뻐함은 물론이고 각지에서 힘을 보탰다.

황제의 망명 소식에 신민회의 안창호는 미주로, 이동녕은 연해주로, 이동휘는 북간도로, 이회영·이시영 형제와 최석하는 서간도로, 조성환은 베이징으로, 이갑은 러시아로 가서 일본과의 최후의 결전이 될 황제의 망명 준비에 들어갔다.

'내 이번에는 직접 움직여

너희들의 만행을 만국에 직접 알리고 말 것이다.

더는 내 백성들을 희생시키지 않을 것이다!'

황제

ⓒ이감비, 2025

초판 1쇄 발행 2025년 9월 1일

지은이 이감비
펴낸이 이경희

발행 글로세움
출판등록 제318-2003-00064호(2003.7.2)

주소 서울시 구로구 경인로 445(고척동)
전화 02-323-3694
팩스 070-8620-0740
메일 editor@gloseum.com
홈페이지 www.gloseum.com

ISBN 979-11-93938-02-7 03810

• 잘못된 책은 구입하신 서점이나 본사로 연락하시면 바꿔 드립니다.